UN PETIT GOÛT D'HIVER ET DE TOI

Éditions Eyrolles
61, bd Saint-Germain
75005 Paris
info@eyrolles.com
www.editions-eyrolles.com

Collection « Pop'Littérature »

Crédits iconographiques : © Shutterstock

Relecture sensible : Na-young Kim

Depuis 1925, les éditions Eyrolles s'engagent en proposant des livres pour comprendre le monde, transmettre les savoirs et cultiver ses passions !

Pour continuer à accompagner toutes les générations à venir, nous travaillons de manière responsable, dans le respect de l'environnement. Nos imprimeurs sont ainsi choisis avec la plus grande attention, afin que nos ouvrages soient imprimés sur du papier issu de forêts gérées durablement. Nous veillons également à limiter le transport en privilégiant des imprimeurs locaux. Ainsi, 89 % de nos impressions se font en Europe, dont plus de la moitié en France.

ISBN : 978-2-416-02054-4

CHARLIE WOODHOUSE

UN PETIT GOÛT D'HIVER ET DE TOI

EYROLLES
Romans

À ma grand-mère paternelle, pour son amour de la romance.
J'aurais aimé que tu puisses lire ce livre.

PROLOGUE

Février 2015

Assis dans la voiture, le front appuyé contre la vitre froide, Ji-Ho ferma les yeux pour refouler les larmes qui menaçaient. Il avait rêvé de son retour en Corée du Sud pendant des années, mais maintenant qu'il était en route pour l'aéroport, le trajet avait un goût amer. Jusqu'au bout, il avait hésité : devait-il demander à faire un détour par chez Charlotte ? Pour lui expliquer ? Pour lui demander pardon ? Au fond de lui, une petite voix avait conclu : *à quoi bon ?* La gorge nouée, il avait hoché la tête en réponse à sa mère qui lui demandait s'il avait bien tout emporté. De fait, il emportait tout : sa valise et ses souvenirs doux-amers. Son passeport et les regrets de la dernière dispute. Au moins, là-bas, il pourrait repartir de zéro, se construire une vie bien à lui, réaliser son rêve. Retrouver ses amis d'enfance. Mais d'abord, il devait donner un coup de main à son grand-père et l'aider à sauver le restaurant familial. Quelle idée d'avoir voulu faire du ski à son âge, aussi…

Alors qu'un sourire étirait ses lèvres malgré lui, il baissa les yeux vers la photo qu'il tenait dans sa main. Elle était encore un peu froissée par son accès de désespoir, mais il l'avait lissée comme il avait pu. Sur le papier glacé, une jeune fille aux cheveux rose vif coiffés en épis souriait de toutes ses dents, les joues colorées par le froid ; de sa main libre, elle levait deux doigts joyeux en forme de V, son autre bras entourant les épaules du jeune homme. Un sourire tellement large qu'il lui fermait presque les yeux illuminait son visage. Il avait passé un bras autour de ses épaules en retour, et le château de Versailles scintillait à l'arrière-plan, sous une épaisse couche de neige. C'était seulement quelques semaines plus tôt, mais cela lui semblait déjà remonter à une autre vie…

Il rangea la photo dans sa poche de jean, et regarda le paysage montagneux défiler par la fenêtre, le cœur encore lourd. Peut-être que quand il reviendrait en France, ils pourraient se revoir ? Reprendre là où ils en étaient avant qu'il ne lui fasse cette déclaration d'amour vouée à l'échec ? Après tout, il finirait bien par se remettre du ridicule de la situation : des tas de garçons déclaraient leur flamme à une amie lesbienne, non ? Non, sans doute pas tant que ça… Tant pis, il allait avoir tout le temps dont il pouvait rêver pour tourner la page. En Corée du Sud.

CHAPITRE 1

Charlotte

Septembre 2025

En attendant que le train entre en gare de Londres Paddington, Charlotte pianotait sur son téléphone pour répondre à son meilleur ami. Elle donnait une conférence grand public cet après-midi, et il lui avait proposé de venir la voir avec des élèves de son école de danse. Pourquoi pas, après tout ? La plupart étaient fans de K-pop. Mais pour l'instant, elle allait devoir prendre le métro afin de rejoindre son directeur de département et quelques collègues dans un restaurant sur Bond Street. Elle ne savait toujours pas très bien pourquoi elle avait accepté l'invitation, d'ailleurs. Timothy Smith, le directeur, avait parlé de faire connaissance avec de nouveaux collègues arrivés cette année et d'améliorer la cohésion de l'équipe avec la rentrée qui approchait (dans quel monde une rentrée prévue dans un mois *approchait-elle* ?). D'après ce qu'elle avait compris, ils avaient choisi Londres et non Oxford parce que deux d'entre eux participaient à un colloque d'été cet après-midi-là, à la London University. Tant mieux, elle aussi avait à faire à Londres.

Enfin, le train s'arrêta et Charlotte put en descendre d'un bon pas pour rejoindre le métro : ligne Bakerloo, jusqu'à

Oxford Circus. Elle connaissait bien cette station, et ses pensées eurent tout le loisir de s'égarer vers son directeur de département. Jusqu'ici, elle n'avait pas franchement pris le temps de le détailler : elle ne le croisait que depuis un an, depuis sa première année de post-doctorat. Avant, elle évoluait plutôt dans le département d'études asiatiques, mais elle n'avait pas obtenu de poste de vacataire là-bas : les places étaient chères. Si bien que lorsqu'elle avait rencontré le directeur du département de lettres françaises, elle était plus occupée à ressasser son amertume qu'à admirer ses cheveux châtains rejetés en arrière et ses cols roulés. Au fil des semaines, cela dit, elle avait appris – et constaté – qu'il avait un succès fou après de ses collègues et des étudiantes. Elle le soupçonnait même d'en jouer… Si elle se fiait à ses maigres échanges avec lui, il avait l'air sympathique. Avec un peu de chance, ce déjeuner avec ses collègues lui changerait les idées avant sa conférence. Jusqu'ici, on ne pouvait pas dire que cette dernière semaine avait été des plus joyeuses…

Quelques jours plus tôt, Charlotte avait vu la soirée tranquille qu'elle avait prévue avec sa petite amie se transformer en soirée à thème « Faut qu'on parle… ». Leur relation s'était arrêtée là, après presque un an, et Lee n'avait rien trouvé d'autre à dire que :

— Je suis désolée, je ne t'aime plus. C'était chouette, toi et moi, au début… Mais voilà, c'est fini. Il faut que tu partes.

Assommée par cette annonce, Charlotte avait eu besoin d'un moment pour comprendre que Lee voulait qu'elle parte là, tout de suite. Certes, elles ne vivaient pas ensemble, mais elle l'avait fait venir à Londres exprès… pour la mettre dehors.

C'était quand même culotté, à onze heures du soir... En larmes, elle avait rassemblé sa veste, ses chaussures et son sac, et était partie avec pour tout adieu un : « Je passerai te rendre tes affaires bientôt. » Elle n'avait pas eu le réflexe d'appeler un taxi avant de sortir ; elle avait donc réservé un *cab* le plus vite possible, et attendu dans la nuit fraîche que ses larmes cessent de couler tout en pianotant furieusement sur son portable, au milieu des lanternes et des odeurs de Chinatown.

Hey Josh, c'est moi, pitié dis-moi
que tu es chez toi...

Pitié... En y repensant, elle avait envie de se donner des baffes.

Je suis chez moi ! OMG je me fais vieux...
Chez moi un samedi soir...

Une conversation avec un adorable vieux chauffeur de taxi plus tard, Charlotte sonnait chez Josh, qui lui avait ouvert en pyjama et avec un bandeau en tissu-éponge retenant ses boucles couleur caramel. Ouvrant de grands yeux, il l'avait attirée dans ses bras pour un câlin du tonnerre, avant même de lui proposer de poser son sac et de se mettre à l'aise. Josh, quoi. Un mètre quatre-vingt-cinq de gentillesse, de mouvements de danse à se damner, et une prédilection totalement assumée pour les hommes sexy. Lui et elle ne se ressemblaient en rien : grand et petite, métis et blanche comme un linge, sauf quand elle se mettait à rougir sans prévenir, athlétique et pas en forme... D'une certaine façon, ils s'accordaient à la perfection.

Il lui avait alors déniché un oreiller et une bouteille de vodka (*le pot de glace, c'est pour Bridget Jones. Tu es Bridget Jones ? Non !*

Alors ce sera de la vodka !), et il l'avait consolée comme il l'avait pu. Un début de semaine plutôt cataclysmique, donc. Certes, elle n'avait pas passé plus de trois jours à pleurer, mais on faisait quand même plus agréable qu'une rupture qu'on n'avait pas vue venir… La blessure à l'ego était au moins aussi douloureuse que la peine de cœur.

Quand Charlotte entra dans la brasserie lounge où elle devait retrouver ses collègues, une femme d'une quarantaine d'années se leva pour attirer son attention. Amy portait une ample robe à fleurs, qui ne dissimulait pas son ventre de femme enceinte, et ses cheveux lisses s'agitaient en même temps qu'elle. Par réflexe, Charlotte vérifia l'état de ses boucles noires dans le miroir derrière le bar, puis elle rejoignit son amie en souriant et l'étreignit en évitant de comprimer son ventre. Enfin, elle salua le reste de ses collègues, parmi lesquels Amy était la plus âgée. Elle en connaissait quelques-unes, mais pas les deux nouvelles. D'ailleurs… À part Timothy Smith, élégant dans son polo vert sauge et son pantalon de toile blanche, il n'y avait pas d'homme. Il aurait donc toute latitude pour jouer de son charme… Comme s'il avait perçu ses pensées, Timothy se leva, lui fit la bise *comme en France !* et lui tira une chaise entre lui et Amy. Charlotte s'assit en gardant son sac à main sur ses genoux, mal à l'aise. Puis l'une des nouvelles enseignantes-chercheuses se présenta et commenta :

— Alors c'est toi la spécialiste de littérature coréenne ?

— Entre autres choses, oui, se détendit Charlotte. Et toi ? Tu travailles sur quoi ?

— Sur les références francophones modernes à Jane Austen !

— Cool !

Et en un clin d'œil, la conversation fut lancée. De temps à autre, Charlotte sentait le regard d'Amy sur elle, inquiet. Elle lui glissa à l'oreille : « Pas ici. » Elle n'aimait pas étaler sa vie privée devant ses collègues. Si elle avait globalement confiance en eux, elle préférait ne pas tenter le diable : on ne peut jamais être sûr à cent pour cent que les gens qui nous entourent ne soient pas homophobes, en tout cas pas tant qu'on ne les connaît que superficiellement. Ici, seule Amy savait, pour Lee. Charlotte évoquerait peut-être sa rupture, si la conversation s'y prêtait. Mais elle changerait les pronoms.

— Alors, Ferez, qu'est-ce que tu as fait de beau cet été ? s'exclama Timothy.

Dieu qu'elle détestait sa façon de l'appeler par son nom de famille pour se donner un air cool… Elle s'astreignit au calme et sourit nonchalamment :

— Je suis allée voir quelques expos à Londres, et j'ai travaillé sur divers articles et conférences… Le retravail de ma thèse me prend plus de temps que prévu, mais ça avance. Et toi ?

— Tu parles de vacances ! ironisa-t-il. Tu as l'air d'avoir passé plus de temps en bibliothèque qu'ailleurs. Moi, je suis allé à Paris ! Le Louvre… Les restaurants en bord de Seine… Les croissants… Tu n'es pas rentrée cet été ? Voir de la famille ? conclut-il avec une moue inquiète.

— Oh, tu es française ? s'extasia Nina, la spécialiste de Jane Austen. De quelle région ?

— Non, je ne suis pas rentrée. Et oui, je suis française, je viens du Massif central, pas très loin d'Aurillac.

— Oh, je vois ! C'est très joli là-bas ! Tu viens de la campagne alors ?

— On peut dire ça, oui.

Charlotte bénit cette question de sa collègue : elle lui avait permis d'éviter d'expliquer pourquoi elle n'était pas allée rendre visite à sa famille. La vérité, c'était qu'elle n'en avait pas eu envie : rentrer à la maison, avec tout ce monde au même endroit, était souvent épuisant pour elle. Cet été, elle avait pris comme excuse le fait que sa petite amie n'avait pas de jours de congé et ne pouvait donc pas se libérer. La carte de la solidarité avait fonctionné à merveille. Sans doute parce que sa mère se souvenait aussi bien qu'elle des horreurs qu'elle avait sorties à la première – et dernière – petite amie de sa fille qu'elle avait rencontrée. Ça avait beau remonter au lycée, la cicatrice de ce souvenir restait en suspens entre elles quand il était question des relations amoureuses de Charlotte. Même depuis qu'elle savait qu'elle n'était pas lesbienne, mais bi.

Hélas, elle aurait du mal à réutiliser sa super excuse pour Noël, puisqu'elle avait annoncé sa rupture à son frère, Chris, et que tout le clan était sans doute déjà au courant. Chris, c'était un peu le relais de la famille pour tout ce qui concernait Charlotte : sans lui, ses parents auraient été bien en peine de savoir comment elle allait et ce qui se passait dans sa vie… Si la situation n'était sans doute pas idéale, Charlotte s'en accommodait très bien : il faut dire qu'elle était plutôt douée pour faire l'autruche. Tant qu'on ne lui posait pas de questions directes comme venait de le faire Timothy.

Une autre collègue la tira de ses pensées en lui demandant :

— Ton petit ami sera là à ta conférence ? On pourrait peut-être le rencontrer à cette occasion !

Enfer et damnation.

— En fait… On a rompu il y a quelques jours…

« On »… Mais oui… Si c'est toi que tu essayes de convaincre, ma vieille, ce n'est pas vraiment une réussite…

— Oh ! Je suis désolée ! rougit sa collègue. Je ne voulais pas…

— Tu ne pouvais pas deviner, répondit-elle en s'efforçant de sourire.

À sa droite, Timothy eut un drôle d'air, et lui adressa un clin d'œil d'encouragement qui la troubla. Sans doute s'en aperçut-il, car il posa sa grande main sur la sienne et se pencha légèrement vers elle :

— Si tu as besoin de parler… Ou même de quelqu'un pour t'aider à te changer les idées… Tu sais que tu peux compter sur nous, Charlotte.

Allons bon… C'était nouveau, ça. En croisant l'expression perplexe d'Amy, Charlotte sut qu'elle ne s'était pas fait des idées. Même son regard avait changé. Tout ça parce qu'elle était célibataire ? Elle savait qu'il aimait s'entourer de femmes, mais elle ne pensait pas que c'était à ce point.

Le repas entre collègues s'acheva peu de temps après cela, et Timothy proposa à Charlotte de l'accompagner à sa conférence : il était attendu ailleurs, mais ça ne lui ferait faire qu'un tout petit détour, ça ne le dérangeait pas. La jeune femme se sentit rougir, plus gênée que charmée, à vrai dire, et déclina gentiment :

— Mon meilleur ami me retrouve là-bas, ça va aller, Timothy, merci.

— On se voit à la fac, alors. À bientôt, Charlotte.

Et il lui fit à nouveau la bise. Quel étrange revirement de situation… Charlotte rejoignit le métro pour se rendre à sa conférence en tournant et retournant l'échange dans sa tête, perplexe. Son portable vibra, signe qu'elle n'était pas la seule à se poser des questions : Amy lui avait écrit.

On dirait que tu lui as tapé dans l'œil !

Juste au moment
où il apprend que je suis célibataire ?
C'est un peu gros quand même...

Tu me tiendras au courant !

Lol.

La conférence se déroula bien. Le petit amphithéâtre de la médiathèque qui l'avait invitée était rempli, Josh était venu avec une quinzaine d'élèves, principalement des adolescents encore en uniforme après le lycée. Le public était assez jeune, mais incluait aussi quelques personnes un peu plus âgées, des habitués de ces petites conférences sur des sujets variés. Aujourd'hui, elle leur avait parlé de la part croissante de la littérature coréenne dans les œuvres traduites en Angleterre, et notamment de la présence accrue d'autrices parmi ces sélections. On était là en plein dans son sujet de thèse : l'évolution de la littérature coréenne au XXIe siècle et sa réception en France et en Angleterre. Au moment de commencer à parler, en voyant les chevelures roses, bleues ou violettes de certains jeunes adultes, une boule d'émotion avait enflé dans sa gorge. Elle se revoyait à leur âge, mêmes cheveux, même envie d'aller voir ailleurs ce qui s'y passait, même soif pour d'autres types de livres. Elle se souvenait encore du jour où son meilleur ami de l'époque lui avait mis son premier livre en coréen dans les mains, du frisson qui l'avait parcourue. Et de la migraine qui s'était ensuivie : elle avait beau commencer à se débrouiller à l'oral, sa maîtrise du coréen écrit était encore balbutiante. L'alphabet était pourtant assez simple, bien plus que les idéogrammes japonais et chinois, plus simple même que le syllabaire japonais : il « suffisait » d'assembler les sons de chaque syllabe dans un ordre de lecture bien précis et de les lire un à un pour les déchiffrer. Mais savoir déchiffrer n'était clairement pas la même chose que savoir lire : encore fallait-il être capable de mettre un sens sur les mots obtenus.

Alors que les yeux attentifs de son auditoire pesaient sur elle, il lui fallut un instant pour se remettre de cette bouffée d'émotions et de nostalgie. Son téléphone s'alluma pour afficher un message de Josh : *That's my girl!* Quand elle releva la tête, elle le vit les deux pouces levés au fond de l'amphi : cela la fit sourire, puis elle retrouva l'usage de la parole et se lança. Si elle en jugeait d'après le nombre de mains levées à la fin, elle ne s'en était pas trop mal tirée : assez pour intéresser son public, en tout cas. Au fond, c'était tout ce qu'elle demandait.

CHAPITRE 2

Ji-Ho

Septembre 2025

— Attendez, je vais vous aider…

Devant lui, une mère de famille coréenne essayait sans grand succès de jongler entre la poussette, le bébé, son autre enfant et leurs valises. Quand il se proposa, elle lui jeta un regard reconnaissant : elle était au bord des larmes. Ji-Ho attrapa des bacs pour y installer toutes les valises et les sacs de la petite famille, puis il se délesta de sa propre valise et de son sac à dos, et les suivit de l'autre côté du portique. Là, il ramassa le doudou du bébé, une licorne toute douce, avant que celui-ci n'ait eu le temps de se mettre à pleurer, et aida la dame à enfiler son lourd sac à dos.

— Merci… souffla-t-elle. C'est toujours de la folie, ces contrôles…

— Je vous en prie ! Ce n'est pas comme si j'étais très chargé. Vous voulez un peu d'aide pour la suite ?

— Je ne voudrais pas abuser de votre gentillesse…

— Vous n'abusez de rien du tout.

Ils cheminèrent donc ensemble vers le guichet suivant, et intérieurement, Ji-Ho fut soulagé d'être occupé. Il appréhendait un peu son retour en France : il n'y avait pas mis les pieds depuis un peu plus de dix ans, et il n'avait pas non plus vécu à la campagne depuis tout ce temps. Le choc risquait d'être rude. Le retour chez ses parents aussi. Ces derniers avaient toujours respecté son intimité, mais vivre chez ses parents à dix-huit ans et à vingt-neuf, ce n'était pas la même chose.

— Passeport, s'il vous plaît.

Il avait beau parler régulièrement français avec ses parents, entendre une voix française en chair et en os lui fit tout de même drôle. Il tendit le petit carnet, et attendit la question suivante.

— Pourquoi venez-vous en France ?

— Pour reprendre le restaurant de mon père, il a été opéré de la hanche.

— Vous avez une carte de séjour ?

— Tenez.

— Tout est en règle, merci beaucoup. Bon courage avec le restaurant !

— Merci.

Une fois les contrôles passés, Ji-Ho remit ses papiers dans sa poche et, reprenant sa valise, quitta la zone de la douane et prit la direction du hall d'accueil. Il était certes enfin en France, mais son voyage n'était pas terminé pour autant : il devait reprendre un vol intérieur pour Clermont-Ferrand à l'aéroport d'Orly, et ne pourrait s'effondrer qu'une fois arrivé dans la voiture de sa mère. Il avait la nuque raide d'avoir passé la nuit dans l'avion, et trois heures de plus à tuer avant d'embarquer pour Clermont… Dehors, la nuit commençait à peine à s'éclaircir, et le ciel était encore d'un bleu profond partout ailleurs que sur la ligne d'horizon. Il avait toujours préféré le lever du soleil à son coucher. En Corée du Sud, il était facile de réserver un emplacement de camping depuis lequel on pouvait admirer l'un ou l'autre, ou encore d'aller attendre le soleil sur la plage. Ici, ce serait un peu plus compliqué. Et puis, de toute façon, il allait avoir beaucoup de travail, il serait sans doute trop fatigué pour se lever aux aurores.

Un grand gobelet de café à la main, Ji-Ho prit le chemin du métro en essayant de penser un peu plus à son itinéraire et un peu moins au ciel coréen. Il aurait l'air fin, s'il se perdait…

Enfin, il arriva. Sa mère bavarda pendant tout le trajet, planifiant dix choses à la fois et lui racontant par le menu tous les désagréments qui avaient accompagné l'opération de son père. Elle semblait soulagée qu'il soit là : elle avait les traits tirés et le teint terne, et ses cheveux gris tombaient tristement de part et d'autre de son visage.

Je suis parti trop longtemps… Il était temps que je rentre. Elle a dû atteindre le point de non-retour avant d'admettre qu'elle avait besoin d'aide, comme toujours. Bien qu'épuisé, Ji-Ho la laissa parler tout son saoul, plus heureux de la retrouver qu'il n'aurait su le dire. Ça lui faisait toujours ça, après un an sans la voir.

Quand ils se garèrent à côté du restaurant, dans cette rue en pente de leur pittoresque village auvergnat, le jeune homme songea que l'établissement avait l'air bien plus décrépi que dans ses souvenirs. Les couleurs de l'enseigne avaient pâli, et on peinait à y lire le nom « Ma petite Asie » ; à l'intérieur, la décoration accusait l'épreuve du temps : paravents beiges tachés d'humidité, murs rouges, pots de bambou en plastique… Même la carte accrochée derrière la vitre semblait vieillotte. Ji-Ho s'exhorta au calme face à l'ampleur de la tâche : il venait de changer de pays, tout lui paraissait un peu décalé et kitsch pour l'instant, mais les choses iraient mieux après une bonne nuit (ou, dans son cas, une bonne journée) de sommeil.

Comme il le constata le lendemain, c'était faux.

Dix-huit heures de sommeil et une cure de télé française pour se réacclimater n'avaient rien changé à l'aspect du restaurant, qu'il contemplait debout sur le trottoir, sa tasse de café à la main, dépité.

— Il y a du boulot, n'est-ce pas ? compatit son père en le rejoignant sur le trottoir avec sa canne.

Ça aussi, il faudrait qu'il s'y habitue… Son père risquait d'en avoir besoin pendant un bout de temps, à présent. Et encore, il lui avait raconté qu'au début, il marchait avec un déambulateur. L'opération l'avait vieilli, et il semblait plus âgé que ses soixante-quatre ans.

— J'aurais préféré ne pas avoir à te déranger, tu sais… Mais ça devenait trop fatigant pour ta mère, et je n'ai pas envie qu'elle tombe malade… Enfin, avec le ginseng rouge que tu lui as rapporté, elle devrait vite récupérer !

Ji-Ho était content que ce cadeau traditionnel leur ait plu, son grand-père ne jurait que par ça et en réclamait tout le temps, avec plus ou moins de subtilité d'ailleurs… Combien de fois Ji-Ho s'était-il entendu dire qu'il ne tenait pas vraiment à son grand-père s'il ne lui offrait pas de ginseng rouge pour son anniversaire ?

— Vous ne me dérangez pas, tu sais, assura-t-il avec un temps de retard. Je suis parti il y a dix ans pour aider grand-père, je peux bien faire l'inverse pour vous aujourd'hui. De toute façon, je pensais à m'installer à mon compte… Ce sera plus facile ici.

— Si tu le dis. En tout cas, je suis heureux que tu sois de retour. Ta mère et moi avions besoin d'un peu de jeunesse… Et ce restaurant aussi, d'ailleurs.

Il n'allait pas le contredire sur ce point.

L'après-midi même, Ji-Ho et sa mère profitèrent du beau temps pour aller se promener dans le village : le restaurant était fermé pour congés annuels, décalés cette année afin de lui laisser le temps de prendre ses marques. Mi-Joo lui avait donc montré les nouveautés locales : le salon de coiffure qui avait fermé puis rouvert, la boulangerie, le restaurant traditionnel, qui avait été repris lui aussi… Même l'école avait été refaite. Le village tout entier semblait plus prospère, sans doute grâce à la manne de la station de ski voisine. Celle-ci avait bien renouvelé son offre et attirait à présent plus de monde, ce qui rejaillissait sur le village.

Entre la mairie et l'école, une petite maison en travaux attira son attention : de la K-pop sortait par les fenêtres ouvertes. Sur le moment, il crut avoir halluciné : son cerveau était encore en mode coréen par défaut, et il devait se concentrer quand il entendait du français. Mais non, quelqu'un écoutait bel et bien *DNA* de BTS dans cette maison. Et à entendre la gaieté avec laquelle la voix massacrait les paroles, ce quelqu'un s'éclatait.

— Et ici, c'est chez qui ?

— C'est Chris Ferez qui en a hérité. Je ne sais pas ce qu'il compte y faire, mais apparemment il a de grands projets pour cet endroit, c'est lui-même qui me l'a dit. Le connaissant, il va sans doute ouvrir un studio de danse ou quelque chose comme ça…

Le cœur de Ji-Ho s'emballa dans sa poitrine : Chris ? Le petit frère de Charlotte ?

— Alors il est toujours dans le coin ?

— Oui oui, il est parti à Toulouse pendant quelque temps, mais il est vite revenu.

— Et… Et sa sœur ?

— Charlotte ? réagit Mi-Joo en penchant la tête. Elle ne vit plus ici depuis un moment maintenant.

— Le contraire m'aurait étonné, sourit-il en retour.

Non, ce n'était pas surprenant. Il ne savait pas à quoi il s'attendait, mais c'était logique. Charlotte avait toujours parlé de partir. Il se demanda un instant quel âge pouvait avoir Chris, à présent, puis sa mère lui montra autre chose et il cessa d'y penser. Tout cela remontait à tellement longtemps…

CHAPITRE 3

Charlotte

Mi-octobre

COMMENT LES CHOSES AVAIENT-ELLES PU EN ARRIVER LÀ ? C'était la question que Charlotte se posait depuis qu'un étudiant lui avait demandé, ce matin, comment s'appelait sa petite amie. Sur le coup, elle avait bafouillé, tandis que l'horrible réalité se frayait un chemin dans son esprit tétanisé. Puis elle avait froncé les sourcils, inspiré un bon coup, et l'avait remis à sa place en lui rappelant que petite amie ou petit ami, cela ne le regardait pas. Mais le mal était fait : l'un d'entre eux avait osé franchir la limite. Une moitié d'elle-même s'était doutée que cela risquait d'arriver tôt ou tard, ce qui n'empêchait pas l'autre de flipper franchement.

Quelques jours plus tôt, ses collègues les plus conservateurs avaient commencé à lui jeter des regards en coin et à échanger des messes basses. Les racontars au travail, ma foi, ça arrivait. Mais jusqu'ici, aucun ne l'avait concernée directement. La plupart étaient liés à un ego froissé, une subvention refusée ou un nouveau poste qui faisait des jaloux, et elle n'avait jamais provoqué aucune de ces divinités capricieuses. Mais de toute évidence, ça n'avait pas suffi à l'immuniser.

Sur le moment, elle s'était dit que ça leur passerait. Le moins qu'on puisse dire, c'était qu'elle ne s'était pas trompée à ce point depuis une éternité. Elle connaissait pourtant ses collègues depuis un an : c'était censé être suffisant pour cerner quelqu'un, non ? Eh bien non, visiblement. Et comme les messes basses sont par définition difficiles à entendre, elle n'avait pu s'en remettre qu'à ses capacités d'enquête et de déduction pour comprendre le fin mot de l'affaire.

Dans un premier temps, elle avait fait chou blanc. Puis, quand deux collègues féminines étaient sorties des toilettes précipitamment en la voyant entrer, elle avait compris. Et elle s'était souvenue de cette conversation avec Amy près de la machine à café. C'était peu de temps après sa rupture avec son ex-petite amie. Lee était passée chez elle la veille pour lui rapporter un carton d'affaires, livres prêtés et tee-shirts échangés, quelques vestiges d'un amour déjà fané. Charlotte n'avait rien eu à lui rendre, et c'est en faisant ce constat qu'elle s'était rendu compte que cette relation était à sens unique depuis un moment déjà. Ça lui avait laissé un arrière-goût amer dans la bouche, pas vraiment des regrets, mais comme un fond de contrariété, celle qu'on ressent quand on n'a pas vu quelque chose d'évident. Et s'il est toujours préférable de comprendre ses sentiments, ça ne les empêche pas forcément de vous plomber le moral.

Elle avait essayé d'expliquer tout ça à son amie, qui l'avait écoutée patiemment, un sourire mi-amusé, mi-attendri aux lèvres : elle aimait rappeler à Charlotte qu'à son âge canonique de quarante ans (ses mots, pas les siens), on regardait les relations avec bien plus de recul. Elles savaient toutes les deux que c'était faux, mais Charlotte faisait semblant d'avoir l'air envieuse, et Amy d'y croire elle-même.

Sauf que ce jour-là, quelques collègues les avaient rejointes à la machine à café. Généralement, Charlotte changeait les pronoms de sa partenaire quand elle savait que des oreilles indiscrètes traînaient dans les parages : les étudiants d'Oxford avaient beau sembler très progressistes et engagés, elle ne souhaitait pas voir son orientation sexuelle étalée aux yeux de tous. Elle savait qu'il y avait un monde entre l'ouverture d'esprit affichée de certains et leur réaction face à la réalité très concrète de la différence. Pourtant, cette fois-ci, encore plongée dans son coup de blues et trompée par le côté intimiste que la lumière automnale conférait aux lieux, et en dépit de la présence de ses collègues, elle avait oublié son petit ajustement et lâché à voix pas franchement basse un « de toute façon, elle embrassait pas très bien ». Il y avait eu comme un blanc, et le plus jeune avait lancé un sujet de conversation étrange sur la table : leurs dernières vacances, qui remontaient pourtant déjà à plusieurs semaines. C'était ça, il avait dû entendre quelque chose et se sentir gêné. Et comme chacun sait, le premier réflexe des gens qui sont incommodés par quelque chose est le plus souvent de s'en plaindre longuement auprès d'un public. Or l'entre-soi, à Oxford, était très apprécié. Charlotte le pratiquait aussi, après tout, en choisissant avec soin ses fréquentations. Sauf que son entre-soi à elle ne s'amusait pas à *outer*[1] les gens. Et c'était précisément ce qui lui était arrivé : on l'avait *outée*. Si ça se trouvait, c'était parti d'une petite remarque, pas forcément bien intentionnée certes, mais peut-être pas un commentaire ouvertement homophobe. Et la petite remarque en passant avait circulé, circulé, circulé…

1. Révéler l'orientation sexuelle de quelqu'un sans son consentement, souvent dans le but de lui nuire.

Jusqu'à provoquer un effet boule de neige. Et maintenant, une rumeur tenace allait lui coller à la peau pendant des semaines : miss Ferez était lesbienne.

Toute cette histoire continuait de lui trotter dans la tête pendant qu'elle attendait que le vendeur du stand de boissons lui prépare son café : il lui faudrait au moins ça pour survivre à cette journée. Un vent glacial s'engouffrait dans le col de sa veste, mais les frissons qui la parcouraient n'étaient pas uniquement dus au froid : si les étudiants étaient au courant, quelle serait la prochaine étape ? Les insultes ? Les menaces ? Elle devait faire un effort énorme pour ne pas se laisser submerger par l'angoisse qui montait en elle depuis la remarque de cet élève. Cela faisait remonter à la surface des souvenirs qu'elle aurait préféré garder ensevelis loin, très loin dans sa mémoire.

La rumeur autour de son orientation sexuelle, en plus d'amuser les étudiants, s'apprêtait hélas et surtout à la mettre en difficulté sur un autre terrain. Quand la réunion du département de lettres avait abordé la question des cours du Pr Hopkins, qui avait dû être hospitalisé en urgence la semaine précédente et dont la convalescence serait plus longue que prévu, l'ambiance avait soudainement atteint des températures polaires. Personne ne voulait se charger d'un cours en plus, et surtout pas de son cours de littérature du XVIe siècle, qui promettait des heures et des heures de corrections pendant les congés de fin d'année… Certains pianotaient sur leur ordinateur d'un air concentré, d'autres évitaient soigneusement le regard de Timothy, le directeur du département de lettres : on aurait dit des collégiens redoutant d'être interrogés à l'oral. Charlotte avait déjà accepté de reprendre l'un des groupes de TD de méthodologie de Hopkins, puisqu'elle en avait déjà deux, et elle pensait que cela suffisait amplement. Dans la pièce, le silence s'éternisait. Finalement, l'agacement commença à monter, et le collègue que Charlotte soupçonnait d'avoir révélé son orientation sexuelle prit la parole d'un ton mielleux :

— La Dre Ferez a déjà été chargée d'un TD sur le XVIe siècle l'an dernier, elle me semble tout indiquée pour reprendre ce cours…

— Et puis ce sont des étudiants qu'elle a déjà par ailleurs, renchérit une autre collègue.

— J'ai déjà beaucoup de cours ce trimestre… intervint Charlotte. Et des cours à copies. J'ai repris un TD de méthodologie, d'autres ici n'ont pas tant de cours.

— Bonjour l'individualisme… entendit-elle marmonner.

La jeune femme se tut et s'efforça de respirer calmement : elle avait connu des réunions houleuses, mais aucune où on avait fini par chercher à imposer du travail supplémentaire à une collègue… Non, elle ne devait pas s'en faire, tout irait bien. Timothy connaissait de toute façon ses soucis de santé, il n'abuserait pas de son pouvoir pour lui imposer ce cours.

— On ne va pas y passer la journée, il n'y a plus que ce cours à attribuer… grogna quelqu'un d'autre.

Et puis soudain, l'inimaginable. Timothy s'éclaircit la voix et glissa :

— Charlotte, ils ont raison, ce serait bien que tu t'en occupes…

— Si je dois m'en occuper, que quelqu'un reprenne le cours de méthodo, je ne peux pas absorber les deux.

— Tu as déjà deux groupes de méthodo, tu n'es pas à un près… tempéra Timothy avec un sourire charmeur.

— Tu connais ma situation, tu sais très bien que si.

— Oh là là, tu es jeune, arrête de te plaindre, râla une collègue. On est plein d'énergie à ton âge…

Submergée par la colère et l'angoisse, Charlotte fut incapable de répondre à cette énième remarque validiste[1]. Elle se contenta de jeter un regard franc et révolté à Timothy, qui détourna les yeux et haussa les épaules. Il était loin, le numéro de charme de l'autre jour… C'était fini, elle n'aurait pas gain de cause. À cette pensée, une chape de fatigue s'abattit sur ses épaules, l'épuisant pour le reste de la soirée.

— De toute façon, c'est l'intérêt des étudiants qui doit primer, Charlotte, trancha le directeur du département d'un ton doux. Je te ferai parvenir les notes de Hopkins, tu verras, c'est un cours clés en main.

Et la réunion se termina comme ça. Dans un petit sourire penaud, Timothy s'éclipsa après lui avoir promis les notes de leur collègue pour le lendemain. Charlotte resta assise le temps que les autres sortent, sentant les regards passer sur elle, agacés, victorieux ou méprisants. Elle les ignora. La mine dégoûtée du collègue qu'elle soupçonnait de l'avoir *outée* semblait confirmer tous ses soupçons. Si seulement elle avait pu lui faire un croche-pied et le voir s'étaler de tout son long sur la moquette usée !

Amy s'arrêta derrière elle et posa une main compatissante sur son épaule.

— Je t'aiderai à corriger tes copies de méthodologie…

— Ne dis pas de bêtises, tu pars bientôt en congé maternité, je ne vais pas te demander ça.

---

1. Le validisme consiste à envisager les choses uniquement du point de vue des personnes valides, sans tenir compte des besoins des personnes en situation de handicap.

— Ce Blackwood ne me dit rien qui vaille : qu'est-ce qu'il a après toi, à ton avis ?

— Je crois qu'il nous a entendues parler près de la machine à café. Hier, un étudiant m'a demandé le nom de *ma petite amie*...

Amy resta silencieuse un instant, le temps de prendre la mesure de ce que son amie venait de dire. Puis elle soupira et posa une main protectrice sur son ventre rond sans même y penser.

— Je n'ai jamais pu le sentir, celui-là... lâcha-t-elle finalement. Viens, je t'invite à dîner, ma belle. Ces abrutis ne savent pas ce qu'ils ratent.

Charlotte eut un petit sourire amusé, mais au creux de son ventre, l'angoisse pulsait toujours.

Fin octobre

Amy était enfin partie en congé maternité : le terme était pour bientôt, et le bébé commençait à trop tirer sur son dos pour qu'elle puisse faire cours. Depuis la dernière réunion, Charlotte avait fait connaissance avec les étudiants des deux cours de Hopkins qu'elle reprenait... et avec la charge de travail de son nouvel emploi du temps. Elle s'adaptait comme elle pouvait, mais les notes fournies par son collègue ne permettaient absolument pas de faire cours sans préparation supplémentaire. C'était plus un plan avec une liste d'anecdotes obscures qu'un réel document de cours. Elle ne s'était pas gênée pour le dire à Timothy, le lendemain de la réunion. Timothy qui n'avait repris aucun cours, lui. Celui-ci avait fait une moue désolée, puis l'avait prise par les épaules avec un sourire charmeur :

— Charlotte... Toi et moi, on sait que tu es largement capable de reprendre ce cours ! Tu as donné un cours sur le même siècle l'an dernier, et entre nous, les étudiants t'adorent, toi et ton accent frenchie.

— Ils m'adorent ? J'ai déjà du mal à empêcher mes propres étudiants d'empiéter sur ma vie privée, dernièrement, je te signale…

— Allons, ce n'est rien, c'est parce que tu es encore jeune, je suis certain que tu vas y arriver. D'ailleurs, pour me faire pardonner, je t'invite à dîner après mon retour de colloque, dans une dizaine de jours ! Un restaurant coréen, à Oxford, juste toi et moi… Qu'est-ce que tu en penses ?

Sur le coup, Charlotte n'avait pas trop su quoi répondre. Il la tenait toujours par les épaules, sans lui faire mal, mais assez fermement tout de même. Elle n'était pas insensible à son sourire et à son ton enjôleur, toutefois, elle était assez lucide pour s'apercevoir qu'il s'agissait bel et bien d'un numéro de charme. Et en même temps… Ce serait l'occasion de s'amuser un peu : le début du trimestre était toujours éreintant, et sa rupture lui pesait plus sur le cœur qu'elle ne voulait bien l'admettre. Et puis, accepter une invitation à dîner avec un homme, qui plus est un bel homme, influent, apprécié… Cela ne pourrait que calmer les rumeurs qui continuaient de courir à son sujet, non ?

Elle avait fini par accepter. Qu'aurait-elle à y perdre, après tout ?

*

Qu'aurait-elle à y perdre à part du temps, l'occasion de corriger des copies, la possibilité de se coucher tôt… Charlotte tournait en rond devant sa penderie depuis dix minutes, indécise. Et si elle annulait ? En plus, il ne l'attirait pas plus que ça. Enfin, il était mignon, oui (à peu près autant qu'un dieu grec, si elle voulait être honnête), charmant, assez, mais ressentait-elle la fameuse étincelle quand elle était en sa présence ? Pas vraiment…

Quand Charlotte se décida, elle était déjà presque en retard. Elle avait essayé de toutes ses forces de ne pas trop penser à ce que Timothy pouvait attendre de ce dîner. Ou à ce qu'il pouvait avoir entendu sur elle dans les couloirs de la fac dernièrement. Bien sûr, elle avait confié ses doutes à Josh, qui avait hurlé de joie par émojis quand elle lui avait annoncé avec qui elle dînait, puisqu'elle avait eu la mauvaise idée de lui parler de son « directeur de département tellement sexy » pendant une soirée un peu trop arrosée… Résultat, ses doutes avaient été balayés d'un revers de main (toujours par émojis bien sûr) :

Tu lis bien les gens, en général,
et au pire quoi ? Tu vas pouvoir rétablir
la vérité sur toi auprès d'un homme canon
que tu intéresses, fonce !

Vêtue d'une jupe noire longue et ample et d'un épais pull bordeaux à col roulé, elle avait achevé sa tenue avec quelques bijoux, et tenté de natter ses cheveux pour que ses épaisses boucles tiennent en place sans rebiquer dans tous les sens au premier coup de vent. Sur le trajet, elle croisa des étudiants, population principale d'Oxford à la nuit tombée, en route pour un restaurant ou un pub. Beaucoup étaient à vélo, pour gagner du temps dans le centre historique piéton. Quand Charlotte arriva dans la rue du restaurant coréen, Timothy l'attendait déjà, élégamment vêtu d'un costume noir et d'une chemise blanche, ses boucles châtain clair ondulant sous la lumière des réverbères. La jeune femme songea qu'ils auraient eu l'air malins, habillés comme ça, s'il l'avait invitée le lendemain, jour d'Halloween.

Au fur et à mesure qu'elle se rapprochait de lui, elle pouvait sentir le regard de son collègue la brûler là où il s'attardait. Elle inspira longuement, pria pour que la soirée se déroule sans accroc et le rejoignit. Timothy lui fit la bise en posant ses mains sur ses épaules, et son parfum, capiteux et coûteux, envahit les narines de la jeune femme.

— Tu es très belle ce soir…

Charlotte leva les yeux au ciel en souriant. Autour d'eux, les étudiants allaient et venaient, et le son assourdi des conversations traversait la porte du restaurant, promesse d'une bonne soirée.

— Tu es déjà venue ici ? lui demanda-t-il d'un ton badin.

— Pas ici, mais je suis déjà allée dans un de leurs restaurants à Londres. J'adore leur cuisine, tu ne pouvais pas mieux choisir !

— J'ai pensé à ta spécialité, et je me suis dit qu'en effet, inviter une docteure en littérature coréenne dans un restaurant coréen pouvait être une bonne idée !

Charlotte ne put s'empêcher de pouffer, et se maudit aussitôt pour son manque de retenue. Devant elle, Timothy souriait, content de son effet. Puis il remarqua :

— Oh, tu trembles, entrons vite, le vent est glacial…

La jeune femme se laissa guider à l'intérieur du restaurant, entre les tables déjà bien occupées et les plats fumants. Le bruit de fond des conversations formait comme un bain sonore dans lequel on s'immergeait en poussant la porte. L'odeur d'ail, de piment et de viande lui sauta aux narines et s'insinua dans sa bouche, enrobant sa langue de saveurs nostalgiques et familières, et elle oublia ce qu'elle était sur le point de dire. Timothy lui tira sa chaise, profitant de la situation pour effleurer ses épaules et sa nuque en lui enlevant son manteau et son écharpe.

Charlotte frissonna et prit sur elle pour oublier les souvenirs qui ressurgissaient depuis qu'elle avait pénétré dans le restaurant. Son directeur de département s'installa en face d'elle et on leur apporta les menus pour qu'ils puissent faire leur choix. La carte était rédigée en coréen et en anglais. De petits piments indiquaient la teneur en épices des plats, par précaution pour les palais occidentaux frileux.

Tout en lui exposant son amour pour les cuisines est-asiatiques, Timothy lui conseilla de prendre quelque chose de doux pour commencer, car il avait entendu dire que les Coréens ne lésinaient pas sur le piment. Pour faire le brave, il prit quant à lui un plat avec trois piments, à base de bœuf et de légumes sautés. La jeune femme commanda un ragoût végétarien de kimchi et tofu en utilisant le nom coréen pour montrer à la serveuse qu'elle savait à quoi s'attendre, et ils sirotèrent un cocktail en attendant leurs plats.

— Ta prononciation est impressionnante, remarqua Timothy.

— J'avais un ami dont les parents étaient coréens, au lycée. J'ai appris avec eux, ça aide.

— Je vois… Un ami ou un *petit* ami ?

— Un ami, répondit la jeune femme en se forçant à sourire. On s'est perdus de vue à la fin du lycée.

Ça, c'est un euphémisme, ma vieille…

— Et toi, comment tu as découvert les cultures est-asiatiques ?

— Mon père et moi voyageons beaucoup, il m'a emmené à Pékin pour mes dix-huit ans, et voilà… Je suis de nature curieuse.

L'arrivée de la serveuse avec leurs plats interrompit la conversation avant qu'il puisse développer les différents domaines pour lesquels il éprouvait de la curiosité, mais Charlotte se doutait que la conversation ne tarderait pas à aborder des côtés plus…

intimes. La jeune femme se tut et fixa la table le temps que la serveuse ait fini de disposer les plats et tous les petits ramequins rouges de *banchan*, l'assaisonnement, avant de la remercier d'une légère inclinaison du buste et de relever la tête. Son collègue la dévorait des yeux, le regard brillant.

— Si je m'attendais à te voir t'incliner un jour… susurra-t-il.

La jeune femme haussa les épaules d'un air qu'elle voulait désinvolte et attrapa ses baguettes en métal en se retenant de les lui enfoncer dans les globes oculaires. *Non mais quel idiot…* Elle picora un peu de kimchi de concombre avec son riz et le regarda du coin de l'œil manger sa première bouchée de bœuf épicé. Il changea de couleur dans les secondes qui suivirent et s'empressa de se servir de l'eau.

— Tu devrais plutôt manger du riz, l'eau ne calmera rien… fit-elle en essayant de ne pas ricaner.

— Tu es sûre que tu vas réussir à manger ça ? C'est très rouge piment tout de même… s'inquiéta-t-il quand il fut remis de sa première bouchée.

— Ne t'inquiète pas pour moi.

Quand elle prit sa première cuillère de ragoût, elle sentit d'abord le goût du kimchi et du bouillon, puis les légumes, et enfin le piment se développa dans toute son ampleur. Elle ferma les yeux pour pleinement savourer la chaleur du plat, claquant sa langue sur son palais :

— *Daebak*[1]…

— Ça va ? s'inquiéta Timothy en la regardant comme si de la fumée allait lui sortir par les oreilles d'un instant à l'autre.

— Oui, parfaitement bien.

---

1. « Génial », en coréen.

— Ton plat doit être moins épicé que le mien. Je peux goûter ?

— À tes risques et périls, s'amusa-t-elle en lui servant un peu de tofu et de kimchi sur son riz.

Il tenta de faire bonne figure, mais s'étouffa encore plus fort qu'avec son propre plat.

— Pourtant, le tofu atténue le piquant, le nargua-t-elle.

— Tu es folle d'avoir commandé ça, tu vas avoir mal au ventre… Je te commande autre chose si tu veux…

— Parle pour toi ! C'est mon plat préféré !

— Si tu le dis…

Le repas se poursuivit avec un peu moins d'entrain du côté de son collègue, qui se força à faire le brave, et qui se préparait un mal de ventre mémorable. Charlotte songea qu'elle était vengée pour sa lâcheté dans l'attribution des cours supplémentaires et savoura son ragoût avec encore plus de satisfaction. Le repas se résuma à un soliloque de Timothy sur ses nombreux voyages, qui laissait tout juste l'espace à Charlotte de promener son regard sur les tables voisines, où les gens semblaient bien s'amuser.

— Charlotte ?

— Oui ? sursauta la jeune femme, prise en flagrant délit de rêverie.

— Je te demandais comment tu te sentais depuis ta rupture.

Génial, il allait croire qu'elle pensait à son ex pendant le repas…

— Pas trop mal. Je crois qu'il était temps que cette relation se termine, même si je n'en avais pas pris conscience avant.

— Je vois. Ce n'est pas toi qui as rompu, donc ?

— Non, en effet.

— Je me disais que peut-être, vu qu'il y a eu ces… Que ça avait pu…

Son collègue semblait marcher sur des œufs, comme s'il essayait d'arriver à une réponse bien précise, mais sans oser poser la question. C'était sûr, il avait entendu les rumeurs, et il cherchait à savoir si elle était bel et bien lesbienne.

— Ces rumeurs n'ont pas causé ma rupture, Timothy. On a rompu avant qu'elles n'apparaissent.

Il soupira, soulagé qu'elle ait abordé la question sans hésiter ou atermoyer : elle venait de lui ôter une épine du pied, visiblement.

— Donc ce sont des rumeurs ?

— Comment ça ?

— Je veux dire… Ce ne sont que des rumeurs, ou elles sont…

— Vraies ? finit-elle à sa place, agacée par le soulagement qui venait de se peindre sur son visage. Ce sont des rumeurs *et* elles sont vraies. En partie…

Sa gorge se noua : plus de retour en arrière possible à présent. Soit il compatirait, la défendant peut-être même à terme contre Blackwood, soit il se braquerait. Remarque, il pouvait aussi simplement s'en foutre… Rejeté en arrière sur sa chaise, un bras à cheval sur le dossier, il la regardait avec la tête penchée et un léger froncement de sourcils. D'un air complice, il demanda :

— Tu veux bien m'expliquer ?

Elle eut soudain envie de faire marche arrière, de changer de sujet ou de nier en bloc. Quand avait-elle commencé à tenter de cacher à ce point son orientation sexuelle ? Elle combattit le besoin de lui demander de clarifier ce dont ils étaient en train de parler, souffla discrètement par les narines, et entortilla sa serviette entre ses doigts, jointures blanchies.

— Mon ex… C'est bien une femme. Mais je ne suis pas lesbienne, je suis bi.

Timothy déglutit, et elle l'envia d'en être capable : plus rien ne pouvait franchir sa gorge nouée en cet instant. Il eut un petit sourire qu'elle ne sut pas interpréter.

— Tu es sûre de toi, du coup ?

Celle-là, c'était la première fois qu'on la lui faisait. Sûre ? De quoi ?

— Tu me demandes si je suis sûre d'être bi ?

— Oui. Je veux dire… C'était peut-être juste une phase avec elle ? Tu te cherchais peut-être ?

Ah, la bonne vieille phase…

— En fait, j'aime les filles depuis plus longtemps que les mecs, alors…

S'il y avait une phase là-dedans, ce serait sans doute plutôt son attirance pour les hommes, pas l'inverse. Elle se garda bien toutefois d'expliciter son propos. Face à elle, Timothy semblait prendre le temps de digérer l'information. Il ne souriait plus, mais son visage n'était pas fermé pour autant. Si seulement il pouvait lui envoyer un signal clair – et bienveillant de préférence.

Finalement, il se redressa alors qu'on leur apportait leur café et, posant ses coudes sur la table, se pencha vers elle avec un air de conspirateur. Charlotte fronça les sourcils et carra ses épaules, se préparant à encaisser ce qui allait suivre. *Trois… Deux… Un…*

— Ça veut dire que tu as déjà… tu sais… fait un plan à trois ?

Damned. On était en 2025, bordel.

— Tous les bis ne font pas ça…

— Mais toi, tu l'as fait ?

— Non. Et je ne suis pas tentée par ce genre d'expérience.

— Tu penses que c'est parce que tu préfères les femmes ?

— Je ne sais pas, tu me poses la question par intérêt sociologique ?

La remarque avait fusé avant qu'elle puisse la retenir. En même temps, on n'avait pas idée de poser des questions aussi con. Alors qu'elle envisageait sérieusement de le planter là, Timothy se rejeta en arrière en souriant, et fit un geste de la main pour temporiser.

— C'est vrai, désolé, c'était bête. Oublie.

Ce serait plus facile à oublier si ce n'était pas aussi récurrent.

Comme ils avaient tous deux fini leur café et que la salle du restaurant se vidait peu à peu, Charlotte se leva en réprimant un faux bâillement :

— Il se fait tard… Je vais y aller.

Timothy se leva aussitôt pour lui emboîter le pas. Elle insista pour payer sa propre part, encore incertaine de l'issue de la soirée. Quand ils sortirent dans le froid, ses joues et son ventre chauffaient agréablement, et le vent ne la dérangea pas autant qu'elle l'aurait cru. Elle en avait profité pour emporter des *gimbap*, des rouleaux coréens, pour le lendemain.

Alors qu'ils marchaient côte à côte, Timothy passa un bras autour de ses épaules, et elle dut faire un effort pour ne pas se crisper. Il cherchait visiblement un rapprochement dont elle n'avait pas envie. Charlotte ferma brièvement les yeux, le temps de trouver le courage de les rouvrir, quand son supérieur reprit la parole.

— Tu sais… Si tu préfères les filles, c'est sans doute parce que tu n'as pas rencontré le bon mec.

— Écoute, ce genre de remarque ne mène nulle part, je vais te laisser et rentrer, Timothy. Je suis fatiguée, coupa-t-elle en essayant de se dégager.

— Ne te sauve pas comme ça, sourit-il en resserrant sa prise sur son épaule. On n'a pas fini cette conversation…

— Je vais finir ton argumentaire pour toi : *tu n'as pas rencontré le bon, je suis le bon, laisse-moi te prouver que tu préfères les hommes.*

— Écoute… Toi et moi, je suis sûr qu'on peut faire un super duo, Charlotte ! C'est peut-être cliché, mais au fond de toi, tu sais que c'est vrai…

Et avant que Charlotte ait réussi à le repousser, il agrippa son cou et l'embrassa à pleine bouche. Elle plongea alors dans un brouillard de rage et de panique. Le bruit que fit sa main en s'abattant sur sa joue résonna dans la rue et attira les regards des passants, si bien que son collègue fut obligé de la lâcher et qu'elle put reculer de quelques pas avec prudence. Son cœur battait douloureusement contre ses côtes, et elle souffrait d'une nausée si forte que c'était un miracle qu'elle ne lui vomisse pas sur les pieds. C'en était presque dommage… Elle le fixa avec haine en essayant de maîtriser ses tremblements.

— Tu ne vas quand même pas faire ta sainte-nitouche après ce que tu viens de me dire !

— Je peux, et c'est précisément ce que je vais faire. Je ne fréquente pas les homophobes, et encore moins les agresseurs.

— Pas la peine de faire ton hystérique et de m'insulter.

— Parce que d'après toi j'ai l'air hystérique, là ? Cherche la définition de « consentement » dans le dictionnaire, et surtout, ne m'approche plus !

Et elle lui adressa un magistral doigt d'honneur avant de quitter les lieux en vitesse.

CHAPITRE 4

Ji-Ho

Mi-septembre

ASSIS À L'UNE DES VIEILLES TABLES DU RESTAURANT, Ji-Ho essayait de préparer sa commande de mobilier pour la salle. Lors d'une discussion avec ses parents, il leur avait expliqué qu'il souhaitait installer un bar et un îlot central pour dresser les plats, faire flamber certains ingrédients… et attirer les clients. Au cours de ces échanges, il avait bien fallu parler argent, chose que ses parents détestaient faire. Au moins, ça lui changeait de son grand-père… Même s'il n'avait pas passé l'intégralité des dix dernières années à travailler avec celui-ci, il avait amplement eu le temps de pratiquer ses défauts et ses idées fixes. Son grand-père n'était pas un homme facile, ça, c'était sûr. Sauf qu'ici, c'était un tout autre problème : ses parents voulaient tout payer, avaient décidé de lui donner le restaurant et refusaient d'entendre parler d'un rachat. C'était pourtant la manière classique de procéder : le repreneur payait le fonds de commerce, et cela constituait un bon complément de retraite pour ceux qui partaient. Avec sa mère qui ne s'était presque pas versé de salaire pendant toutes ces années, ils en auraient bien besoin. Sans compter les années que son père avait passées à travailler en Corée du Sud, et pendant lesquelles il n'avait pas cotisé en France. Mais il n'y avait pas moyen de leur faire entendre raison. Pour eux, ce restaurant était déjà le sien, il l'avait toujours été. Quelle connerie… Le sacrifice parental avait ses limites, tout de même. Certes, il n'allait pas les laisser à la rue, mais il aurait préféré que les choses soient plus carrées : vous vendez, j'achète, j'ai la conscience tranquille, point final. Mais non, maintenant tout allait être entaché de ce confucianisme qu'il ne supportait pas. *Regarde ce sacrifice consenti par tes parents pour t'élever, sois reconnaissant, travaille dur pour les nourrir et les gâter pendant leur vieillesse…* À peu de mots près, des propos que son grand-père lui avait servis à de nombreuses reprises – si ses parents y étaient allés doucement avec l'éducation traditionnelle, son grand-père lui avait quant à lui fourni la formation accélérée. D'après lui, les parents de Ji-Ho avaient quitté la Corée du Sud après la crise économique pour lui offrir une meilleure vie. C'était fou comme il était capable de se voiler la face. Jamais il n'avait accepté la vraie raison du départ de son fils.

Enfin, en attendant, ça ne réglait pas son problème. Il avait insisté pour investir ses économies personnelles dans les travaux, mais elles ne couvriraient pas tout, et avec la baisse des recettes de ces dernières années, il serait difficile de contracter un emprunt, surtout sans réelle passation du restaurant. Résultat : il était obligé d'accepter les économies de ses parents en prime. À eux tous, ça devrait suffire, à condition de rouvrir le restaurant très vite et de faire une partie des travaux lui-même. Quelle galère… Il ferma la page internet du grossiste, dépité, et ouvrit une page d'annonces d'occasion à la place : avec un peu de chance…

Une heure plus tard, il avait obtenu un rendez-vous avec une brasserie qui vendait son mobilier à Toulouse. Il remonta ensuite préparer ses papiers pour son futur point à la banque : s'il n'avait pas l'intention de demander un prêt pour le restaurant, il allait bien lui en falloir un pour se racheter une voiture. Il avait dû vendre la sienne à Séoul, avant de s'envoler pour le Massif central, mais ses économies étaient passées dans le restaurant. Du coup, son père avait insisté pour venir avec lui à la banque en tant que garant, ce qui n'allait pas l'aider à se sentir adulte. Et pour couronner le tout, il sentait poindre une migraine. Dans quel cercle infernal était-il allé se fourrer ?

Aujourd'hui, Ji-Ho commençait les travaux avec sa mère : arrachage du vieux papier peint et de l'ancienne moquette. Un bandana couvrant ses longs cheveux noirs noués en bun, le jeune homme remonta ses manches et se mit au travail en musique. La musique l'avait toujours aidé à se vider la tête, tout comme le travail manuel : cette journée devrait lui permettre d'oublier tous ses tracas administratifs et comptables. Arracher l'ancien papier lui procurait une étrange sensation : la satisfaction de laisser derrière lui le passé, mais aussi la nostalgie des années vécues ici, à donner un coup de main au service ou en cuisine, à faire ses devoirs sur la table du fond en attendant l'heure du dîner ou l'arrivée de sa meilleure amie. Il suspendit son geste un instant, se rappelant la fine silhouette échevelée de Charlotte, qui entrait comme un tourbillon, sans jamais néanmoins claquer la porte. Rebelle mais bien élevée, elle prenait toujours le temps de saluer ses parents avant de venir le rejoindre. Sa mère l'adorait, et avait même commencé à passer du temps seule avec elle quand ils étaient au lycée et que Charlotte rentrait de l'internat avant lui le vendredi. Ji-Ho chassa ce souvenir doux-amer et acheva son geste, plein d'une détermination nouvelle : il était bien décidé à ne pas se laisser ronger par les remords. Cela dit, il n'était pas naïf au point de croire que le passé resterait bien gentiment en retrait pendant qu'il se créerait une nouvelle vie ici, dans cet endroit qu'il avait tout de même arpenté pendant six ans. Les gens étaient toujours là, ses obligations aussi, et ses souvenirs… Ses souvenirs pouvaient très bien rester à leur place : dans un recoin de sa mémoire, rien de plus.

L'endroit était méconnaissable. Blanc cassé de vieux plâtre et gris béton. Terne et vide. Debout au milieu de la salle, Ji-Ho contemplait le travail du jour, poings sur la taille. À ses pieds, deux pots d'enduit effet béton ciré, d'un gris anthracite, et dans sa main une grande spatule. Dehors, le temps était à la grisaille, et il avait laissé la porte du restaurant ouverte pour faire entrer la brise fraîche. Pris dans son travail, le dernier album de Stray Kids jaillissant de son enceinte pour lui donner du courage, il n'entendit pas la femme qui venait d'entrer d'un pas timide. Grande et bien en chair, la peau sombre, elle héla le jeune homme :

— Hey… Ji-Ho ?

— Euh… Laura ? fit-il après s'être retourné vers la jeune femme. Salut !

— Ça fait un bail ! J'ai du mal à croire que tu sois revenu après tout ce temps ! Tu comptes rester ?

La jeune femme désigna d'un geste les bâches et le seau d'enduit à terre, la mine curieuse.

— Oui, je vais reprendre le restaurant de mes parents. Enfin, d'abord je vais le relooker un peu, et ensuite je le reprendrai.

— Je suis sûre que ce sera génial ! J'adore le restaurant de tes parents, hein, mais un peu de changement fait toujours du bien. Il faudra qu'on se fasse une soirée avec les potes du lycée avant que le restau ne rouvre ! Tu es toujours en contact avec Charlotte ?

— Non, pas vraiment… Et toi ?

— On s'écrit de temps en temps, elle est à Oxford depuis quelques années maintenant.

— Ah, je ne savais pas pour Oxford…

La gêne s'étira entre eux, pesante. Ils se sourirent pour se présenter des excuses muettes : Ji-Ho avait été la raison pour laquelle Laura avait rompu avec Charlotte, quand elles avaient seize ans. Elle n'avait pas supporté le lien indéfectible qui unissait les deux amis. Et maintenant, voilà où ils en étaient…

— Ton salon de coiffure marche bien ? demanda finalement le jeune homme pour changer de sujet.

— Oui ! Proposer mes services en coiffure occidentale et afro n'était pas gagné au début, mais maintenant que j'ai une clientèle fidélisée, ça tourne !

— C'est super alors. Sur ce…

Ji-Ho fit un geste vers l'enduit qui allait sécher en grimaçant, et la jeune femme lui souhaita bon courage, griffonnant son numéro sur un coin de page de son carnet de rendez-vous qu'elle laissa au jeune homme avant de s'éclipser. Celui-ci reprit son travail, plongé dans les souvenirs du lycée. Ils étaient tous pleins de rêves, à l'époque. Aujourd'hui, ils étaient sans doute nombreux à s'être aperçus qu'un rêve, ça s'émousse vite quand on ne fait pas attention…

L'effet était plutôt pas mal, si l'on ne mettait pas le nez sur les imperfections du mur. Ji-Ho avait travaillé sans relâche pendant plusieurs jours, descendant à l'aube et rentrant au coucher du soleil. Sa mère venait l'aider quand elle pouvait, et lui apportait à manger quand elle ne le voyait pas remonter pour le repas. Les murs étaient terminés : deux en effet béton ciré anthracite, un autre repeint d'un vert très frais, et celui de la vitrine ainsi que le sol en parquet de bois clair. Pour le parquet et le plancher, Ji-Ho avait sollicité un artisan du village avec qui il prenait le bus pour aller au lycée à Aurillac. Celui-ci lui avait même fait un prix d'ami.

Petit à petit, le restaurant reprenait de l'allure et le cercle social de Ji-Ho s'élargissait. Il avait prévu d'aller boire un verre avec ses connaissances du lycée le lendemain : Laura serait là aussi et amènerait deux amies. Lorsque Ji-Ho l'avait annoncé par SMS à son ami d'enfance, ce dernier s'était moqué de lui depuis la Corée du Sud. D'après lui, Ji-Ho lui était entièrement redevable pour sa vie sociale de ces dernières années. Il ne pouvait guère le contredire : enfant, il restait toujours en retrait, et c'était Min-Jae qui le traînait vers les autres et l'intégrait à leurs jeux. À son arrivée en France, l'acclimatation n'avait pas été simple : on a beau apprendre vite, quand on a dix ans, se retrouver catapulté dans une école toulousaine sans parler français est une sacrée épreuve, et sa timidité naturelle n'avait pas aidé. La première année, il accompagnait ses parents à leurs cours du soir, quand ils rentraient de l'usine où ils travaillaient, et ils s'entraînaient ensemble. Il avait rapidement progressé, mais n'était pas devenu plus doué pour se faire des amis pour autant.

— Waouh, mais c'est qu'il est devenu vachement canon, Ji-Ho ! s'exclama Marius.

La petite tablée de potes de lycée démontra bruyamment son accord. Marius, qui avait toujours été la plus grande gueule de la bande (Charlotte mise à part), travaillait au restaurant de la station de ski voisine et avait dû laisser sa femme à la maison avec ses deux enfants pour pouvoir les rejoindre. Toujours aussi maigre, il avait commencé à se dégarnir et enchaînait les blagues à ce sujet. Ji-Ho se sentit gêné par tous ces regards sur lui : il savait bien qu'il s'était étoffé et que son chignon attirait les regards, mais il avait l'impression d'être une bête de foire quand on le fixait.

Puis la conversation dévia vers les vies des autres, et il se sentit tout de suite plus à l'aise. En face de lui, Laura lui fit un clin d'œil amusé : elle l'avait grillé… Il ne s'en formalisa pas, après tout, son introversion n'était un secret pour aucun de ses proches, et proches, ils l'avaient été quand ils étaient ados. Grâce à Charlotte, qui lui avait permis de s'intégrer quand ils avaient emménagé au village avec ses parents. Sinon, il serait sans doute resté encore longtemps debout dans un coin de la cour de récré, à se faire embêter par les crétins de service. Des idiots du village, comme elle les appelait. Cette pensée lui tira un sourire amusé, et se fondre dans la conversation de groupe lui sembla beaucoup plus simple après cela. Il devait tout de même demander des précisions de temps en temps : la culture française avait continué d'évoluer en son absence, et il ne comprenait pas tout. Entre les références à de nouveaux chanteurs et les blagues sur les hommes politiques… C'était comme cette habitude de serrer la main ou faire la bise : certes, les Français en étaient moins friands depuis quelque temps, mais la plupart le faisaient toujours, alors qu'en Corée du Sud, où l'on mettait un masque au moindre signe de rhume, ç'aurait été impensable. Cela dit, s'il y avait bien une chose dont il n'allait pas se plaindre, c'était la façon de boire entre amis des Français ! Ici, pas besoin d'enchaîner les verres de soju ou de resservir vos aînés dès qu'ils n'avaient plus à boire, au risque de devoir appeler un chauffeur pour conduire votre voiture jusque chez vous au retour, ou d'oublier des heures entières de votre soirée. Il pouvait se contenter d'une bière, Laura avait même pris un soft. D'autres buvaient un peu plus, mais sans commune mesure avec ce dont il avait été témoin dans les bars de Séoul. Aucun ne se sentait forcé de boire pour réussir à se confier. Ceci dit… Même avec un peu d'alcool, sa conversation n'avait rien de très intime. Il n'avait jamais été très doué pour s'épancher, songea-t-il en souriant.

— Alors dis-moi, Ji-Ho, qu'est-ce que tu as en tête pour le restaurant ? s'enquit Marius. Avec la station qui s'est développée, tu as déjà la concurrence du restaurant traditionnel du village et de la brasserie de la station… Ça ne va pas être facile.

— Oui, ça s'est senti sur le chiffre d'affaires de mes parents… Je pense proposer une carte plus variée, du genre fusion : je vais garder les plats chinois et coréens de la carte de mes parents, et ajouter des plats japonais et thaïs, y compris des sushis.

— Je vois, un peu comme le Naka à Aurillac.

— Voilà. Et j'avais aussi pensé à faire salon de thé l'après-midi. Puisque le village propose des activités touristiques maintenant…

— C'est cool, j'ai hâte de pouvoir venir manger chez toi ! Ma femme va être contente, elle adore les *kimchijeon*[1].

Ça faisait du bien de voir que son projet enthousiasmait d'autres personnes que lui. Au milieu de ses amis, Ji-Ho se

1. Sortes de pancakes coréens au kimchi.

sentait tout à fait capable de ne pas faire couler l'affaire – mais qui était cet homme confiant qu'il redécouvrait ? Dernièrement, il doutait beaucoup. Au point de se réveiller la nuit : il reprenait alors son calepin pour chercher des idées de recettes, qu'il testait dans la cuisine familiale le lendemain. Le reste du mobilier arriverait bientôt, et il pourrait alors passer aux choses sérieuses…

CHAPITRE 5

Charlotte

Deuxième semaine de novembre

La porte du bâtiment où attendaient les étudiants s'ouvrit avec fracas, entraînée par une bourrasque de vent et de pluie mêlés, et une tornade humaine s'engouffra à l'intérieur en pestant, suivie par une vague d'humidité glaciale. Les étudiants s'ébrouèrent avant de se mettre en mouvement à l'arrivée de Charlotte, qui s'attela à ouvrir l'antique porte de la salle de cours, ce qui n'alla pas sans quelques jurons français. Certains la désignaient en ricanant, et elle crut entendre quelques appellations douteuses réservées aux lesbiennes en passant.

La jeune femme s'efforça de les ignorer et fit un sort à ses boucles noires indisciplinées (et trempées) en les attachant en un chignon dont l'architecture improbable ferait sans aucun doute rire discrètement son public. Elle sortit ensuite ses notes en essayant de ne pas penser à la mauvaise nouvelle qu'elle avait reçue un peu plus tôt. Les regards, un peu hagards à cette heure tardive, se concentrèrent peu à peu sur les écrans d'ordinateur, et la jeune femme inspira profondément pour essayer de trouver la motivation de se lancer. Les claviers commencèrent à cliqueter, et Ronsard et du Bellay ressuscitèrent le temps d'un cours. En son for intérieur, Charlotte se sentait aussi lasse que ce dernier, fameux poète exilé : sa participation à un colloque de littérature comparée le mois suivant avait été annulée, tout son travail sur cette intervention tombait à l'eau, et elle ne pourrait même pas le réutiliser pour le séminaire de la semaine suivante, car il avait été purement et simplement annulé lui aussi. Pas reporté. Annulé. Son travail éditorial sur sa thèse avançait bien, mais sa carrière stagnait… Enfin, c'était ce qu'elle se disait pour ne pas admettre qu'elle régressait carrément. Depuis le fiasco de son dîner avec Timothy, les choses étaient allées de mal en pis. Les rumeurs qui lui parvenaient de loin étaient maintenant des chuchotements à peine dissimulés, et on l'attaquait à propos de son travail. D'autres étudiants avaient été mis dans la « confidence », et la situation était en train de prendre des proportions qu'elle n'aimait pas, mais alors pas du tout.

— Vous êtes libres de rentrer chez vous, bonne soirée !

Quelques « bonne soirée » fusèrent dans les rangs des étudiants qui rangeaient leurs affaires, pressés de déguerpir. Petit à petit, la salle se vida, et Charlotte put faire ce dont elle rêvait : rentrer se terrer chez elle. Enfin, chez elle, c'était un bien grand mot. Son logement consistait en un petit studio d'enseignant un brin vétuste, d'un bleu défraîchi et qui sentait la naphtaline, la faute à son précédent occupant, mort de vieillesse dans le lit, et dont le matelas n'avait probablement pas été changé depuis. La jeune femme s'y était installée quatre ans et demi plus tôt, au début de sa thèse en littérature coréenne, après avoir obtenu un contrat doctoral. Elle avait effectué la plupart de ses cours aux premières années en tutorat de coréen, et fini sa thèse sans pouvoir mettre les pieds à l'étranger pour consulter des ouvrages introuvables en Angleterre, d'abord à cause de la fermeture des frontières pendant la pandémie, puis à cause de sa propre santé. Ensuite, elle avait décroché un poste de chargée de TD en littérature française ici. Dire qu'elle avait jubilé à l'idée d'intégrer la fac de ses rêves… Elle avait passé tellement de temps dans sa chambre qu'il lui suffisait de fermer les yeux pour que le motif usé du papier peint bleu surgisse derrière ses paupières.

La porte s'ouvrit en grinçant sous la poussée de ses doigts transis, et Charlotte claqua le battant derrière elle, pressée de s'écrouler sur son canapé. Un ressort rebelle lui piqua la fesse, et elle se tortilla jusqu'à s'être éloignée du coussin maudit. Ce fut le moment que choisit son téléphone pour sonner depuis le fond de son sac. Après une lutte de haut vol avec le contenu tout sauf organisé de son sac, elle décrocha in extremis, sans prendre le temps de regarder qui l'appelait. Une grimace paniquée déforma son visage quand elle entendit la voix de sa mère. Zut… Elle avait oublié que décembre approchait.

— Allô ? fit sa mère, au moins aussi surprise qu'elle de l'avoir au bout du fil. Charlotte ? Tu vas bien ?

— Bonjour, m'man… Je suis trempée et crevée, mais sinon oui, je suppose qu'on peut dire que je vais bien. Et toi ?

— On fait aller, merci. C'est tellement rare que tu décroches ! À croire que tu n'as pas une minute à toi…

Ce qui est littéralement le cas… songea la jeune femme avec un rictus désabusé en regardant le tas de copies qui la narguait depuis sa table basse.

— Tu sais bien que j'ai beaucoup de travail, répondit-elle en s'efforçant de rester calme. Quoi de neuf à la maison ?

— Oh, tu sais, toujours la même chose, ton frère se plaint qu'il ne se passe jamais rien, ta sœur est enceinte jusqu'aux yeux, et ton père passe plus de temps dehors que dedans… C'est à croire que je n'existe pas… Enfin, eux au moins ils sont là…

Mode offensive activé.

— L'hiver se prépare dans les montagnes, tu verrais ça, c'est très joli. Quand rentres-tu cette année ?

— Oh, je… J'avais pensé… Tu sais…

— J'ai vu sur internet que tes vacances commençaient le 17 décembre, tu vois, ta vieille mère se rappelle encore assez d'anglais pour ça !

— Je n'en doutais pas. Tu sais, la période se termine à cette date, ça ne veut pas dire que…

— Allons bon, je comprends, il te faut du temps pour faire ta valise, nous t'attendrons donc à la gare d'Aurillac le 18. Tu n'oublieras pas de donner l'horaire à ton père, et ne prends pas toute ta bibliothèque avec toi… Oh, ça va être merveilleux ! Tout le monde sera là cette année ! Ça fait trois ans que ce n'est pas arrivé, je ne sais pas si tu te rends compte.

Charlotte se tut, le cœur traversé par une pointe de culpabilité : l'année précédente, elle avait fait la morte pendant tout le mois de décembre jusqu'à ce qu'il soit trop tard pour se poser la question de rentrer chez ses parents ou non. Inutile de préciser qu'elle comptait réitérer la démarche cette année, n'était le fait qu'elle avait bêtement décroché sans regarder qui l'appelait… Maintenant, il était trop tard pour faire marche arrière : elle n'aurait jamais le courage de dire « non » à sa mère. Encore un peu assommée par la nouvelle, elle lui souhaita une bonne soirée, lui demanda de passer le bonjour à tout le monde, et raccrocha. Un cri de dépit et de frustration franchit ses lèvres alors qu'on toquait à sa porte, et elle entendit rire de l'autre côté du battant. Presque aussitôt, celui-ci s'ouvrit sur un tonitruant :

— Tu t'énerves sur tes copies ?

C'était Josh, bien sûr, qui disposait de son propre trousseau de clés depuis le début de leur amitié ou presque, et ne s'était jamais embarrassé d'attendre que son amie lui ouvre pour entrer chez elle.

— Même pas... soupira Charlotte, qui aurait largement préféré une telle activité à l'ordalie familiale, se levant pour refermer la porte derrière lui.

— Tu t'es encore fait larguer ? demanda-t-il en se laissant tomber sur le canapé comme elle l'avait fait quelques minutes plus tôt.

— Je te rappelle que pour se faire larguer, il faut déjà commencer par sortir avec quelqu'un.

— Pas faux, j'oubliais que ta vie sentimentale était morte ensevelie sous une avalanche de copies il y a une éternité.

— Ça ne fait que deux mois, espèce de *drama queen*...

— Ne fais pas comme si ta vie affective n'avait pas agonisé longtemps avant ta rupture, ça ne prend pas avec moi !

La jeune femme alla leur préparer du thé, déridée malgré tout. Elle connaissait Josh depuis son arrivée à Oxford, et il avait toujours eu le don de la faire sourire.

— Je suppose que tu n'as toujours pas d'alcool ? lança-t-il depuis le canapé.

— Exact.

— Et tu te demandes sérieusement pourquoi ta vie est si ennuyante ? Achète du vin, du rhum, du whiskey, je sais pas moi, fais quelque chose !

— Je le noterai sur la liste de courses, *darling*. Bon, tu veux savoir la dernière ?

— Toujours ! déclara Josh, une main sur le cœur et l'autre levée.

— Je suis attendue chez mes parents pour le 18 décembre. J'ai décroché sans faire exprès…

— Comment peux-tu décrocher « sans faire exprès » un téléphone qui est toujours enterré dans les tréfonds insondables de ton sac infernal ?

— En galérant tellement pour l'attraper que je n'ai pas eu le temps de regarder qui appelait… D'ailleurs, l'idée que ça puisse être ma mère ne m'a même pas traversé l'esprit.

— Tu te ramollis, ma vieille.

— Je ne te le fais pas dire, renchérit la jeune femme en venant s'installer à ses côtés avec le plateau.

Les deux amis burent leur thé tout en échangeant les dernières nouvelles. Josh donnait des cours de danse, avec une préférence pour la K-pop, et elle adorait regarder des clips avec lui pour l'aider à choisir ses prochaines chorégraphies. Avec ses cours, il avait souvent des anecdotes amusantes à raconter. Quand le sujet de la conversation n'était pas la coiffure… La vie de ses cheveux lui était à peu près aussi cruciale que l'aurait été celle de ses propres enfants s'il en avait eu, et il se livrait à un rituel élaboré de questionnements, analyses et autres débats à chaque fois qu'il envisageait de changer de coiffure. Charlotte ne s'embarrassait pas d'autant de scrupules : ses cheveux étaient un désastre ambulant, et elle s'en accommodait très bien, même si, quand elle se promenait dans la rue avec Josh et qu'ils se tenaient par la main pour ne pas se perdre dans la foule, il n'était pas rare qu'elle croise quelques regards songeurs face à la paire aussi capillairement mal assortie que tous deux formaient…

CHAPITRE 6

Charlotte

Début décembre

DANS LA SALLE DE DÉTENTE DES ENSEIGNANTS D'ÉTUDES FRANÇAISES, Charlotte laissait son regard errer d'un ornement de Noël à l'autre. Elle ignorait qui avait décoré cette pièce, mais il s'agissait clairement d'un fanatique du 25 décembre. Les casiers étaient ensevelis sous les guirlandes et les paillettes rouges et vertes, quatre sapins miniatures étaient placés à des points stratégiques, couverts de plumes et de boules décoratives, et un père Noël avait même été suspendu à un luminaire, portant le mauvais goût à son comble. La jeune femme torturait les manches de son pull en attendant Timothy et le doyen pour un entretien. Elle l'avait sollicité elle-même, afin de leur faire part de l'évolution récente de la situation. Un mal de ventre pernicieux la tiraillait depuis plusieurs jours, et son sommeil était entrecoupé de réveils en sursaut à cause de l'angoisse.

Quand les deux hommes arrivèrent enfin, ils s'installèrent dans le bureau de Timothy, porte fermée, sous le regard curieux de la secrétaire. Le doyen s'assit et croisa les doigts devant lui sur le bureau.

— Nous vous écoutons, mademoiselle Ferez, de quoi vouliez-vous nous entretenir ?

Ça commençait bien, on refusait de l'appeler par son titre de docteure… Ici, c'était pourtant la règle.

— Monsieur le doyen, vous n'ignorez sans doute pas que des rumeurs circulent sur mon compte depuis plusieurs semaines à l'université, concernant mon orientation sexuelle.

— J'avais cru le comprendre, en effet.

— La situation devient compliquée. Certains collègues font des remarques quand ils me voient, et ne s'en cachent plus, des étudiants aussi, en entrant en cours ou sur le campus… Depuis que ça a commencé, mes participations à des colloques et séminaires internes ont été annulées, sans qu'on m'en donne le motif, même quand je le demande. Hier…

La gorge de la jeune femme se noua, et elle dut lutter pour que sa voix ne tremble pas.

— Hier, ma demande de financement pour me rendre à Séoul, vitale pour la suite de mes recherches, m'a été refusée sous un prétexte inédit : une trop faible participation à la visibilité de mon établissement… Je tenais donc à vous présenter ma situation pour vous demander d'intervenir en ma faveur. Monsieur le doyen, j'ai besoin de ce financement. Je n'ai encore jamais pu me rendre à Séoul, or j'en ai besoin pour avoir accès à des textes qu'il m'est très difficile de consulter ici…

— Mademoiselle Ferez, l'université n'est pas responsable de vos choix de vie. Si tout le campus parle de ça, c'est que vous avez dû étaler votre vie privée à des endroits où vous n'auriez pas dû, voilà tout. Je ne vois pas en quoi cela serait de mon ressort, ni en quoi cela aurait pu provoquer l'annulation, comme vous dites, de vos interventions… Je vous assure que nos critères sont tout à fait neutres.

— Dans ce cas, pouvez-vous me donner un motif valable pour toutes ces annulations et ce refus ?

— Je n'ai pas à me justifier pour mes collègues. Quant au financement, il va falloir attendre votre tour, comme tout le monde.

— Mais mon tour était venu, justement…

— Allons, Ferez… Cessez ces jérémiades, la coupa Timothy.

Charlotte reçut sa remarque comme une gifle. Non mais pour qui se prenait-il ? Elle se redressa, indignée par l'accueil réservé à des plaintes qu'elle savait justifiées. Juste avant de franchir la porte, elle se retourna et lâcha :

— Puisque c'est tout l'effet que vous fait la loi… Vous entendrez parler de moi par d'autres biais.

À la suite de cette entrevue catastrophique, Josh fit preuve d'un grand enthousiasme par SMS :

Ouais ! Trop forte Charlotte !
Tu as bien fait, montre-leur qui tu es !

La réaction d'Amy était, quant à elle, plus mitigée :

Franchement, ils abusent…
Tu as laissé une trace
de tes réclamations ?

J'ai envoyé un mail avec accusé
de réception à ces deux-là et
à leurs secrétaires, où j'ai mentionné
notre entretien. Je vais me renseigner
sur le site de l'université…

Tu as bien fait,
faut pas se laisser faire.

Depuis qu'elle donnait des cours, elle n'avait jamais été aussi épuisée à l'approche d'une fin de trimestre. Elle se donnait beaucoup de mal pour ne pas voir que la situation était en train de provoquer une rechute de sa fibromyalgie : *mais non, c'est juste de la fatigue, et les douleurs qui reviennent sont dues au froid, en décembre, cela n'a rien d'étonnant...*

Ce jour-là, elle devait rendre les notes de contrôle continu à ses étudiants de méthodologie. Elle avait gardé la remise des copies pour la fin du dernier cours, et se réjouissait de se débarrasser de ce dernier TD avant le début des examens de fin de trimestre. Elle avait déjà reçu des mails d'étudiants s'interrogeant sur leur note, cela arrivait régulièrement et n'avait rien de surprenant. Le ton n'était pas toujours adéquat, mais dans l'ensemble, ils restaient respectueux. Aussi eut-elle du mal à comprendre les réactions que suscita la distribution des copies :

— Je refuse que quelqu'un comme vous me mette une note pareille ! Pour qui vous prenez-vous ?

— Je me prends pour votre professeure, et j'ai expliqué sur chacune de vos copies ce qui n'allait pas au cours du trimestre, alors changez de ton, répliqua-t-elle d'un ton ferme.

— C'est vous qui allez changer de ton ! Depuis quand les gouines ont le droit de me faire rater mon trimestre ? C'est dégueulasse !

Charlotte retint juste à temps un ricanement incrédule. Comme aurait dit son père : il avait vu la Vierge ou quoi ? Derrière lui, deux de ses camarades faisaient front en une tentative d'intimidation qu'elle n'aimait pas du tout. Au fond, elle vit qu'une poignée d'étudiantes avaient sorti leur téléphone en toute discrétion. Comment se sortait-on de ce genre de guêpier ?

— Bon, ça suffit maintenant. Il existe des recours officiels pour ce genre de réclamations, vous n'avez qu'à en déposer un. Alors cessez de m'insulter et quittez cette pièce.

— Sale chienne…

Et il quitta la pièce après avoir laissé un magnifique mollard sur son bureau. Ses acolytes le suivirent et claquèrent la porte derrière eux, au cas où on n'aurait pas bien compris qu'ils n'étaient vraiment pas contents. Charlotte se laissa tomber sur sa chaise, tremblant de la tête aux pieds, et leva un regard rendu flou par l'adrénaline sur les étudiants restés là. Deux filles et un garçon s'approchèrent, inquiets et horrifiés :

— Vous allez bien ? demanda le garçon. Quelle bande de brutes… On a tout filmé, on va vous envoyer la vidéo pour que vous puissiez signaler le cas…

Face à leur sollicitude, les larmes montèrent aux yeux de Charlotte, qui ne parvint pas à les empêcher de rouler le long de ses joues livides. La tête lui tournait, et elle aurait sans doute été incapable de se tenir debout seule. Finalement, une des filles, qui portait des lacets arc-en-ciel, lui tendit un mouchoir, et la jeune femme réussit à se ressaisir et à sécher ses larmes.

— Merci… murmura-t-elle.

— C'était flippant… marmonna l'autre fille.

Ce n'était pas Charlotte qui allait la contredire. Finalement, ces vacances en France allaient être une vraie promenade de santé après une fin de trimestre pareille…

Sur le conseil des étudiants et d'Amy, Charlotte avait récupéré la vidéo de l'agression et l'avait communiquée, ainsi que tous les mails concernant la situation et un compte-rendu détaillé, au comité en charge de la lutte contre les discriminations liées au genre et à l'orientation sexuelle de l'université. Puis elle était allée passer le week-end à Londres chez Josh pour se changer les idées, incapable de rester enfermée dans sa chambre sur le campus sans se remettre à pleurer. Plus que dix jours avant de rentrer en France… Elle allait pouvoir s'éloigner un peu de ce climat pourri – et elle ne parlait pas de la fameuse pluie anglaise.

CHAPITRE 7

Ji-Ho

Mi-octobre

POUR LE LANCEMENT, ils avaient tout misé sur la communication : flyers avec bon de réduction, réseaux sociaux, affiches dans les commerces du village… Ils avaient même créé de petites cartes de fidélité. Alors que l'heure de l'ouverture approchait et que la nuit commençait à tomber, la tension était à son comble derrière la vitrine chaleureusement éclairée. Ji-Ho, en blouse de cuisine bleu sombre et cheveux cachés sous un bandana, vérifiait tout ce qui pouvait l'être, des luminaires aux stocks en passant par la caisse enregistreuse. Il avait passé la semaine à hésiter sur la quantité de nourriture à préparer en amont. Ils rouvraient un vendredi soir, pour profiter des sorties du week-end, et à une semaine des vacances scolaires, pour maintenir l'attrait du début dans la durée… Il espérait que ça suffirait. Les cernes sous ses yeux en disaient long sur la qualité de ses nuits récemment.

À ses côtés, sa mère Mi-Joo avait sorti son plus beau tablier coloré pour le service. Elle regardait son fils aller et venir avec tendresse, ses yeux brillant de joie. Elle avait attendu ce moment tellement longtemps. Quand Ji-Ho intercepta l'un de ses regards émus, il cessa un instant de courir partout et vint déposer un baiser sur ses cheveux.

— Ça va aller, lui assura-t-elle en lui tapotant le bras. Il n'y a aucune raison que les clients ne viennent pas.

Derrière le bar, près de la caisse, son père avait pris place sur un siège confortable pour être présent malgré tout. Il ne leur serait pas d'une grande aide, mais il leur avait semblé important que l'ancien propriétaire (qui l'était toujours sur le papier, n'en déplaise à ses parents) assiste à la réouverture.

Enfin, dix-neuf heures sonnèrent à l'église du village, et l'attente commença. L'enjeu était de taille, car en plus des travaux de décoration, ils avaient sacrifié une partie du garage attenant pour agrandir la salle, qui était passée d'une trentaine de couverts à une cinquantaine. Ce restaurant allait devoir tous les nourrir, si Ji-Ho voulait pouvoir rester au village.

Finalement, la clochette tinta, et petit à petit, les habitués du restaurant commencèrent à affluer, intimidés par la nouvelle configuration des lieux et la présence de Ji-Ho, mais contents de voir que le restaurant était toujours là. C'était parti…

Quand Ji-Ho abaissa le rideau de fer ce soir-là, il était soulagé : c'était une bonne soirée de lancement. Suffisamment réussie pour être prometteuse. Bien sûr, il n'y aurait pas autant d'affluence tous les soirs, les connaissances qui avaient fait le déplacement cette fois-ci ne deviendraient pas des habitués par un tour de magie, mais tous les clients avaient semblé satisfaits de la décoration et de la carte. Le temps ferait le reste.

Début novembre

Les jours suivants confirmèrent ses espoirs : le restaurant n'avait pas désempli pendant deux semaines. Il allait manquer de bras en cuisine, d'autant plus que son père ne pourrait pas tenir la caisse tous les soirs : il avait amplement mérité sa retraite, et il l'aurait. Ji-Ho s'était donc résigné à poster une annonce sur la page Facebook et dans la vitrine pour chercher quelqu'un pour le service.

Lilou s'était présentée directement sur place, à la fin du service du midi, avec son CV et un tablier dans le sac. C'était une jeune fille à la fois timide et déterminée, et ce mélange avait intrigué le jeune homme, qui l'avait fait asseoir et lui avait demandé ce qui l'intéressait dans l'offre.

— Voilà, en fait, j'ai lâché l'école en septembre… Je n'ai pas encore le permis ni rien, alors si je veux rester chez mes parents, je dois trouver un boulot sur place… J'ai déjà travaillé au restaurant du village cet été, mais maintenant je recherche un poste à l'année. Et vingt heures par semaine pour commencer, ça m'irait très bien. Je vous promets que je suis travailleuse, je n'ai pas arrêté le lycée pour glander.

Cette remarque tira un sourire au jeune homme : quitter le lycée pour se la couler douce en étant serveuse aurait en effet été un très mauvais plan… Lilou avait seize ans : s'il l'embauchait, il faudrait sans doute qu'il change la répartition qu'il avait prévue pour ses heures au départ. Mais après tout, pourquoi pas ? Rester au village avait l'air de lui tenir à cœur, et on sentait les larmes affleurer derrière son grand sourire motivé. Elle lui rappelait quelqu'un.

— Tu vas l'embaucher ? lui demanda sa mère en souriant.

— Je pense que oui. Je veux juste appeler le restaurant ce soir, pour savoir comment elle était.

— Je suis sûre qu'elle sera très bien. Elle avait l'air motivée.

Le jeune homme sourit : sa mère s'était abstenue de dire ce à quoi ils avaient tous les deux pensé. Elle avait l'air acculée, sa famille lui mettait sans doute la pression pour qu'elle ne reste pas sans rien faire. Les larmes cachées derrière le sourire, Charlotte était très douée pour ça quand ils étaient ados. Lilou ne le savait pas, mais elle était tombée sur deux habitués de ce genre de sourires.

Mi-novembre

À la fin de son service, Ji-Ho dénoua son tablier, retira son bandana, et soupira en faisant craquer ses cervicales. La journée avait été longue… Quand il songea au vieux lit une place défoncé qui l'attendait à l'étage, il regretta les futons coréens, si spartiates en apparence, mais si confortables une fois qu'on s'y était habitué. Puis il sortit son portable et vit qu'il avait un message de Min-Jae : il était en route pour la salle de sport, et il était… quoi ? Six heures du matin à Séoul ? Un air amusé éclaira son visage alors que la bouille de Min-Jae s'affichait à l'écran. Il décrocha l'appel visio :

— Min-Jae ! Te voilà bien matinal…

— Que veux-tu mon vieux… Je prends soin de moi ! Sympa, tes cernes, dis donc…

— Difficile de faire la grasse matinée quand on reprend un restaurant, grimaça Ji-Ho.

— La grasse matinée, c'est pour les faibles !

— J'en suis ! Où est-ce qu'on signe ? sourit Ji-Ho en verrouillant les portes de service.

— Tu ne crois pas que ce serait plus simple avec plus de main-d'œuvre ?

— Les revenus du restaurant doivent faire vivre trois personnes, et on a déjà une serveuse à temps partiel… Je suis à mon maximum, là. Et puis, il faut lui laisser le temps de prendre ses marques, ça ne fait que deux semaines qu'elle bosse ici.

— J'espère pour toi que ça va vite décoller !

Le jeune chef se frotta le visage en soupirant : il l'espérait aussi. En acceptant de reprendre le restaurant de ses parents, il ne s'était pas attendu à se retrouver avec une telle pression sur les épaules. S'il savait cuisiner et gérer une équipe, il était en revanche beaucoup moins à l'aise avec l'idée d'être responsable du gagne-pain des autres. La paperasse lui donnait des migraines terribles. Sans compter qu'après être retourné dix ans en Corée, son français s'était comme évaporé dans des coins reculés de son esprit. S'il avait conservé la grammaire et l'accent, il passait son temps à chercher ses mots. Quant au jargon administratif… C'était pire que tout. Le diable incarné. Elle lui manquait un peu, cette insouciance de celui qui ne travaille que pour lui, qui se contente de cuisiner, d'inventer des plats et de les faire goûter à son patron. Heureusement que sa mère avait accepté de l'aider avec tout ça, sinon, il aurait été totalement largué. Et encore, il avait déjà eu la nationalité française. Il n'osait même pas imaginer le parcours du combattant qui l'aurait attendu s'il avait dû en prime passer par toutes les étapes de la demande, depuis les visas jusqu'à la fin de la procédure officielle… Au vu de sa situation particulière, il avait pu se contenter de faire une demande de réintégration dans la nationalité française, et il en était plus que soulagé. La liste des documents à fournir restait considérable, sans parler des documents en coréen à faire traduire par quelqu'un d'assermenté… Cette demande lui en coûterait son passeport coréen, puisque la Corée du Sud ne reconnaissait pas la double nationalité. C'était justement ce qui l'avait poussé à renoncer à sa nationalité française pourtant fraîchement acquise, à l'époque. Mais si c'était le prix à payer pour prendre la relève de ses parents, il était prêt. En revanche, vu la quantité de papiers nécessaire, c'était la dernière fois qu'il faisait l'échange de nationalités.

Sur l'écran de son portable, Min-Jae s'esclaffa :

— Tu as l'air d'être parti très loin.

— Techniquement… commença Ji-Ho, hilare.

— Oui, je sais, tu es à l'autre bout du monde… Enfin bref, tu vois ce que je voulais dire. Ça te plaît toujours, de reprendre le restau ?

— Oui, c'est assez sportif, mais ça me plaît. La déco est finie, la nouvelle carte a du succès… Cet endroit commence vraiment à me ressembler. Et puis, les clients français boivent beaucoup moins que les clients coréens : la fermeture se fait tellement plus facilement !

— Mais où est-ce qu'ils vont pour se détendre après le travail ? s'étonna Min-Jae.

— Ils peuvent aller au bar, sinon ils rentrent juste chez eux… Personne ne va boire avec son équipe le soir en semaine pour se faire bien voir.

— Bizarre…

Le jeune homme retint un rire pour ne pas réveiller ses parents, qui dormaient sans doute déjà dans l'appartement familial. Il traversa le couloir en chaussettes, ses claquettes à la main.

— Cela dit, ça pose un autre problème, remarqua Min-Jae en s'installant dans le vestiaire de sa salle de sport. Comment tu vas te faire des amis si tu ne peux pas aller boire avec tes collègues ? Je ne suis plus là pour t'aider !

— J'ai déjà revu quelques potes du lycée… On va prendre un verre de temps en temps. Ça me suffit amplement pour l'instant.

— Moine ermite…

— C'est ça… Tu n'étais pas censé faire du sport ?

— Ah *chincha*[1]… Tu ne perds rien pour attendre…

Et son ami raccrocha après lui avoir fait un clin d'œil amusé. Ji-Ho se laissa tomber sur son lit, épuisé, et ferma les yeux quelques instants, éreinté à la simple idée de se déshabiller. Oui, vraiment, il était bien trop fatigué pour avoir envie de sortir aussi souvent qu'il le faisait à Séoul ou Busan…

Début décembre

Emmitouflé dans son manteau bleu roi et son écharpe grise, Ji-Ho remontait la rue qui menait au marché du village en soufflant dans ses mains pour les réchauffer. Il avait oublié que le froid humide des jours de neige auvergnats n'avait que peu à envier au froid coréen. Sur les conseils de sa mère, il allait essayer de rencontrer le sculpteur sur métal du village pour lui commander quelques vases et une porte battante pour le bar. Il ne savait même pas qu'il y avait ce genre d'artistes-artisans par ici, et à vrai dire, il se doutait que sa mère ne lui avait pas tout raconté : son sourire était un peu trop amusé quand il était parti, la laissant préparer les raviolis du jour. Enfin bon, il pouvait bien

1. Expression coréenne qui signifie « ah vraiment… » d'un ton énervé ou faussement énervé.

faire semblant de tomber dans le panneau sans se douter de rien, ce n'était pas comme si elle lui faisait souvent des blagues ou qu'elle avait l'habitude de chercher à le piéger. Tout de même, sur qui allait-il tomber ?

Le marché du village s'était installé aux abords du marché de Noël, qui lui avait pris sa place sous les tilleuls de la mairie. Producteurs et artisans s'y retrouvaient tous les mercredis, et le jeune homme devait aussi y rencontrer une productrice locale d'épices pour lui proposer un partenariat : dans un restaurant coréen, on utilisait beaucoup d'oignons, d'ail et de piment... Il lui avait déjà parlé au téléphone, elle voulait juste le rencontrer pour conclure l'accord.

La matinée passa rapidement, et la fin du marché approchait quand Ji-Ho trouva le stand du sculpteur sur métal. Il s'arrêta un peu en retrait, surpris : l'artisan n'était autre que le père de Charlotte. Le monde est petit, dans les villages de campagne. Tellement petit qu'il commençait à se demander s'il n'allait pas finir par croiser Charlotte pendant les vacances de Noël. *Allons, ne sois pas ridicule, tu ne vis pas dans un* drama[1]...

Le regard attiré par ce grand jeune homme qui s'était arrêté à quelque distance de son stand, Jean Ferez finit par interrompre ce qu'il faisait.

— Ça alors, Ji-Ho ? On m'avait dit que tu étais revenu au village, mais je ne t'avais pas encore vu de mes propres yeux. Te voilà devenu un sacré grand gaillard ! Le restaurant marche bien ?

Le jeune homme s'ébroua mentalement et s'approcha enfin de l'artisan.

1. Séries coréennes, généralement en douze épisodes, qui mettent souvent en scène des histoires d'amour, mais pas uniquement.

— Bonjour, monsieur Ferez. Le restaurant ne marche pas trop mal, merci.

— Alors comme ça, tu as tout changé ?

— Peut-être pas tout, mais on a modifié pas mal de choses, oui. Maintenant, c'est un condensé de mes dix dernières années en cuisine.

— Il faudra que je vienne voir ça, alors, sourit Jean. Tu venais me voir pour quelque chose en particulier ?

— Euh… Oui, ce serait pour le restaurant, justement…

Ji-Ho lui expliqua ce qu'il voulait, cherchant ses mots, tandis que Jean l'écoutait attentivement, bras croisés et sourcils froncés. Il s'était reconverti cinq ans plus tôt, quand son poste avait été supprimé dans l'usine où il travaillait. Ce qu'il faisait maintenant, il en avait rêvé longtemps. Homme de peu de mots, il lui posa quelques questions sur ce qu'il souhaitait, chiffra le tout et lui fit son devis. Ils scellèrent l'accord d'une poignée de main, et alors qu'ils allaient se séparer, il ajouta :

— Charlotte n'est plus dans le coin… C'est dommage, vous formiez une belle équipe, tous les deux. Bon retour parmi nous, en tout cas.

Le jeune homme hocha la tête et reprit le chemin du restaurant, songeur. Il n'avait jamais beaucoup échangé avec les parents de Charlotte, à l'époque : elle n'était pas en très bons termes avec sa mère, et son père avait toujours passé plus de temps dans son atelier qu'ailleurs. D'une certaine façon, il était touché par le souvenir que Jean avait d'eux. Ici, le passé n'était jamais loin : un souvenir par ici, une remarque par là… Dans l'esprit des gens, Ji-Ho était encore cet adolescent discret, toujours flanqué de sa meilleure amie aux cheveux de toutes les couleurs. Ils commençaient seulement à découvrir l'adulte qu'il était devenu, eux qui n'avaient pas bougé de là, alors que lui, il roulait sa bosse loin d'ici depuis dix ans, dans une autre culture, dans un autre monde, presque. Le gouffre qui s'étendait entre eux était vertigineux : pourtant, il ne trouvait pas si difficile que ça de se glisser à sa place, une place qu'on lui avait gardée, rien que pour lui. Oui, songea-t-il en enfilant sa blouse pour le service du midi, il était heureux d'être revenu. C'était le bon choix.

CHAPITRE 8

Charlotte

Mi-décembre

LE VILLAGE OÙ CHARLOTTE AVAIT GRANDI était une petite bourgade : assez grand pour avoir une école, mais pas assez pour avoir un collège. Niché au cœur du Cantal, non loin du puy Mary, l'un des plus hauts monts de la région, il dépendait d'Aurillac pour la plupart des affaires courantes : hôpital, enseignement secondaire, cinéma… C'était un petit village de vallée comme il y en avait tant d'autres, construit à flanc de montagne, en pente partout ou presque, avec de jolies maisons, quelques touristes en été, et les stations de ski tout près. Autour, beaucoup de prairies : les sommets étaient encore trop distants pour qui aurait voulu s'y rendre à pied.

L'été, les jeunes du village se retrouvaient sur les hauteurs, autour d'un feu de camp qui faisait danser les couleurs du couchant sur leurs visages. On s'y rendait à pied, à vélo ou en scooter, et on finissait souvent par dormir sur place, pas seulement par nécessité après avoir trop bu, mais aussi parce qu'on y était bien et qu'on pouvait y contempler des étoiles par milliers. C'était sans doute l'une des choses qui lui avaient le plus manqué, après son départ pour Paris.

L'hiver, on sortait les chaînes pour les pneus, on remettait du bois dans le feu, et on préparait Noël. Sa mère avait toujours mis un point d'honneur à inviter toute la famille pour les fêtes. Famille qui ne se faisait généralement pas prier, tant pour l'abondance de bons petits plats qu'on trouvait chez les Ferez que pour la promesse de quelques pistes rouges à proximité. Enfant, Charlotte avait adoré ces Noëls en famille, et les avait toujours attendus avec impatience. Puis la relation avec sa mère s'était complexifiée, et petit à petit, même Noël avait perdu sa magie. Elle avait été une ado en colère. Bagarreuse parfois. En mal-être, souvent. Quand l'occasion de quitter le cocon familial s'était enfin présentée, elle n'avait pas hésité. Pendant ses études à Paris, elle ne rentrait que deux fois par an : à Noël et au mois d'août. Puis elle était partie en Angleterre, était rentrée encore moins souvent, et même aujourd'hui, elle aurait été bien en peine de dire si elle le regrettait ou pas.

En tout cas, la nouvelle de la présence de Charlotte pour les fêtes avait vite fait le tour de toute sa famille – et probablement de tout le village, maintenant qu'elle y pensait –, et son téléphone débordait de messages joyeux. Cela allait des petites salutations bien intentionnées des oncles et tantes aux déclamations exubérantes de son petit frère, qui avait commencé la conversation par un : « La fille prodigue va revenir à la maison ! Alléluia ! Tu crois que maman est allée brûler un cierge pour ça ? » Ses neveux et nièces, qui avaient entre quatre et neuf ans, avaient également insisté pour lui parler en visio. Sa sœur Manon s'était installée sur le canapé en arrière-plan et avait essayé avec peu de conviction de soutenir une conversation avec elle, tandis que les enfants criaient, lançaient des mots en anglais et lui posaient dix questions à la fois. Ils avaient dû hériter ce babil de leur oncle, c'était la seule explication possible…

Le 17 en début d'après-midi, Charlotte rejoignit sans tarder Londres avec sa valise : elle passerait le début de ses congés avec Josh et partirait le lendemain par l'Eurostar.

Alors qu'ils faisaient les boutiques pour acheter leurs derniers cadeaux de Noël, Josh s'éloigna à regret d'une magnifique écharpe pour se concentrer sur la déambulation de son amie dans les rayons enguirlandés. Quand elle l'eut rejoint, il la considéra avec un soupçon de reproche dans le regard.

— Quoi ? demanda la jeune femme, perplexe.

— Tu boites à nouveau.

— Ah, ça…

— C'est revenu depuis quand ? dit-il en mettant mine de rien l'écharpe dans son panier.

— Ça s'est installé petit à petit depuis le début des rumeurs.

— Tes collègues se comportent toujours aussi mal depuis que l'autre connard t'a *outée* ? devina-t-il en considérant un flacon de parfum.

— Oui…

— *Oh my God…* s'émerveilla-t-il en vaporisant un peu de parfum au creux de son poignet. Sens ça.

Josh lui colla son poignet sous le nez, et un sourire lui échappa. Rien ne pouvait le distraire de son shopping. Mais quand elle releva la tête après avoir approuvé son choix de parfum, elle le découvrit sourcils froncés et visage grave :

— Le stress n'est pas bon pour toi, et en plus, ça pourrait devenir dangereux… Pourquoi ils n'ont pas encore réagi en haut lieu ?

— Je l'ai signalé la semaine dernière, il faut leur laisser un peu de temps… Les vacances vont sans doute calmer le jeu, argua-t-elle sans grande conviction en attrapant un flacon de parfum pour ses propres cadeaux. Si ce n'est pas le cas, je me renseignerai à la rentrée.

Après avoir fini leurs achats de Noël, les deux amis se réfugièrent dans un salon de thé des plus charmants, et qui offrait des pâtisseries à se damner. La décoration raffinée aux tons pastel avait été rehaussée de quelques branches de houx et guirlandes délicates, et des reprises jazz de chansons de Noël étaient diffusées en douceur. Charlotte, adossée contre le dossier de son fauteuil, ferma les yeux un bref instant, et toute sa fatigue en parut décuplée. Son maquillage ne parvenait pas à cacher les cernes sous ses yeux, et on devinait au trait entre ses sourcils qu'elle avait mal à la hanche, peut-être ailleurs également. Quand la serveuse leur apporta leurs petites théières fumantes et leurs assiettes de pâtisseries pleines de crème fouettée, Charlotte sembla revivre et Josh sourit :

— Bon, et si tu me parlais des vacances qui t'attendent ?

Charlotte s'exécuta tout en faisant tourner le thé dans la théière pour qu'il infuse plus uniformément. On ne plaisantait pas avec le thé.

— Si je résume, ta famille vit dans un ancien corps de ferme à deux kilomètres de toute habitation, à près de 1 200 mètres d'altitude dans le Massif central, et il y aura donc deux de tes grands-parents, tes parents, ton frère, ta sœur, son mari et leurs quatre enfants et demi, ainsi que probablement quelques oncles et tantes et cousins… J'oublie quelqu'un ?

— Les chats et les poules, rit Charlotte en remontant un genou contre elle.

— Au moins, il n'y a plus de vaches… Et donc, quel est le problème ?

— Comment ça, quel est le problème ? grommela la jeune femme. Tu as vu la liste que tu viens de dresser ? Ma famille est connue dans tous les environs, moi aussi par la même occasion, et je ne pourrai pas faire deux pas sans rentrer dans quelqu'un ou trébucher sur un gosse ou un chat… La tranquillité de la campagne, mon œil.

— C'est marrant, je te croyais plus sociable que ça. Tu n'aimes pas Noël ?

— Si… C'est juste que j'étouffe au milieu d'autant de monde, et que Noël est sans l'ombre d'un doute la période de l'année où ils sont le plus à fond dans le délire « famille ». Ajoute de l'alcool à chaque repas, une critique faussement bienveillante à la seconde, avec de temps en temps une remarque homophobe…

— Et tu obtiens une Charlotte aux antidouleurs, comprit son ami.

— Super idée de dessert, non ?

— Mmh… Seulement si tu y ajoutes un coulis d'ex-petit ami qui se pointe sans prévenir hanté par ton souvenir, et là, on obtient un dessert de Noël parfait, précisa Josh, qui avait un faible pour les comédies romantiques.

Charlotte blêmit et battit des cils pour chasser l'image qui venait de s'imposer devant ses yeux.

— Il y a un ex-petit ami qui pourrait débarquer comme ça ? demanda Josh avec douceur en lui resservant du thé.

— Non, pas un ex.

— Un ami d'enfance sur lequel tu avais craqué ?

— Je ne suis pas sûre qu'on puisse dire ça… Enfin, il m'avait déclaré sa flamme, et moi j'étais plutôt branchée filles, à cette époque.

— Comment il a réagi ?

— Il est parti vivre en Corée, grimaça la jeune femme d'une petite voix mal à l'aise.

— Sérieux ? s'esclaffa Josh. Il y est encore ?

— Aux dernières nouvelles, oui... Il y a donc peu de chances qu'il se pointe au dessert pour m'achever.

— Ça me donne envie de m'inviter chez toi, tout ça.

— Je te prierai de me laisser survivre à Noël avant de me faire ce genre de surprises ! Mais je pense que tu peux raisonnablement venir passer quelques jours, on a toujours de la place quelque part pour un invité en plus.

— C'est vrai ? *Wicked!* On peut skier vers chez toi ?

— Bien sûr. Il y a déjà de la neige cette année, si j'en crois les posts Instagram de mon frère.

— Par-fait !

Le lendemain matin, à peu près ragaillardie par une nuit trop courte et quelques gorgées de café, Charlotte rangea ses affaires et prit le chemin de la gare. Après une correspondance de métro, elle put enfin s'asseoir à sa place dans l'Eurostar et enfoncer ses écouteurs dans ses oreilles. Fermant les yeux, elle se laissa bercer par les accords d'un morceau de MAMAMOO pendant que le train l'entraînait vers son pays, sa famille... et son passé. Elle écouta distraitement les messages vocaux de son frère, qui tenait à lui transmettre une quantité aberrante de détails sur son dernier rencard foireux, et informa son père de son heure d'arrivée. Elle avait prévenu la veille que Josh les rejoindrait le 26 décembre, ce qui lui laissait huit jours à traverser seule. Après les événements récents à la fac, elle s'en sentait encore moins la force, si c'était possible. Aussi, pour éviter de ressasser, elle ne tarda pas à sortir des copies afin de mettre à profit les longues heures de train qui la séparaient encore de l'Auvergne.

CHAPITRE 9

Charlotte

Quand Charlotte atteignit enfin la gare d'Aurillac, une boule d'angoisse lui nouait la gorge. Ankylosée comme jamais, elle traîna sa lourde valise derrière elle, rajustant d'une main les sangles des bretelles de son sac et enfouissant son visage crispé dans son écharpe. Elle repéra son père au bout du quai, les sourcils froncés à force de scruter la foule. Dès qu'elle parvint à son niveau, il l'étreignit un bref instant, avant de la contempler à bout de bras, l'air soucieux :

— Comment vas-tu ?

— Bien, et toi ?

— Bien. Et pour de vrai ?

— Je suis épuisée, rit-elle, penaude.

— Alors donne-moi cette valise, il fait un froid de canard sur ce quai.

Aussitôt, son père traîna sa valise dans les escaliers et jusqu'à la voiture sans autre forme de procès. Il avait pris son utilitaire pour venir et cala son bagage à l'arrière entre deux cartons. Sur le trajet, il mit un CD de hard rock et lui fit la conversation sans s'offusquer de ses réponses brèves.

— Tes cousins de Clermont n'arriveront que le 23, ça te laissera un peu de temps pour t'habituer au monde. Je suppose que tu n'es pas devenue plus sociable depuis la dernière fois ?

— Non, pas vraiment, pouffa Charlotte.

— Moi non plus, remarque. Ta mère a préparé ta chambre sous les combles, tu y seras un peu plus tranquille, même si tu devras descendre pour la salle de bains.

— Ce n'est pas grave, au moins je n'aurai pas à partager ma chambre… N'est-ce pas ?

— Affirmatif. Enfin, à part avec quelques chats, bien sûr. Et avec Chris tant qu'il aura des choses à te raconter.

— Évidemment. Je n'aurais jamais imaginé y couper. Et sinon, comment vont les autres ?

— Ta mère est un peu à cran à cause de sa ménopause qui l'embête, mais je pense surtout qu'elle s'ennuie… Ta sœur a hâte d'accoucher et jure que ce sera le dernier, son mari essaye d'être aux petits soins, avec assez peu de succès je dois dire, et ses enfants changent de passion comme de chemise… Théo se rêve astronaute, Lily ne parle que de dinosaures, et Maria et Lola ont décidé d'apprendre à chanter et danser, alors j'espère que tu n'as pas prévu de faire la sieste. Oh, et ton grand-père est de plus en plus sourd et ta grand-mère s'initie au lexique LGBT avec ton frère.

— Aurions-nous droit à un miracle de Noël ? ironisa Charlotte, qui avait reçu maintes remarques homophobes de la part de ladite grand-mère au fil des années.

Le sourire de son père se changea en moue dubitative, et le silence retomba dans le véhicule, laissant AC/DC meubler la conversation. Alors qu'ils traversaient enfin le village, son père se racla la gorge :

— Tu as quelqu'un, en ce moment ?

— Non…

— D'accord. Ton ami – Josh, c'est ça ? –, il arrive quand ?

— Le 26, on pourra l'installer avec moi dans ma chambre s'il faut.

— On verra, il y aura peut-être de la place dans celle de Chris, sinon. Si ça ne le dérange pas…

— Je lui demanderai.

— Tu sais, pas mal de choses ont changé au village, ce serait bien que tu prennes le temps d'aller y faire un tour. Je suis sûr que ça te plairait.

La jeune femme hocha la tête en regardant les façades défiler sous ses yeux fatigués. Sur les trottoirs, des visages familiers saluaient son père. Il y avait des décorations un peu partout, des sapins, des lumières, des lanternes et des sucres d'orge. Avec toutes les correspondances qu'elle avait dû prendre, il faisait déjà nuit et les gens se hâtaient de rentrer chez eux pour dîner. Enfin, la voiture s'éloigna des lueurs du village et prit le chemin sinueux et enneigé de la ferme. Quelques minutes plus tard, la voiture se garait dans la cour et son père récupérait sa valise pendant qu'elle dépliait ses articulations rouillées.

La porte d'entrée de la bâtisse centrale s'ouvrit, illuminant la neige de la cour d'une lumière chaleureuse venue de l'intérieur et livrant passage au chahut qui y régnait. Entre les miaulements, les cris des enfants et les bruits de vaisselle, cela constituait un avant-goût assez représentatif de ce qui l'attendait. Charlotte inspira comme si elle allait plonger en apnée et suivit son père. Son beau-frère referma derrière elle en souriant et lui donna une accolade, lui explosant l'épaule au passage.

— Ça faisait longtemps ! Tu es venue seule ?

Non, David, tu ne vois pas ? Mon époux modèle se trouve juste à ma droite, songea-t-elle avec ironie.

— Oui, mais mon meilleur ami nous rejoindra le 26, répondit-elle plutôt.

David acquiesça, puis toute une troupe d'enfants envahit l'entrée en criant alors que Charlotte ôtait ses chaussures, l'assaillant de câlins, bisous et questions avant même qu'elle n'ait pu se redresser. Théo, qui avait déjà neuf ans, l'aida à se débarrasser de son écharpe et de son manteau, et les jumelles Maria et Lola l'entraînèrent dans le salon chacune par une main. Là, sa sœur et son frère l'attendaient pour l'enlacer. La jeune femme alla faire la bise à son grand-père assis en bout de table, jeta un regard complice à son père qui avait l'air de la surveiller en souriant, et alla dans la cuisine étreindre sa mère.

— Oh, ma chérie ! Ça me fait tellement plaisir de te voir !

— Moi aussi, maman, souffla Charlotte, émue malgré elle.

— Oh là là, regarde-moi tes cheveux… Quel désastre…

— J'ai passé la journée à courir d'un train à un autre, maman, c'est normal.

Formidable. Le naturel était déjà de retour.

— Dis bonjour à mamie Lucie, conclut sa mère en lui tapotant la joue un peu trop fort.

Charlotte se tourna vers sa grand-mère, la mort dans l'âme. Celle-ci cessa de triturer ses cheveux fraîchement permanentés et combla la distance qui les séparait pour déposer une bise osseuse sur sa joue, saisissant ses mains.

— Tu es gelée, commenta-t-elle. Tu ne nous as pas amené de petit copain ? Par ce froid, il aurait pu te réchauffer…

— Mamie ! gronda Chris depuis l'encadrure de la porte.

— Quoi ?

— On s'était mis d'accord pour éviter ce genre de remarques…

— Ben quoi ? Ce n'est pas homophobe, elle sort bien avec des garçons maintenant, non ? Je n'ai pas le droit de souhaiter le bonheur de ma petite-fille ?

— Laisse tomber, mamie, tempéra Charlotte en déposant un baiser à son tour sur la joue de sa grand-mère.

Elle se lava les mains avant de rejoindre les autres dans le salon, là où la table était toujours dressée quand ils recevaient du monde. Sa sœur et son mari avaient une maison dans un village voisin, mais ils passaient encore régulièrement du temps chez ses parents : plus pratique niveau logistique et domaines skiables. De fait, ils étaient déjà douze à table… Sa sœur et sa famille occupaient généralement une petite maison séparée au bout du corps de ferme, avec quatre chambres, ce qui leur permettrait d'accueillir avec eux leur tante célibataire et sa fille de quinze ans. Dans la maison principale logeraient ses parents, ses grands-parents, deux autres couples d'oncles et tantes avec leurs trois enfants, et enfin Chris et elle. Treize personnes réparties entre six chambres et le convertible du salon. Belle logistique, qui faisait toujours un peu étouffer Charlotte. Inutile de dire que la corvée de courses était… considérable.

Au menu ce soir : pot-au-feu et gratin de pâtes. Charlotte se contenta du premier, trop fatiguée pour manger davantage. Tout le monde lui posait des questions sur sa vie à Oxford, adultes et enfants confondus, la relançant plusieurs fois sur les mêmes sujets, réagissant à chaud et plaisantant beaucoup. Au bout d'un moment, la jeune femme en eut le tournis. Chris le remarqua et réorienta la conversation sur son nouveau projet professionnel en date : ouvrir une école de danse dans le village, avec des stages proposés pendant les vacances pour attirer la clientèle des stations.

— Je compte sur toi pour me donner un coup de main, Charlotte ! s'exclama-t-il avec des étoiles dans les yeux.

Celle-ci manqua de s'étouffer dans son verre d'eau et se redressa en s'essuyant le menton d'une main :

— Mais pour quoi faire ?

— Pour traduire le site en anglais et t'occuper des photos, bien sûr ! Et puis, je ne serais pas contre un coup de main pour les cours de K-pop.

— La communication, je ne dis pas… Mais je te rappelle que mon corps est un désastre ambulant depuis un moment maintenant. Josh et toi devriez bien vous entendre, attends donc qu'il arrive.

— Qui est Josh ? demanda Lucie avec un air de gourmandise qui n'annonçait rien de bon. Tu as quelqu'un à nous présenter, Charlotte ?

— C'est mon meilleur ami, mamie, il va venir passer quelques jours ici pendant les vacances. Inutile de te faire des idées, il n'y a rien entre nous.

Lucie jura dans sa barbe, son grand-père Tobias demanda de quoi il retournait, et sa mère se leva un peu brusquement pour aller chercher le fromage. En sauveur, son père proposa de monter sa valise tout de suite. Charlotte entendit sa mère râler dans la cuisine, mais accepta l'échappatoire avec soulagement. Ils montèrent sous les combles et s'enfermèrent dans la chambre du fond. Son père installa la valise sur la table basse, ferma les volets et ouvrit les draps pour qu'elle n'ait plus qu'à s'y jeter si elle le voulait. Puis il lui tapota l'épaule et lui conseilla de se reposer un peu avant de redescendre. Charlotte le remercia, réconfortée par sa gentillesse, et referma la porte derrière lui pour aussitôt se laisser tomber sur le lit. Ce séjour promettait d'être mouvementé…

La soirée s'était finie plus tranquillement, entendez avec une bonne tisane au coin du feu, au milieu de quatre enfants occupés à lui raconter leur vie avec moult détails et un sens de la narration pour le moins chaotique. Mais tout allait bien, les adultes discutaient un peu plus loin, Charlotte avait pu s'enrouler dans un plaid, sa filleule Lily, quatre ans, sur les genoux, et les jumelles assises sur le tapis à ses pieds. Minouche, le vénérable chat roux de quinze ans qui ronronnait sur le dossier du canapé derrière elle, était très occupé à lui renifler les cheveux. Enfin, quand Lily se fut endormie, Charlotte déposa la petite sur le canapé avec son plaid, souhaita bonne nuit à tout le monde, et monta se coucher sans demander son reste.

Le lendemain, sachant qu'elle ne couperait pas à la traditionnelle promenade des vacances, rituel consistant à aller chercher les enfants à la sortie de l'école à pied, la jeune femme descendit se faire un thé matinal et remonta dans sa chambre pour corriger des copies avant que la famille de sa sœur ne débarque en fanfare pour le petit-déjeuner. Pour l'instant, elle était seule à cet étage, et elle comptait bien en profiter tant que les oncles et tantes n'auraient pas débarqué. Elle s'installa donc à son vieux bureau, alluma la lampe, eut un petit rire amusé en retrouvant punaisées devant elle les photos d'*idols* coréennes que l'adolescente qu'elle avait été collectionnait, puis se plongea dans les *essays* sur la littérature du XVIe siècle des élèves de son collègue.

Une heure plus tard, un Chris à la tignasse blonde échevelée et en bas de pyjama Totoro entrait dans sa chambre sans toquer et se jetait sur son lit à plat ventre, tourné vers elle en bâillant à s'en décrocher la mâchoire.

— Manon et ses gosses sont là, signala-t-il aimablement.

— Tu as inclus David dans les gosses ?
— Pour qui me prends-tu ? Évidemment ! Tu fais quoi au juste ?
— Je corrige des copies, ça ne se voit pas ? railla-t-elle en raturant un mot.
— Si, mais il est encore tôt et tu es censée être en vacances…
— Tu iras dire ça au directeur de département qui m'a refilé le cours du collègue hospitalisé…
— T'as essayé de lui rappeler que tu en avais déjà trois fois trop ?
Charlotte envisagea un instant de se lancer dans une explication complète de son *outing* et de tout ce qui s'était ensuivi, mais elle renonça : il était trop tôt pour ça. Aussi se contenta-t-elle d'un simple :
— Échec critique.
— Et donc… Tu es là-dessus depuis quelle heure ?
— Je me suis levée à six heures.
— C'est officiel, tu es de plus en plus barjot.
— Merci, frérot, j'apprécie ton soutien.
Celui-ci roula jusqu'au bout du lit pour se laisser tomber au sol et se relever, puis il vint regarder par-dessus son épaule, intrigué. Histoire de lui en donner pour son argent, elle agrémenta une copie d'un magistral « vous avez fait un catalogue, pas une dissertation » qui arracha un ricanement à son frère. Décidément plus fouineur que jamais, le regard de ce dernier trouva aussitôt après les photos de groupes de K-pop et il gloussa de plus belle.
— Je pensais que tu les avais enlevées…
— Moi aussi, mais visiblement non, c'est dire le temps que je passe ici depuis la fin du lycée…

— Je te verrais plus souvent si tu étais un fantôme, tu sais…

Puis il fit coulisser le tiroir du bureau pendant qu'elle soulignait des passages maladroits et il se mit à y farfouiller gaiement, ses yeux achevant de se réveiller pour fureter. D'un geste théâtral, Chris tira une petite pile de photos qui, elles, avaient bien été reléguées dans les ténèbres bienfaitrices de l'oubli, et commença à les passer en revue. Charlotte, qui n'avait pas prêté attention à ses petites activités, sursauta, repoussant son siège de bureau en arrière quand il lui colla une photo de terminale sous le nez.

— Mais où est-ce que tu as trouvé ça ? pesta-t-elle en s'en emparant, livide.

— Dans ton bureau, patate. Ça va, c'est pas comme si tu avais vu un revenant…

— Il aurait peut-être mieux valu, grogna-t-elle en regardant un peu mieux la photo.

Elle avait été prise en plein hiver, lors d'un séjour chez sa tante à Paris, dans les jardins enneigés du château de Versailles. Charlotte y apparaissait les joues et le nez rougis par le froid, ses cheveux courts et roses ébouriffés par un garçon qui avait passé un bras autour de ses épaules… Ji-Ho. Grand, épais comme une planche, ses cheveux fins emportés par le vent sur son front… Un sourire éclatant lui fermait les yeux, mais pas assez pour dissimuler l'étincelle de joie qui y était allumée. La jeune femme reposa la photo comme si elle s'était brûlée et resta pensive un long moment.

— Waouh… souffla Chris. Je suis désolé, sœurette, je ne pensais pas que ça te ferait pleurer…

— Je ne pleure pas…

Son frère tendit la main vers sa joue, cueillant une larme sur sa peau rougissante pour la lui montrer :

— C'est ça… Tu as une poussière dans l'œil, peut-être ? Je ne pensais pas qu'il pouvait te manquer à ce point, tu aurais dû m'en parler…

— Pour te dire quoi ? fit-elle avec une moue désabusée. Il m'aimait, je préférais les filles, il s'est barré à l'autre bout du monde, il n'y a rien à ajouter…

— Tu n'as pas l'impression de schématiser un peu, là ? Il n'a jamais été question qu'il parte pour toujours. Il devait juste aller apprendre la cuisine coréenne dans le restaurant de son grand-père à Séoul…

— N'empêche qu'il a précipité son départ parce que je l'ai blessé. Et qu'il n'est plus revenu.

— Certes. D'ailleurs, à ce propos…

— AH ! Maman, ils sont levés ! s'écria Manon de sa voix de stentor.

Charlotte grimaça et Chris et elle jetèrent un regard sombre à leur grande sœur, qui venait de faire éclater leur bulle d'intimité sans prévenir, fidèle à ses habitudes de maman poule veillant sur de jeunes enfants.

— Combien de fois faudra-t-il te dire de toquer avant d'entrer ? soupira Chris, qui ne s'était cela dit pas gêné un peu plus tôt.

— Mais oui, mais oui, chantonna leur sœur. Vous n'avez pas idée de me faire monter autant de marches alors que j'en suis à sept mois et demi ! Descendez, ça va refroidir !

De mauvaise grâce, mais tout de même, Chris et Charlotte se préparèrent à affronter la faune de l'étage inférieur. La jeune femme hésita un instant, puis elle attrapa la photo et la glissa dans la poche de son jean, son autre main occupée à sécher ses yeux discrètement. Chris caressa son dos pour la réconforter.

Il avait beau avoir quatre ans de moins qu'elle, il la comprenait parfois mieux qu'elle-même. Finalement, c'est encore sonnée par ses émotions que Charlotte fit son entrée dans la cuisine remplie d'enfants, de chats et d'odeurs de pancakes. Sa mère lui tapota la joue en commentant son teint de déterrée et lui fourra un plateau dans les mains pour l'emmener au salon, où les petits mangeaient devant la télé avec leur père. Elle retourna ensuite en cuisine et releva sa grand-mère à la cuisson des pancakes.

— J'oubliais que tu avais travaillé au restaurant des Park quand tu étais au lycée… fit cette dernière avec flegme avant de s'éclipser.

Charlotte inspira profondément en retournant les disques dorés dans la poêle, l'odeur de l'huile et de la pâte réveillant des souvenirs. À nouveau, elle avait quinze ans dans la cuisine du restaurant de Mme Park au village, et celle-ci lui apprenait comment bien préparer la pâte des *hotteok*[1] pour qu'il n'y ait pas de grumeaux. Elle se rappelait encore sa main sur la sienne qui lui montrait le mouvement.

Ce jour-là, Mme Park avait deviné à l'instant même où elle l'avait vue que Charlotte avait besoin de s'absorber dans une tâche minutieuse et répétitive telle que la confection de pancakes. Sa copine venait de la quitter en partie à cause du commentaire déplacé que sa mère avait fait devant elle. Alors qu'elle s'apprêtait à quitter Aurillac, où elle était interne, soutenir le regard de ses parents lui semblait insurmontable, du moins dans l'immédiat. Une fois descendue du bus sur la place du village, elle était allée s'échouer au restaurant, en larmes.

---

1. Sortes de pancakes coréens à la pâte briochée et fourrés en général de sucre brun, de cacahuètes et de cannelle.

Mi-Joo l'avait accueillie avec un câlin et un thé avant de l'entraîner en cuisine avec elle pour faire des *hotteok*. Quand Ji-Ho était rentré de son lycée deux heures plus tard, il l'avait trouvée attablée devant une pleine assiette de douceurs, en train d'apprendre des phrases de coréen avec sa mère, les yeux encore gonflés de larmes. Elle lui avait jeté un regard penaud entre ses mèches de cheveux violets, et sa mère les avait laissés. Ce soir-là, Charlotte avait dormi chez son meilleur ami.

Un cri d'enfant la sortit de ses pensées ; la jeune femme retira les pancakes et versa à nouveau de la pâte dans les trois poêles qui chauffaient en même temps. Chris, qui passait par là, intercepta son soupir et la taquina :

— Ooh, ça se languit d'amour par ici…

— Dans tes rêves.

— Allez, quoi, laisse-moi rêver un peu, les idylles ne courent pas les rues par ici, surtout pour un magnifique jeune homme comme moi…

— Je croyais que tu étais inscrit sur Grindr et compagnie ?

— Oui, mais ça reste compliqué.

— Je comprends.

— Tu ne vas pas me faire croire qu'à Oxford c'est compliqué de rencontrer des filles ?

— Mmh… Disons que je n'ai pas vraiment le temps de chercher.

— Pauvre chérie, ensevelie sous les copies à corriger et entourée de professeures sexy… Je te plaindrais presque !

Charlotte fit mine de lui donner un coup de coude dans les côtes et coupa le gaz sous les poêles. Pour faire taire son frère, elle posa les assiettes pleines de pancakes dans ses mains et lui emboîta le pas. Une fois les enfants partis à l'école, les adultes se regroupèrent autour d'un café pour organiser les vacances à venir. Entre les tournées de courses à Aurillac, la session cinéma, le grand ménage, la décoration de la maison et la préparation de l'arrivée des autres invités, il y avait de quoi avoir la migraine. Le tout entrecoupé d'activités pour enfants et de sorties diverses et variées. Charlotte envisageait sérieusement de s'enfuir en courant.

Le repas de midi fut interminable, plombé par des conversations croisées sur la politique et l'économie. Charlotte avait presque oublié à quel point les repas de famille pouvaient traîner en longueur. Alors que la jeune femme avait fini par intervenir en réaction à des arguments qui lui faisaient dresser les cheveux sur la tête, notamment dans la bouche de sa grand-mère et de son beau-frère, celui-ci la coupa d'un geste :

— Franchement Charlotte, je t'aime bien, mais ce n'est pas une Anglaise qui va m'expliquer la politique de mon pays. Ça fait un an et demi que tu n'as pas mis les pieds ici, ne parle pas de ce que tu ne connais pas.

Je lis probablement plus de journaux et d'articles sur la marche de ce pays que toi, crétin.

— Oh, pardon David, je n'avais pas compris que tout le monde n'avait pas le droit d'ouvrir la bouche à cette table.

— Charlotte ! s'exclama Manon.

— Quoi ? Il vient littéralement de me dire de me taire, je ne fais que défendre ma liberté d'expression.

— Arrête d'en rajouter, trancha leur mère. Personne n'entrave ta liberté ici.

— Dans ce cas, j'ai parfaitement le droit de donner mon avis sur la politique, répliqua Charlotte. Et David, sans vouloir t'offenser, je suis toujours française. Tu veux que je te cite les principaux ministres ?

— Suffit pas de connaître une liste de noms pour comprendre ce qui se passe, la tança David.

— Même remarque pour tes arguments. Je ne remets pas en cause ton expertise, alors laisse-moi m'exprimer.

— On ne peut jamais rien dire avec toi, marmonna Manon.

— Ce n'est pas comme si je vous embêtais souvent…

— Les enfants, ça suffit ! s'écria leur mère. Manon, calme-toi, c'est mauvais pour le bébé, Charlotte, viens m'aider à apporter le dessert. David, mon chou, aurais-tu l'amabilité d'allumer la télé ? Mon émission va bientôt commencer.

Les filles à la cuisine et les mecs devant la télé… On n'arrêtait pas le progrès.

Après le repas, en attendant l'heure de partir en promenade, Charlotte donna un coup de main pour la vaisselle avant de rejoindre son père dans son atelier de l'autre côté de la cour. Celui-ci travaillait sur une porte de meuble en étain sombre. Son atelier sentait le métal chauffé, la vieille poussière de bois et la pierre humide. La jeune femme inspira profondément, s'emplissant de souvenirs en même temps que de poussière, écopant d'un éternuement au passage, et s'assit sur le rebord de fenêtre pour regarder son père travailler. Ce petit repaire était « le coin de Charlotte » ; elle y passait des heures, enfant, à regarder son père bricoler, à donner son avis sur tel ou tel motif, ou tout simplement à lire au frais et au calme, parfois avec un chat sur les genoux. Elle resta là une bonne demi-heure sans qu'ils ressentent le besoin de parler, puis son père posa ses outils, retira ses lunettes de protection et la considéra calmement, les poings sur les hanches.

— Tu tiens le coup ?

— Ça va, sourit Charlotte.

— Prête pour la promenade jusqu'au village ?

En guise de réponse, la jeune femme lui montra ses grosses bottes et son bonnet et lui fit un clin d'œil.

— Tu vas pouvoir voir ce qui a changé au village. On avait pensé manger au restaurant dimanche soir, tout est ouvert en ce moment, avec les fêtes…

Elle se contenta de hausser les épaules pour montrer que ça lui était égal, lui emboîtant le pas quand tout le monde fut prêt à partir marcher. Le chemin qu'ils empruntaient n'était que rarement déblayé et il avait encore neigé dans la nuit : leurs pas crissaient dans une quinzaine de centimètres de poudreuse, ce qui rendait la marche plus physique. Manon était restée seule à la maison pour faire la sieste. Autrement, le clan, comme on les appelait parfois au village, était au complet.

Le clan Ferez.

Une heure plus tard, ils entraient dans le village, qui brillait de mille feux sous les décorations de cette année et le soleil de décembre. Il y avait déjà quelques touristes ici et là, et les terrasses du café et du restaurant étaient bien fréquentées malgré le froid mordant. Les stations avaient dû faire le plein de réservations.

Un petit marché de Noël avait ouvert ses portes sur la place de la mairie, entre les tilleuls dépouillés par l'hiver, proposant des boissons chaudes et de l'artisanat local. Ils firent le tour des petits chalets en bois ornés de branches de sapin, et de nombreuses personnes saluèrent Charlotte :

— Tu profites de tes neveux et nièces ? lui demanda une amie de sa mère, femme replète et curieuse.

— Oui, ils grandissent tellement vite !

— Ça te fait quel âge ?

— Bientôt vingt-huit.

— Ça tourne, à quand les enfants ? Tu n'as toujours pas de copain ?

— Ce n'est pas au programme pour l'instant, éluda-t-elle alors que Chris levait les yeux au ciel.

Charlotte entraîna son frère plus loin, son bras glissé sous le sien, tandis qu'il multipliait les traits d'esprit, ne manquant pas de la faire rire de bon cœur. (« Pourquoi personne ne me demande si je compte avoir des enfants, *moi* ? Avoue, en vrai, vous estimez tous que je suis trop laid pour qu'il soit souhaitable que je me reproduise, c'est ça ? ») Enfin, la lumière prenant une teinte dorée de fin d'après-midi d'hiver, ils se dirigèrent vers l'école et attendirent que les enfants sortent. Devant l'établissement, les conversations entre parents sentaient la bonne humeur des fêtes, on commentait les chutes de neige, on parlait de ses projets pour les réveillons... Puis les enfants sortirent, marée humaine jubilante et quelque peu assourdissante. Les jumelles arrivèrent parmi les premières, puis Théo, qui prit le temps de dire au revoir à ses copains, et enfin Lily, avec les plus petits, qui serrait un livre contre son cœur, sourire jusqu'aux oreilles. Sa maîtresse la suivait, vêtue d'un pull de Noël clignotant dont Charlotte ne sut dire s'il lui inspirait plutôt de l'hilarité ou de la jalousie. La petite Lily vint voir sa tante en premier et lui dit :

— Tatie ! Le père Noël, il nous a apporté des livres ! Y a des dinosaures dans le mien !

— C'est vrai ? Tu en as de la chance ! Tu me le montreras ?

La petite fille hocha vigoureusement la tête et saisit la main de sa tante pour prendre le chemin du retour. Cette fois-ci, ils passèrent par l'arrière du village, et Charlotte se figea quand sa famille s'arrêta pour consulter le nouveau menu du restaurant asiatique : l'enseigne avait changé et indiquait « Séoul Fusion Food », la devanture avait été repeinte en noir, et une terrasse avait été ajoutée, elle aussi bondée grâce au soleil hivernal. Les gens sirotaient des chocolats ou des thés dans le soleil couchant, dégustaient des pâtisseries… Son cœur chuta dans son estomac et elle demanda d'une petite voix à Chris :

— Les Park sont partis ?

— Oh non, la rassura son frère. Ils ont juste fait des travaux quand…

— Ça a bien changé, les interrompit David. Tu devrais jeter un œil, toi qui as travaillé ici, Charlotte.

La jeune femme s'approcha malgré elle, Chris toujours à son bras, et constata que la carte n'était plus celle d'un petit restaurant aux plats essentiellement chinois, mais bel et bien un menu d'*Asian fusion food* avec un peu de tout et davantage de spécialités coréennes. Qu'est-ce qui avait bien pu les pousser à renouveler leur concept à ce point ?

La réponse à sa question passa derrière la vitrine à ce moment précis, et le cœur de Charlotte cessa momentanément de battre. Chris lui glissa quelque chose à l'oreille, mais elle ne l'écoutait plus. *Il* était là… Grand, vêtu de bleu nuit, les cheveux longs et attachés, faisant visiblement son inventaire derrière le bar, carnet à la main.

Ji-Ho.

L'attroupement de sa famille devant la carte à l'extérieur attira son attention, et il finit par tourner le regard vers eux. Vers elle… Elle saisit le moment où une étincelle de reconnaissance brilla dans ses yeux. Par quel miracle avaient-ils réussi à se trouver là au même moment après dix ans sans se voir ? C'était un véritable mystère, mais ils étaient là. Pour un peu, elle en aurait presque oublié de respirer.

La mère de Charlotte insista pour qu'ils entrent acheter quelque chose pour le dîner, et la jeune femme se mordit la langue afin de ne rien dire de stupide ou d'inutilement agressif. Elle suivit le mouvement, à la fois terriblement gênée et curieuse de découvrir l'intérieur du nouveau restaurant. Il était vide à cette heure, la plupart des clients ayant choisi de rester sur la terrasse ou étant déjà repartis. Charlotte et son frère laissèrent leurs parents et David s'avancer vers le bar et commander ; Chris passa les quelques minutes suivantes à éviter son air interrogateur. Elle sentait la colère monter en elle : il était évident que Ji-Ho était revenu ici depuis quelque temps déjà, alors pourquoi ne lui avait-on rien dit ?

Au moment de repartir, Charlotte comprit que sa mère était en train de lui donner rendez-vous chez eux, mais Chris choisit ce moment précis pour sortir de son mutisme :

— Je t'expliquerai quand on sera rentrés…

— Elle vient de lui dire quoi, là ? tiqua-t-elle.

— Aucune idée, tu as entendu ce que je viens de te dire ?

— Oui, mais on dirait qu'elle lui a donné rendez-vous… Je n'ai pas entendu quand…

Tout en se chamaillant à voix basse, ils s'empressèrent de quitter le restaurant les uns à la suite des autres, et Charlotte eut tout juste le temps de se retourner pour échanger un dernier regard gêné avec Ji-Ho avant de franchir la porte.

Charlotte aurait bien profité du trajet retour pour tirer les vers du nez à son frère, d'autant plus que le reste de sa famille avait rapidement pris de l'avance, mais elle était trop occupée à suer sang et eau pour ça… Elle arriva à la maison bien après les autres, bien après les enfants même, n'étant plus habituée à de tels efforts physiques. Chris l'avait attendue tout au long du trajet, lui proposant même de la prendre sur son dos quand elle avait commencé à boiter franchement, plus sérieux que plaisantin, pour une fois. La jeune femme avait refusé, heureuse de trouver un exutoire à sa colère dans cet exercice physique. Quand elle était enfin arrivée à la ferme, le plus gros de sa rage était retombé, et elle avait tiré des conclusions de son énervement : après des années à garder sa famille à distance et à faire la morte, elle avait enfin été prise au mot par les siens, qui avaient appliqué sa propre méthode en ne l'informant pas que son ancien meilleur ami était revenu non seulement en France, mais précisément au village. Inutile de dire que son ego en avait pris un coup, même si une petite voix au fond d'elle lui soufflait qu'elle n'avait eu que la monnaie de sa pièce.

Quand sa sœur la vit arriver, toute rouge et à bout de souffle, elle s'inquiéta :

— Tu es sûre que ça va ?

— Ça ira mieux quand j'aurai pris ma codéine, grommela Charlotte en se servant un verre d'eau.

Ses mains tremblaient et les douleurs se déchaînaient dans tout son corps, l'empêchant de penser clairement. Elle porta un instant une main à son épaule en fronçant les sourcils, avant d'aller chercher le fameux comprimé effervescent dans son sac à main. Tandis que le médicament pétillait dans son verre, Manon jeta un regard interrogateur à Chris, qui afficha un grand sourire suave. Charlotte ferma les yeux en attendant de voir quelle connerie il allait bien pouvoir sortir, et elle ne fut pas déçue :

— Elle n'était pas prête à revoir son prince charmant coréen… Penses-tu, c'est le choc qui l'a mise dans cet état, elle a bien failli tomber en pâmoison !

— C'est ça… Entre une tasse de chocolat et un cookie au matcha, ça aurait produit un effet fou. Maintenant je vais laisser la bande de traîtres que vous êtes et je vais monter me reposer, la côte m'a tuée…

Curieusement apaisée par les rires taquins de son frère et de sa sœur, Charlotte prit son temps pour monter les deux étages, puis elle ferma à clé derrière elle et s'effondra sur son lit en soupirant. Fort heureusement pour son trouble et ses questions, les médicaments se chargèrent de la plonger dans un sommeil d'une profondeur d'anthologie.

CHAPITRE 10

Ji-Ho

Le soleil ne faiblissait pas ce jour-là, pas plus que le flux de clients attirés par le marché de Noël et la météo. Ji-Ho était à pied d'œuvre depuis l'aube, jonglant entre la cuisine et l'inventaire qu'il tentait de boucler depuis quelques jours. S'il était assez efficace, il aurait fini ce soir : il ne lui restait plus que le bar à passer en revue. Pendant qu'il s'activait, sa mère accueillait les clients de l'après-midi, leur trouvait une place, prenait leur commande et leur apportait leurs douceurs. Il était bien content de ne pas avoir à le faire lui-même : s'il n'était plus l'adolescent mangé de timidité d'autrefois, il préférait tout de même travailler en cuisine, loin des clients. C'était là qu'il se sentait le mieux.

Un petit sourire en coin étira ses lèvres : il avait sans doute connu plus de cuisines que de lits différents dans sa vie. Chacun son délire. La routine qu'il avait peu à peu reconstruite avec ses parents au cours des quatre derniers mois s'était enfin stabilisée, et cuisiner était à nouveau facile, fluide, sans prise de tête. Il avait toujours eu besoin de temps pour s'habituer à une nouvelle cuisine, ce qui ne l'avait pas empêché de passer d'un restaurant à l'autre à une fréquence étourdissante ces dix dernières années.

Maintenant qu'il y repensait, cette période avait tendance à se fondre en un brouillard flou dans sa mémoire. Peut-être était-ce simplement parce qu'il n'avait pas trouvé en Corée ce qu'il y cherchait. Peut-être aussi ne savait-il pas, alors, ce qu'il attendait de la vie. Il avait pris tout ce qui s'était présenté à lui, le bon comme le mauvais, avait papillonné à droite à gauche, en vain. Sans but. Il avait appris des choses, ça oui, beaucoup de choses, même. Mais qu'en avait-il retiré pour lui-même ? C'était une question qui le taraudait depuis quelques semaines. Il savait qui il était en tant que chef, dans une cuisine, mais dans la vie… c'était beaucoup plus flou. Et il commençait à trouver ces doutes pesants, à vrai dire. Au point qu'ils l'empêchent de dormir la nuit. S'il avait eu une âme sœur auprès de laquelle s'épancher, une âme sœur docteure en littérature enseignant à Oxford par exemple, celle-ci lui aurait dit qu'il tournait en rond, et que les réponses ne se trouvaient pas en tournant en rond, et elle n'aurait pas eu tort. Seulement, cela faisait bien longtemps qu'elle n'avait pas eu l'occasion de lui dire quoi que ce soit. Il lui manquait quelqu'un. Avec une empêcheuse de tourner en rond dans sa vie, il aurait sans doute passé moins de temps à ressasser toutes ces questions.

Tout en ruminant et en se tournant intérieurement en dérision, Ji-Ho continuait son inventaire derrière le bar. De temps en temps, la porte vitrée s'ouvrait dans un tintement. Au travers de la vitrine ensoleillée, quelques figurines de chat porte-bonheur dorées saluaient de la patte les clients attablés en terrasse. Quand l'intérieur de l'établissement s'assombrit tout à coup, le jeune homme releva les yeux par curiosité : un petit attroupement s'était formé devant l'affichage des menus, probablement des touristes en plein repérage. Le bruit de leurs discussions semblait pourtant familier à Ji-Ho, qui tiqua en entendant une voix masculine enjouée. Il posa son calepin sur le bar et fronça les sourcils.

C'est là, alors que son esprit recousait deux pans entiers de sa vie ensemble, que son cœur s'emballa : derrière la vitre, dans la lumière chaleureuse des montagnes, se tenait Charlotte.

Entourée de sa (nombreuse) famille, la jeune femme le fixait comme si elle voyait un spectre. Elle semblait épuisée et ses joues étaient rougies par le froid, mais c'était bien elle. Changée, mais semblable à elle-même. La même, dix ans plus tard. Le jeune homme eut à peine le temps de chercher son regard que toute la (pas si) petite famille entra, parents en tête. Il inspira profondément dans l'espoir de juguler sa montée d'adrénaline, jeta son torchon sur son épaule par habitude, et contourna le bar pour aller à leur rencontre. Le père de Charlotte fut le premier à le saluer :

— Désolé pour l'attroupement, mon grand. Les affaires vont bien ?

— Très bien, merci. Que puis-je pour vous ?

La mère de Charlotte passa une commande de traiteur pour leur dîner, et il s'absenta aussitôt en cuisine, contraint de s'y reprendre à deux fois pour presque chaque plat, car ses mains tremblaient et il ne savait plus où il en était. Si on lui avait prédit que cette réapparition lui ferait un tel effet, il n'y aurait sans doute pas cru. Quand il leur eut servi le tout, le père de Charlotte reprit pour meubler pendant que sa femme réglait :

— J'y pense, j'ai presque fini ta commande pour le restaurant, tu vas pouvoir venir la récupérer, ou je peux te la livrer, si tu préfères.

— Oh, ça fait si longtemps qu'il n'est pas venu à la maison ! déplora du tac au tac la mère de Charlotte. Et nous qui sommes si occupés pendant les vacances… Je sais, tu n'auras qu'à passer pour prendre le café, mettons demain, ça irait ?

— Euh… Sans doute, oui…
— Seize heures trente ?
— Entendu…

Pris de court par la proposition de la mère de Charlotte, Ji-Ho n'avait eu le temps ni de réfléchir ni de se méfier. Derrière le reste de sa famille, Charlotte semblait en pleine conversation avec son frère, comme si elle cherchait à tout prix à l'éviter, cheveux tombant en avant, épaules voûtées. Ses joues étaient rosies, sans qu'il puisse dire si c'était de froid ou de gêne. Avait-elle donc si peu envie de lui parler ? Juste avant de partir, elle releva enfin la tête et se tourna vers lui avec une amorce de sourire gêné, qu'il lui rendit. Avait-elle entendu qu'il était invité chez elle le lendemain ?

Quand la famille Ferez fut loin et le jeune homme retourné à son inventaire, il fut bien obligé de constater que toute sa concentration s'était envolée. Refermant son calepin avec flegme, il alla se servir un café en cuisine. Il allait visiblement avoir besoin d'encore un peu d'entraînement pour faire face aux aléas de la vie.

CHAPITRE 11

Charlotte

— Tu sais, j'ai essayé de te prévenir, mais il y avait toujours quelqu'un pour nous interrompre ! D'abord Manon, ensuite David…

— Tu aurais pu m'envoyer un message, grommela Charlotte avant de tiquer. Attends, comment es-tu…

— J'ai un double de ta clé, tu avais oublié ? Bien sûr, j'ai refermé derrière moi, nous sommes rien que tous les deux.

— Mouais… Traître.

Charlotte, qui avait roulé sur le ventre dans son sommeil, se mit sur le dos en grognant, rejeta ses cheveux en arrière d'une main et se frotta les yeux de l'autre. Elle était encore profondément engourdie par le médicament, mais au moins, elle n'avait plus mal.

— Bon, okay, désolé ! admit Chris. Mais tu étais obligée de t'enfermer comme ça à peine rentrée ?

— Tu aurais préféré que je m'énerve en bas parce que j'avais mal partout ?

— Mais carrément ! Je t'ai déjà dit à quel point il ne se passait jamais rien ici, non ?

— Au moins un million de fois, reconnut Charlotte en souriant malgré elle.

— Bon, tu veux savoir pourquoi il était là ?

Charlotte referma les yeux et rabattit le drap sur son visage, ce que Chris choisit de prendre pour un « oui ».

— Il est revenu en septembre, son père s'est cassé la hanche cet été, du coup il a repris le restaurant, apparemment il va rester pour de bon… Sinon, j'ai mené ma petite enquête, de rien c'est cadeau, et maman l'a invité à venir prendre le café un de ces jours, et il aurait probablement décliné en temps normal, sauf que papa a fini des éléments de déco pour le restaurant et il doit venir les chercher.

— Oh mon Dieu… Quand ça ?

— Aucune idée ! Maman m'a dit de m'occuper de mes affaires.

— Chris ! s'exclama la jeune femme d'une voix aiguë.

— Désolé ! dit-il sans en avoir l'air le moins du monde.

Charlotte se laissa aller à rire avec lui : elle se faisait l'impression d'être une adolescente. En même temps… Elle était loin de s'attendre à une telle surprise, et elle aurait préféré savoir quand elle serait amenée à le revoir. Pour se préparer. Aurait-il beaucoup changé ? Elle, oui, c'était certain. De quoi pourraient-ils bien parler ? Essayant de repousser ces réflexions dans un coin de sa tête, elle s'étira dans le lit et se leva à la vitesse d'un paresseux somnolent. Chris l'aida à enfiler une veste à capuche avant de descendre et elle s'appuya sur son bras dans les escaliers, car ses muscles étaient encore tout ramollis. Il était vingt et une heures et la famille finissait de dîner, aussi bruyante qu'à l'accoutumée. Chris l'emmena dans la cuisine et sortit une boîte de restaurant du frigo pour la lui montrer, malicieux :

— Pour me faire pardonner de ne pas avoir entendu la date ! Non, je déconne, c'est maman qui l'a détourné pour toi.

Du ragoût de kimchi au tofu. Je vais te le faire réchauffer. Oui, à la casserole, pas la peine de me jeter un regard d'avertissement, je ne suis pas un barbare, tout de même !

Charlotte pouffa et s'installa sur un tabouret haut en attendant. La gouaille de son frère lui faisait du bien et l'aidait à émerger du brouillard médicamenteux. L'effort intensif de la balade, mêlé à la tempête des dernières semaines, l'avait vidée de toute force. Elle savait pourtant bien qu'elle devait éviter ce genre de situations, avec sa fibromyalgie, mais sur le coup, elle avait décidé qu'elle s'en fichait. Chris versa finalement le ragoût fumant dans un grand bol et le lui apporta dans le salon sur un plateau avec une paire de baguettes et une grosse cuillère. Elle salua la famille de la main en passant et alla se lover dans le fauteuil qui leur tournait le dos, face à la cheminée. Ses neveux et nièces eurent tôt fait de rompre la glace en venant renifler ce qu'elle dégustait et en lui demandant comment on faisait pour manier des baguettes. Visiblement, ils n'avaient pas encore été initiés au menu des grands. Les autres membres de la famille la laissèrent tranquille, et Charlotte fit goûter de petits bouts de tofu aux enfants avant de leur dire d'aller manger de la mie de pain pour atténuer le piquant. Elle leur parla de la Corée du Sud et de leurs super chanteurs et danseurs, et Chris acquiesça bruyamment en commençant à esquisser une chorégraphie de BTS, si bien que les jumelles réclamèrent un clip et qu'il fallut se livrer à une initiation en bonne et due forme à la K-pop sur YouTube. Les yeux écarquillés, ses nièces regardèrent les garçons danser de manière plus que synchrone, s'étonnant de ne rien comprendre à ce qu'ils chantaient… Et en redemandèrent aussitôt : résultat des courses, elles monopolisèrent la télé toute la soirée. En même temps… La K-pop avait un côté très addictif, et il était difficile de ne pas en vouloir plus quand on commençait à s'y intéresser. Au départ, il fallait bien l'admettre, bon nombre de futurs fans ne cliquaient sur leur premier clip que par désœuvrement, et sur le deuxième par fascination pour les tenues étranges des chanteurs. C'était ensuite seulement que l'enchantement prenait, de façon quasi systématique. Et de fait, les jumelles n'avaient pas l'air de vouloir faire exception à la tradition familiale.

À un moment, Charlotte fut attirée sur le côté par sa mère, qui voulait lui parler du programme du lendemain :

— Manon m'a dit que tu serais trop fatiguée pour venir en courses avec nous, ce n'est pas grave, tu n'auras qu'à rester tranquillement ici toute seule. Maria et Lola n'ont pas envie de voir le film de Théo et Lily, tu penses pouvoir les garder avec toi ?

— Oui, bien sûr.

— Super. Il restera des lasagnes au frigo pour le repas du midi, et elles ne doivent pas passer toute la journée devant la télé.

— Pas de souci.

La façon dont sa famille ignorait l'épisode du restaurant était presque inquiétante. Malgré tout leur art de la persuasion, les chances que Chris et Manon aient réussi à les convaincre de la laisser tranquille étaient bien faibles. Non, ça ressemblait plutôt à un complot d'ampleur familiale. Mais pour l'instant, les filles happaient son attention en la suppliant de leur apprendre à dire « bonjour » en coréen, et elle se laissa distraire de ses soupçons. Grossière erreur…

Encore prise dans la gangue du médicament, la jeune femme n'eut pas de mal à s'endormir, et se réveilla reposée à sept heures le lendemain. Après une longue douche brûlante, elle mit au four la brioche préparée la veille au soir par sa mère et corrigea des copies tandis qu'une odeur divine envahissait la cuisine, puis elle prépara le café et mit la table. Les autres commencèrent à descendre peu après, et Charlotte déjeuna avec eux, ses cheveux mouillés terminant de sécher (et de boucler) sur ses épaules, entourée d'un concert de mastications appréciatrices. Les petits-déjeuners de vacances lui rappelaient son enfance et le début de son adolescence, quand tout ne virait pas encore inévitablement au conflit et qu'elle partait skier avec ses cousins pendant des heures, jamais fatiguée. Finalement, la petite tribu décampa et la jeune femme resta avec Maria et Lola, presque huit ans, mais pas toutes leurs dents. Toutes trois débarrassèrent la table du petit-déjeuner pour avancer dans les devoirs des fillettes. Elle avait passé un deal avec ses nièces : le matin, devoirs jusqu'à onze heures, puis préparation de cookies et repas, et l'après-midi, film puis danse K-pop. La journée se passa comme sur des roulettes, donnant naissance à une montagne de cookies aux pépites de chocolat. Après le repas, elle fit la vaisselle avec les filles tout en bavardant, puis elle put corriger des copies pendant qu'elles regardaient *La Reine des neiges 2*.

Vers quinze heures, la jeune femme chercha le clip de la chorégraphie que les filles allaient apprendre : un enchaînement assez facile du groupe ITZY, un girls band énergique et flashy. Elles poussèrent les fauteuils et la table basse pour ne pas se cogner, sous les regards intrigués et irrités des chats, qui clignaient des paupières. Charlotte, en legging de sport rose pastel et en chaussettes, se plaça en miroir en face de la vidéo tuto et aida les filles à apprendre les mouvements en les répétant avec elles. Cela faisait une éternité qu'elle ne s'était plus livrée à l'exercice. Heureusement, ses muscles n'étaient pas trop raides ce jour-là, malgré sa folle randonnée de la veille. Tout ça lui avait bien plus manqué qu'elle ne l'imaginait, et contre toute attente, elle était encore capable de danser, un peu. Peut-être devrait-elle envisager de s'y remettre, histoire de renouer avec le plaisir de bouger.

Environ une demi-heure plus tard, elles maîtrisaient tout le refrain et le répétaient une dernière fois avant de faire une pause-goûter quand quelqu'un arriva à la porte-fenêtre. La haute silhouette attendit poliment qu'elles aient fini avant de toquer, et Charlotte se retourna en sursautant. Aussitôt, son cœur s'emballa dans sa poitrine, mais elle se dirigea tout de même vers la fenêtre pour lui ouvrir, remarquant seulement que *sa* voiture était bel et bien là : elle ne l'avait pas entendue. Il portait un élégant manteau en laine bleu roi et avait toujours ce bun qui semblait être devenu sa coiffure par défaut. Les jumelles lui crièrent une version mâchée du « bonjour » coréen avant d'aller au petit coin en courant (et en le précisant, bien sûr). *La légendaire discrétion familiale.*

— Salut… fit leur tante, gênée et la gorge nouée. Je… Euh… Tu viens, euh… chercher ce que mon père a fini ?

Une grimace qui montrait qu'elle avait conscience du désastre qu'était cette amorce étira son visage alors qu'elle se sentait rougir comme une tomate. Ji-Ho eut un sourire amusé et gêné lui aussi, et frotta une main sur sa nuque :

— Laisse-moi deviner, ta mère ne t'a pas dit que je passerais et elle m'a donné exprès un horaire où il n'y aurait que toi ?

— On peut peut-être… charger ta commande et je t'offre un café après ? Les jumelles et moi avons fait des cookies.

— Avec plaisir.

— Donne-moi le temps de trouver la clé et des chaussures et j'arrive…

La jeune femme courut chercher sa paire de bottes et une veste polaire qui appartenait à son père, attrapa les clés sur la commode de l'entrée et cria aux filles de rester sages le temps qu'elle revienne, avant de rejoindre Ji-Ho par l'extérieur. Ils marchèrent jusqu'à l'atelier de son père et elle ouvrit la porte capricieuse d'un léger coup d'épaule, grimaçant en se rappelant un peu tard que ce n'était pas la bonne.

— Tu sais où c'est ? lui demanda-t-elle, embarrassée alors qu'il la frôlait pour entrer à sa suite.

— Il a dit qu'il avait mis ça sur ton rebord de fenêtre attitré.

— Ah… Oui, il y a des paquets. C'est quoi ?

— Des vases, des cadres et une porte battante pour le bar.

— Okay.

Ils se débrouillèrent pour charger la voiture sans trop s'effleurer, leur timidité flottant encore entre eux, puis ils se regardèrent après avoir refermé le coffre. Un tremblement fit claquer des dents à la jeune femme, et son invité surprise s'empressa de lui glisser :

— Tu devrais rentrer te mettre au chaud, tu n'es pas assez couverte… Je m'en voudrais si tu prenais froid.

— Tu as raison. Allons voir si les filles ne font pas de bêtises.

— Tu danses encore ? glissa-t-il sur le ton de la conversation.

— Je pense que tu as très bien vu que non, fit-elle en regardant ailleurs. Et toi ?

— Un peu, de temps en temps. Je n'ai pas vraiment eu le temps depuis que je suis rentré, ceci dit.

Ils ôtèrent tous deux leurs chaussures dans l'entrée, en se tenant au mur pour Charlotte, dont la hanche était un peu raide après la séance de danse. Les jumelles les rejoignirent depuis le salon en parlant toutes les deux en même temps de K-pop et de cookies, et Charlotte les fit avancer vers la cuisine en les poussant dans le dos et en répondant à chacune sans mélanger ce qu'elles avaient dit, pouvoir magique de super tante. Elle les laissa sortir les cookies du placard, mit du café à couler et leur servit un verre de lait. Quand elle eut fini de ranger le lait dans le frigo (il n'en avait jamais pris avec son café), elle fit volte-face un peu vite et la tête lui tourna. Elle porta la main à son front et se rattrapa au plan de travail de l'autre main. Heureusement, les filles étaient dos à elle et ne remarquèrent rien. Ji-Ho, en revanche, s'empressa de la rejoindre et lui tira une chaise pour la faire asseoir. *Bien joué, Charlotte.*

— Ce n'est rien, je suis juste un peu fatiguée, murmura-t-elle.

— Tu veux que j'appelle le médecin ? Ou tes parents ?

— Non, merci. Je t'assure, ce n'est rien…

C'est juste le médicament que j'ai pris hier pour me remettre du choc de t'avoir vu. Au fait, depuis quand la voix de Ji-Ho était-elle devenue aussi grave et veloutée ?

— Ça va pas, tatie C'arlotte ? demanda Lola, ses petits sourcils froncés.

— Si si, mon ange, ça va, ne t'inquiète pas.

Charlotte se leva lentement de la chaise et alla chercher les tasses de café pour en donner une à Ji-Ho et se cacher dans la sienne. Elle laissa passer quelques instants, appuyée contre le plan de travail, avant de lancer avec l'air de ne pas y toucher :

— Alors tu as repris le restau ?

— Oui. Mon père s'est fait opérer de la hanche, et ma mère ne pouvait pas tout gérer toute seule. Alors je suis revenu. Je cherchais à m'installer, de toute façon.

— Ça avait l'air de bien marcher, hier…

— Plutôt bien, oui. Heureusement. Les travaux ont coûté pas mal d'argent, il faut qu'on obtienne un retour sur notre investissement maintenant.

— La saison hivernale semble prometteuse, je suis sûre que vous allez y arriver. Belle carte, d'ailleurs. Enfin, pour ce que j'ai eu le temps d'en voir…

— La carte est à la hauteur de celles des restaurants londoniens ? la taquina-t-il.

— Elle en a tout l'air…

Elle n'avait pas pu s'empêcher de rougir et de baisser les yeux sur son mug. Le jeune homme eut un petit rire amusé. À ce moment-là, Maria, qui avait fini de goûter et se tortillait sur sa chaise, demanda si elles pouvaient retourner s'entraîner dans le salon. Quand ils furent seuls, Charlotte prit son courage à deux mains et se força à fixer son ami d'enfance dans les yeux. Celui-ci eut un sourire indulgent :

— Je me demandais quand tu allais me regarder.

— Laisse-moi le temps de reconfigurer ma géographie mentale, hier à la même heure je te croyais encore en Corée du Sud. Ça fait une sacrée distance à combler.

— Et un sacré nombre d'années aussi.

Ils se considéraient avec hésitation : tout était étrange. Ils étaient toujours les mêmes, Charlotte et Ji-Ho, les amis d'enfance, ceux qui avaient tout partagé, les bleus, les rires, les larmes, la puberté, les passions… Et pourtant, dix ans avaient passé, si vite et si lentement à la fois : ils avaient fini de grandir à des milliers de kilomètres l'un de l'autre et essuyé les premiers plâtres de l'âge adulte sans alter ego. La sensation en était douce-amère. Douce comme une joie retrouvée et amère comme le goût des larmes léchées au coin des lèvres.

— Alors comme ça, tu as pu réaliser ton rêve ? fit-il pour relancer la conversation.

— On peut dire ça.

— C'est comment, Oxford ?

— Plutôt conservateur, ricana la jeune femme. Mais à part ça, le cadre est vraiment magnifique.

— Je veux bien te croire… Tu as fait ta thèse sur quoi, finalement ?

— L'évolution récente de la littérature coréenne et sa réception en France et en Angleterre. Surtout la partie autour des autrices et du féminisme, toute cette branche romanesque qui parle d'émotions, d'apaisement, de philosophie de vie…

— Un peu comme… ah, je n'ai pas le titre français, c'est *Marigold*… quelque chose ?

— Oui, *La fabuleuse laverie de Marigold*[1], tu l'as lu ?

— Lu et adoré !

— Moi aussi ! sourit-elle.

— Tu as fait tes études à Paris, du coup ?

— Oui, comme prévu, souffla la jeune femme, qui ne put s'empêcher de songer à combien rien ne s'était vraiment passé comme prévu. Et toi, tu as passé dix ans dans le restaurant de ton grand-père ou tu as un peu maraudé ?

— J'ai passé trois ans à ses côtés, puis j'ai plus ou moins fait le tour de la Corée pour enrichir ma cuisine. J'ai bossé dans des

1. *La fabuleuse laverie de Marigold*, de Jung-Eun Yun, traduit du coréen par Irène Thirouin-Jung en 2024, publié chez Nami.

restaurants japonais, chinois, thaïs… J'ai aussi fait une école de pâtisserie.

— Ton point faible, se rappela la jeune femme en pouffant.

— Je pense pouvoir dire sans vantardise que ce n'est plus le cas à présent, se rengorgea-t-il avec un air faussement orgueilleux.

— Je serais curieuse de voir ça. Ton *kimchi jjigae* était délicieux, au fait.

— Merci.

Le silence retomba, moins gêné qu'auparavant, mais Charlotte était toujours sur la défensive, bras croisés devant elle, épaules verrouillées et mâchoire serrée. Finalement, elle quitta le plan de travail pour aller s'appuyer dans l'encadrure de la porte et surveiller les filles d'un œil. Elles s'escrimaient toujours sur la même chorégraphie, appliquées, mais un peu flagada dans leurs mouvements, insensibles à leurs émotions d'adultes. Leur innocence lui manquait presque.

Ji-Ho alla rincer sa tasse vide dans l'évier, bien élevé, et vint s'appuyer au mur d'en face pour les regarder lui aussi, conscient qu'elle avait besoin de temps. Il faisait une bonne tête de plus qu'elle. Ses cheveux devaient lui arriver au bas des omoplates quand il les lâchait. Il avait le menton fin, comme le reste de son visage. Il était conscient qu'elle l'observait, elle le savait à l'étincelle d'amusement dans ses yeux, mais il continuait de regarder innocemment les filles danser. Charlotte savait bien qu'elle ne faisait pas le poids, avec son teint hâve. Elle se mordit la lèvre, dépitée. En plus, il s'était épaissi et avait à présent une carrure avantageusement musclée, bref, tout le contraire d'elle, avec ses muscles en carton. Fichtre, elle se sentait vieille, maintenant…

Ce fut le moment que choisit toute la troupe familiale pour revenir en fanfare et chargée de nombreux sacs de courses, sa mère en tête. Son expression faussement inquiète lorsqu'elle vit Ji-Ho fit pouffer Charlotte.

— Oh, tu es là, Ji-Ho ? J'avais totalement oublié que nous devions aller faire des courses aujourd'hui. Tu as pu récupérer ta commande ? Charlotte t'a aidé au moins ?

Bim... commenta mentalement la jeune femme alors que Chris lui faisait une grimace dans le dos de leur mère, mort de rire. Elle s'efforça de conserver un air sérieux, sans grand succès.

— Mais oui, madame Ferez, Charlotte m'a même aidé à charger la voiture. D'ailleurs, vous avez besoin d'un coup de main pour vos courses ?

Perfect boy... songea la jeune femme, surprise de se souvenir de ce surnom qu'elle lui donnait parfois pour se moquer de lui. Elle s'empressa ensuite de soulager sa sœur en lui prenant Lily, endormie, des bras. On ne portait pas une enfant de quatre ans à plus de sept mois de grossesse ! Puis elle se chargea de récupérer des sacs dans le coffre du minivan, encore bien rempli malgré toutes les paires de bras, et fit plusieurs allers-retours, avant que Chris ne s'en aperçoive et la décharge de son fardeau au bout du couloir, devant Ji-Ho et la moitié de la famille :

— Ouh là ! Donne-moi ça, tu vas te faire mal, il est hors de question que tu passes les trois quarts des vacances à pioncer défoncée aux médocs. Je suis peut-être un super petit frère, mais je ne suis pas kiné, moi !

— Je ne suis pas en sucre, je peux porter quelques sacs... répliqua-t-elle, acerbe.

— Ose me dire que tu n'as pas mal aux épaules en ce moment même... la défia-t-il en approchant son visage du sien, certain d'avoir raison, un sourcil relevé. Hier ne t'a pas suffi ?

Charlotte se mordit la langue pour ne pas répondre méchamment, préférant le contourner pour entrer dans la cuisine et vider les sacs. Du coin de l'œil, elle intercepta le regard d'incompréhension de Ji-Ho, qui donnait un coup de main à son père pour caser les packs de bière en hauteur, hors de portée des enfants, avant de suivre ce dernier, qui voulait l'emmener à part sous prétexte de parler travail. Le ventre de la jeune femme se tordit d'appréhension, mais elle continua de mettre la main à la pâte, jusqu'à ce que sa mère la chasse à son tour de la cuisine. Excédée, Charlotte attrapa son manteau sur la patère dans l'entrée et chaussa ses bottes pour se calmer et respirer un peu dehors. Elle détestait qu'on la traite en impotente. Oui, elle avait mal aux épaules, mais elle voulait faire sa part, et surtout, qu'on la laisse poser elle-même ses limites. Elle avait beau savoir qu'ils faisaient ça pour elle, elle ne pouvait pas s'empêcher de mal le prendre. L'effervescence des retours de courses à douze lui avait de toute façon toujours porté sur les nerfs. Elle bouillait intérieurement, clairement pas prête à faire le deuil de sa super forme physique devant son ancien meilleur ami devenu golden boy sexy. Ces vacances semblaient bien parties pour être encore plus pourries que prévu. Voilà qui justifierait bien un appel à Josh. Peut-être ce soir… Le jour tombait déjà.

Des bruits de pas dans la neige la firent sursauter et elle se frotta le visage pour chasser toutes ces émotions négatives. Ce faisant, elle arracha un craquement involontaire à sa mâchoire et poussa un cri de frustration entre ses mains. Ji-Ho la considéra un long moment, mais préféra finalement garder le silence. Il s'assit sur le dossier du banc à sa droite et elle s'y laissa tomber à son tour, le cœur lourd et les nerfs en vrac. Sa poitrine se soulevait de manière irrégulière alors qu'elle tentait d'apaiser sa respiration. Ils restèrent de longues minutes sans dire un mot, sans se regarder, attendant Dieu savait quoi. Il recommença à neiger, paillettes immaculées dans le couchant. Ils ne bougèrent pas pour autant. La nuit acheva de tomber.

— J'aurais dû revenir plus tôt, souffla finalement Ji-Ho en coréen, se frictionnant à son tour le visage. Je ne comprends pas que Chris ne m'ait rien dit.

— Je ne vois pas ce que ça aurait changé de septembre à maintenant, grommela-t-elle en coréen elle aussi.

— Il aurait pu me faire savoir que tu allais mal par ma mère…

— Et ça aurait changé quoi ? lança-t-elle avec amertume en reniflant faute de mouchoir.

J'ai été mal dès l'instant où tu es parti… songea-t-elle, surprise elle-même par la justesse de cette pensée, et à la fois un peu consciente de son auto-apitoiement.

— De toute façon, ce n'est rien de grave, alors pas la peine d'en faire tout un plat, fit-elle en se relevant péniblement, revenant au français. Et même si c'était grave, il serait un peu tard pour s'en préoccuper. Je rentre, j'ai froid. À plus.

Et elle le planta là sans même se retourner. Une fois à l'intérieur, elle évita les autres et monta aussitôt s'enfermer dans sa chambre pour appeler Josh, à qui elle annonça simplement d'une voix sarcastique :

— Catastrophe en approche, je dirais qu'on est sur un risque de 8 sur l'échelle de Charlotte… Et pas à cause de ma famille, pour une fois.

CHAPITRE 12

Ji-Ho

Quand il s'était garé devant la ferme des Ferez, Ji-Ho avait inspiré longuement avant de descendre de voiture. L'absence de véhicule dans la cour n'était pas pour le rassurer. La mère de Charlotte ne l'avait pas toujours apprécié, au lycée, peut-être lui avait-elle fait une blague ? Finalement, il s'approcha de la porte-fenêtre du salon, après s'être carré dans son manteau pour se donner une contenance. Ce qu'il vit dans la pièce chaleureuse lui tira un sourire : deux petites filles dansaient avec Charlotte sur une vidéo d'ITZY. Le trio, vêtu de rose pastel, était concentré mais souriant, les enfants se calant comme elles le pouvaient sur le rythme de leur tante (du moins espéra-t-il qu'il s'agissait de ses nièces et pas de ses filles…), leurs cheveux décoiffés leur tombant devant les yeux. Charlotte avait le souffle court, mais aussi l'air de beaucoup s'amuser. Son chignon de lourdes boucles sombres n'était presque plus qu'un souvenir, et sa veste lui glissait des épaules, mais elle s'en fichait. Certains mouvements semblaient toutefois difficiles pour elle : sa hanche était raide et son dos ne parvenait pas à suivre tous les enchaînements.

Il en était là dans ses pensées quand la musique se termina : Charlotte sursauta en s'apercevant de sa présence et tira sur sa veste avant de venir lui ouvrir, comme pour cacher son corps. Le malaise était palpable quand ils se saluèrent, et il continua à flotter entre eux tandis qu'ils allaient récupérer la commande du jeune homme et qu'elle l'invitait à boire un café.

La gêne de la jeune femme n'altéra toutefois pas sa complicité avec ses nièces (il n'avait pu s'empêcher d'être soulagé quand elle lui avait confirmé qu'il s'agissait des jumelles de Manon). Elle réussit à les faire avancer vers la cuisine sans perdre patience, et surtout, sans se perdre dans leur babil : il ignorait comment c'était possible, mais elle parvenait à écouter les deux fillettes parler en même temps et à leur répondre sans tout mélanger. Il se doutait qu'elle ne devait pas les voir souvent. Pourtant, elle était à l'aise avec les enfants. Sans qu'il sache pourquoi, cela titilla son cœur ; il n'avait pas beaucoup eu l'occasion de fréquenter des bambins lors des dix dernières années.

Alors que les fillettes se jetaient sur l'assiette de cookies, Charlotte eut comme un étourdissement et Ji-Ho crut qu'elle allait s'effondrer sans prévenir. Il s'empressa de la rejoindre, plus inquiet qu'il n'aurait bien voulu l'admettre, mais elle refusa son aide, visiblement agacée par sa soudaine faiblesse. Elle était pâle, et ses traits tirés, qu'il n'avait pas remarqués en arrivant, lui sautaient à présent aux yeux : elle était épuisée. Comme elle ne semblait pas vouloir en parler, Ji-Ho orienta la conversation vers un autre sujet, attendant qu'elle pose les yeux sur lui, amusé malgré lui par tous les efforts qu'elle faisait pour ne pas avoir à le regarder en face. Cette situation était très étrange : se retrouver, dix ans après, après s'être quittés sans se dire au revoir… Ils n'étaient plus des adolescents, mais ne savaient pas encore comment se comporter en adultes l'un envers l'autre. Pour ne rien arranger, chacun était freiné par les habitudes et attitudes du pays où il avait vécu pendant les dernières années, à savoir pas la France, ce qui les rendait encore plus étrangers l'un à l'autre, si c'était possible.

Quand Charlotte retourna observer ses nièces dans le salon, le jeune homme ne put s'empêcher de remarquer son teint de riz parsemé de taches de son et la courbe de ses cils. Ses yeux de saphir étaient toujours aussi lumineux, et la couleur naturelle de ses boucles ne faisait que davantage ressortir la beauté de son visage. Elle avait perdu sa minceur d'adolescente, et cela lui allait si bien… C'était comme si ses formes donnaient de la rondeur à son caractère franc et parfois un peu brut.

Au retour de sa famille, la jeune femme se renferma sur elle-même : il lui sembla certes la voir se retenir de rire face aux grimaces de son frère, quand sa mère l'accueillit en feignant la surprise, mais cela ne dura pas. Commença alors un manège étrange : à chaque fois que Charlotte essayait de donner un coup de main d'une manière ou d'une autre, quelqu'un la repoussait, son frère parla même de médicaments. Ji-Ho considéra avec incompréhension le père de Charlotte, qu'il était en train d'aider, et celui-ci lui fit signe de le suivre dans son atelier. Son visage était sombre et fermé, mais sa voix douce :

— Tu dois savoir que Charlotte n'est plus la même depuis quelques années. Elle a… traversé des choses difficiles et est tombée malade. Une maladie chronique, la fibromyalgie. Rien de dégénératif, enfin… Pour faire simple, ça provoque pas mal de douleurs articulaires, beaucoup de fatigue, elle a parfois besoin de médicaments assez costauds pour gérer la douleur, surtout quand elle force. Mais comme tu peux le voir, elle n'accepte pas d'être couvée non plus, ce qui peut créer des tensions…

— Elle a traversé des choses difficiles ? rebondit le jeune homme avec la gorge nouée.

— Ce n'est pas à moi de t'en parler. Mais il y a eu un événement qui a déclenché la maladie, apparemment c'est fréquent. C'était il y a cinq ans environ. Bref, voilà.

Et moi, pendant ce temps-là, je m'amusais en Corée du Sud… Ji-Ho se passa une main lasse sur le visage, puis il remercia Jean et quitta l'atelier. Dehors, sous l'auvent, Charlotte faisait les cent pas, luttant pour se calmer, et il ne put s'empêcher de la rejoindre. La gêne était de retour entre eux, lestée de quelque chose de plus. La culpabilité. Il la sentait, pesante, au creux de son estomac, qui pulsait jusque dans sa poitrine. Sa gorge était si nouée qu'il se demanda comment il réussirait à parler. Il y parvint néanmoins, sans que ses mots puissent faire honneur à ce qu'il ressentait. Il regrettait de ne pas avoir su, de ne pas avoir été là… Elle se retrancha derrière un mur de froideur : ça n'aurait rien empêché, ça n'aurait rien changé. Il pouvait sentir la douleur dans ses mots et dans l'urgence de sa fuite.

Tout en faisant sauter le riz au kimchi pour le service du soir, Ji-Ho réfléchissait. Il n'avait pas arrêté de réfléchir depuis qu'il avait quitté la ferme des Ferez. De réfléchir et de se flageller, il fallait bien l'admettre. Les mots du père de Charlotte tournaient en boucle dans sa tête, le poussant à mettre en balance sa souffrance d'adolescent rejeté et celle de Charlotte, jeune adulte qui était tombée malade.

Il avait été blessé, oui, qu'elle le rejette à l'époque, mais pas surpris : il savait très bien que Charlotte aimait les femmes, il ne s'était jamais attendu à ce qu'elle lui saute au cou pour l'embrasser. Mais après ces années de relation amicale fusionnelle au lycée, il n'avait pas voulu entrer dans la vie adulte en la perdant peu à peu de vue, ni faire face à l'étincelle de pitié qu'il croyait voir dans son regard. Il avait préféré être honnête avec elle et lui avouer ses sentiments. Même s'il savait très bien qu'ils étaient à sens unique. Ce qu'il n'avait pas envisagé, en revanche, c'était de devoir partir aussi vite après sa déclaration.

Son grand-père lui gardait une place dans son restaurant depuis un bout de temps : Ji-Ho devait le rejoindre à la fin de l'été, quand Charlotte aurait eu son bac et serait partie pour Paris. Mais rien ne s'était passé comme prévu : son grand-père s'était cassé le bras en allant apprendre à skier à soixante-douze ans, et Ji-Ho avait dû le rejoindre à la hâte pour lui donner un coup de main. On n'était pas à six mois près, hein ? Son appel était arrivé au pire moment possible : alors qu'il rentrait après s'être pris un râteau de sa meilleure amie. Ses parents étaient gênés, n'osant pas le forcer, mais espérant qu'il accepterait, bien incapables d'y aller eux-mêmes. Son père entretenait une relation compliquée avec le sien, il le savait, et s'ils avaient quitté la Corée du Sud, c'était en grande partie pour pouvoir échapper à sa poigne de fer. Difficile de dire non à des parents imbibés de piété familiale confucéenne, et dont les propres parents avaient vécu la guerre de Corée. À la place de son père, Ji-Ho ne savait pas s'il aurait osé envoyer bouler son géniteur au point de partir à l'autre bout du monde avec femme et enfant. Mais pour lui, c'était différent : il avait tout juste dix-neuf ans, et une très bonne raison de partir se cacher à l'autre bout du monde. Il ne s'était pas fait prier longtemps.

On pouvait dire qu'il avait radicalement changé de vie. À quel prix ? Dix ans d'errance, à se persuader qu'il poursuivait son rêve, mais quel rêve ? Dix ans sans elle, sans savoir ce qu'elle devenait, sans oser demander. Dix ans passés à se convaincre que les choses étaient mieux ainsi, qu'elle était plus heureuse débarrassée de l'ombre de son amour indésirable. Qu'elle était heureuse tout court. Visiblement, ça n'avait pas été le cas. En tout cas, pas comme il l'avait imaginé. Mais les choses étaient-elles jamais telles qu'on les imaginait ?

Le lendemain, alors que la nuit se diluait peu à peu dans l'aube, Ji-Ho marchait d'un bon pas, le souffle court, dans la neige fraîchement tombée. Sa dernière randonnée dans la neige remontait à plusieurs années, et il savourait pleinement la brûlure de l'air froid dans ses poumons. Au loin, le puy Mary, tout de blanc vêtu, reflétait la lumière de la lune mêlée à celle du soleil naissant ; le craquement de la neige sous ses bottes et le bruit de son souffle rythmaient son ascension. Le village était loin en contrebas, et d'autres communes s'éveillaient ici et là dans le paysage, semblables à des villages de contes de fées.

Alors que le soleil se dessinait à l'horizon, Ji-Ho s'arrêta, le souffle court, pour l'attendre. Un vent glacial commençait à se lever et quelques mèches de ses cheveux s'étaient échappées de son bonnet, mais il n'y prêta pas attention : le soleil, splendeur de roses et d'orangés, s'extrayait peu à peu de la nuit entre deux montagnes à l'est. Un sourire étira les lèvres du jeune homme : ici aussi, il pouvait aller observer le lever du soleil. Quand le moment fut passé, il prit un selfie pour l'envoyer à Min-Jae et le poster sur Instagram, principalement pour les membres de sa famille coréenne qui le suivaient. Puis il entreprit de rentrer tranquillement, en faisant attention à ne pas glisser. Autour de lui, la neige s'était teintée d'or dans la lumière de l'aube. Une belle journée s'annonçait.

CHAPITRE 13

Charlotte

DIMANCHE MATIN, Charlotte se leva tôt pour corriger des copies, s'efforçant de laisser ses retrouvailles avec Ji-Ho dans un coin fermé de son esprit. À sept heures, son père descendit : il commença par aller faire du feu dans le fourneau de son atelier avant de revenir petit-déjeuner. Ses habits de travail sentaient la sciure et le métal chauffé, et il avait ramené le froid avec lui. Il sirota son café en regardant sa fille travailler, sourcils froncés et cernes sous les yeux.

— Tes vacances n'ont pas l'air très reposantes, commenta-t-il doucement. Tu en as encore beaucoup à corriger ?

— J'en ai corrigé une cinquantaine sur deux cents…

— Mais comment peut-on t'en donner autant à corriger ? C'est inhumain…

— C'est comme ça, papa, je suis la petite dernière, je suis corvéable à merci, expliqua-t-elle en occultant la véritable raison.

— Tu as jusqu'à quand pour corriger tout ça ?

— Le 6 janvier…

— C'est de l'exploitation !

L'indignation de son père la fit rire et elle se leva pour aller embrasser sa joue mal rasée avant de se resservir en café.

— Je dois avouer que je ne m'étais pas attendue à avoir autant de copies…

— Tu vas rester là-bas ? Ce ne serait pas mieux en France ?

— Les postes sont rares, papa. Je verrai bien ce qui se présentera.

— Tu nous manques, tu sais, quand tu restes aussi longtemps sans venir nous voir. À tous.

Charlotte soupira en jetant un œil à la nuit enneigée. Ils lui manquaient aussi, mais en vivant aussi loin, c'était tout ou rien : soit la solitude complète, soit l'overdose familiale. Il n'y avait pas de juste milieu.

— Ji-Ho et toi avez pu parler ? demanda son père en ayant l'air de ne pas y toucher.

— Oui et non… Ce n'est pas simple… Qu'est-ce que tu lui as dit sur moi, au juste ?

— Seulement que tu étais tombée malade il y a cinq ans, que ce n'était pas grave, mais handicapant. Et je lui ai dit que c'était la fibromyalgie.

— Mmh… Et c'est quoi le délire de maman avec lui ?

— Tu la connais… Aucune demi-mesure.

— Elle veut me caser avec lui ?

— Écoute, si elle va trop loin, n'hésite pas à le lui dire…

— Elle ne sait pas ce qu'il y a eu entre nous. Il ne suffit pas de mettre un homme et une femme dans la même pièce pour qu'ils finissent en couple.

— N'y prête pas attention, lui conseilla son père. Mais je suppose que ce serait quand même bien que vous puissiez vous dire ce que vous avez sur le cœur, tous les deux… Allez, mon atelier doit être réchauffé maintenant, je te laisse travailler.

Et son père déposa un baiser sur ses cheveux avant de quitter la maison pour son havre de paix. *La chance…* Son odeur flotta un instant dans la pièce après son départ. *Allez, concentration.*

— On va skier aujourd'hui, tu veux venir ? proposa David, la bouche pleine.

— Non, merci, refusa poliment Charlotte en raturant une copie.

— Tu es sûre ? La neige est super en ce moment.

— J'ai vu, mais le ski est un peu physique pour moi, maintenant, David.

— Si tu te bougeais plus, aussi…

La jeune femme lui jeta un regard si méchant qu'il s'empressa de changer de pièce, départ qu'elle salua d'un retentissant doigt d'honneur. Chris gloussa depuis le couloir et vint l'embrasser sur la joue.

— Tu vas te retrouver seule avec mamie et papi, maman va chez sa meilleure amie aujourd'hui, la prévint-il.

— Au moins je pourrai avancer dans ces fichues corrections…

— Tu sais ce que « journée ski » veut dire… Ce soir, c'est restaurant. Tu devrais faire un sort à tes cheveux d'ici là…

— Aurais-tu quelque chose à redire à propos de mon élégante chevelure ?

— Pas *une* chose, au moins une dizaine ! Je dirais qu'il ne lui manque que la couleur pour ressembler à de la paille. Tu peux piocher dans mes produits, si tu veux. Et arrêter de te les arracher sur tes copies. Je sais, va chez Laura en fin d'aprem, et je te rejoindrai après pour t'emmener voir le studio de danse ! Je te prends un rendez-vous, elle travaille aujourd'hui.

Le temps que Charlotte comprenne qu'il était sérieux et relève la tête, il avait obtenu un rendez-vous d'« urgence capillaire » pour dix-sept heures au village chez son amie de lycée, avant d'esquiver ses foudres en courant s'enfermer dans la salle de bains dans un ricanement de super-méchant. La jeune femme leva les yeux au ciel, amusée malgré elle, et se rassit, déjà fatiguée.

Après avoir attendu que tout le monde soit parti ou occupé, elle se rendit dans la chambre de son frère et se campa devant ses produits capillaires, mains sur les hanches, ne sachant pas trop par où commencer. Elle lui emprunta finalement son pot d'huile de coco, et alla chercher son peigne à dents larges dans sa valise. Là, elle s'attela à démêler la masse bouclée de ses cheveux, puis commença à les enduire d'huile de coco avec application, comme elle l'avait fait pendant des années, quand elle se décolorait les cheveux pour les teindre en rose, bleu ou violet. Cela lui prit un bon moment. Les souvenirs de leurs innombrables sessions coiffure entre frangins lui revinrent en mémoire : devant un film, une série ou juste plongés dans une bonne conversation, ils avaient passé des heures à prendre mutuellement soin de leurs cheveux. Laura, cette amie devenue coiffeuse au village, était souvent des leurs, lorsqu'elles étaient encore en couple. Charlotte acheva cette séquence souvenir en enroulant ses cheveux en chignon, qu'elle dissimula sous un bonnet tombant pour la journée, avant d'aller se faire un thé et de retourner à ses copies. Une partie de son esprit se demandait de quoi aurait l'air Ji-Ho les cheveux détachés, et cela l'agaçait plus qu'elle n'aurait su dire.

Après une longue journée de fastidieuses corrections ponctuée par un repas avec ses grands-parents qui le fut tout autant (sa grand-mère l'avait relancée sur le thème des enfants et du temps qui passait), Charlotte rangea son tas de copies et réfléchit à sa tenue pour sortir, optant finalement pour un jean clair déchiré aux genoux et un ample pull gris qui dénudait l'une de ses épaules. Elle garda son bonnet noir, prit son sac à main et descendit mettre ses Docs, son manteau, et son écharpe thaïlandaise grise aux motifs anthracite. Son grand-père était justement en train de refuser de l'emmener au village quand Jean, son père, rentra, adressant aussitôt un clin d'œil complice à sa fille :

— J'ai des livraisons à faire, vous profiterez bien du voyage, docteure Ferez ?

— Avec plaisir, cher monsieur.

Son père la déposa devant chez Laura avant de partir faire ses livraisons dans les environs. La jeune femme était en avance, mais comme il neigeait et que le vent était glacial, elle s'autorisa à pénétrer dans le petit salon chaleureux. Il n'y avait que deux dames âgées venues refaire leur permanente, et l'apprentie de Laura était aux petits soins pour elles. Laura, grande et ronde, peau sombre et tresses pourpres, vint aussitôt vers Charlotte et l'étreignit longuement en trépignant de joie, avant de la tenir à bout de bras :

— Charlotte Ferez, je suis *trop* contente de te voir ! Je suis sûre que tu ne comptais pas me dire que tu étais dans le coin, heureusement que Chris a pris un rendez-vous pour toi ! Alors comme ça on joue les Anglaises maintenant ?

— Je suis censée répondre à quoi en premier ? rit Charlotte. Je suis contente de te voir aussi, ma belle.

— Bon, qu'est-ce qu'on fait ? Un relooking de folie pour faire payer son absence à Ji-Ho ? J'ai appris qu'il ne t'avait jamais recontactée, quel mufle ! Même moi je t'écris, et vice-versa !

Charlotte ne put s'empêcher de pouffer. En effet, elles avaient beau avoir rompu de manière pathétique après onze mois de relation, l'année de leurs seize ans, elles avaient tout de même fini par redevenir amies. Laura faisait même partie des rares personnes dont elle pensait à prendre des nouvelles. Leur relation n'avait laissé que de la confiance entre les deux jeunes femmes, aussi Charlotte n'eut-elle aucune gêne à retirer son bonnet, dérouler ses cheveux pleins d'huile, et lui demander ce qu'elle suggérait.

— Ça pose depuis ce matin ? lui demanda Laura en la débarrassant de son écharpe et de son manteau.

— Yep, Chris a raison, je n'en prends plus assez soin…

— On fait juste une coupe ou tu me ferais assez confiance pour repartir sur de la couleur ?

— Tu penses à quoi ?

— Un carré long violine avec des longueurs violet pastel. Ça ferait ressortir tes yeux de déesse et donnerait des couleurs à ton teint. Tu sais que tu n'es pas obligée de vivre à la bibliothèque, n'est-ce pas ? Les humains ont besoin de soleil aussi !

— *Drama queen*, l'accusa Charlotte en riant.

— À peine !

— Je te donne carte blanche.

— J'aime quand tu me dis des choses comme ça !

Charlotte s'en remit donc les yeux fermés à son amie, qui commença à s'activer autour d'elle tout en papotant à toute vitesse pour rattraper le temps perdu. Quand elle eut terminé, il était presque dix-neuf heures, Chris venait d'arriver, et elle ne se reconnaissait plus.

— Pas possible ! s'exclama Chris. Tu nous l'as rajeunie de dix ans au moins ! Aïe ! Pas la peine de me pincer, c'était un compliment, sœurette. Bravo Laura, vraiment.

Comme ils étaient seuls dans le salon à présent, Charlotte en profita pour pincer une seconde fois son frère, qui éclata de rire. La jeune femme paya malgré les efforts de son amie pour l'en empêcher et se rhabilla chaudement avant de sortir. Son frère sautait littéralement sur place tellement il était excité à l'idée de lui montrer son studio. Il invita même Laura à venir avec eux, ce qu'elle accepta sans se faire prier.

Le studio se trouvait non loin du centre du village, à côté de l'école et à proximité des restaurants, un emplacement idéal donc. Il occupait toute une maison, avec un bureau et un petit logement à l'étage, où Chris comptait s'installer prochainement, surtout quand il neigerait, et deux salles au rez-de-chaussée, assez grandes pour accueillir jusqu'à une vingtaine de personnes par cours. Un guichet avait été installé dans l'entrée, ainsi que deux petits vestiaires et des sanitaires. Les miroirs seraient posés d'ici deux semaines, quand la peinture serait terminée. Charlotte fit le tour du propriétaire, très impressionnée, avant de demander :

— Comment tu vas l'appeler ? Tu vas recruter quelqu'un ou pas ? Tu ouvres quand ? Aux vacances d'hiver ?

— Quel enthousiasme ! rit son frère. Je suppose que je n'aurai pas besoin de te supplier à genoux de m'aider à lancer la communication ?

— Je peux venir demain prendre des photos, offrit-elle avec un grand sourire.

— Parfait !

À dix-neuf heures trente, Chris et elle retrouvaient la troupe des Ferez devant… le restaurant asiatique.

— J'aurais dû m'en douter, grommela Charlotte en remettant de l'ordre dans ses mèches.

Une voiture déboula soudain dans la rue et les frôla à toute vitesse, avec à son bord une bande d'écervelés qui sifflèrent la jeune femme en passant la tête par la fenêtre et en hurlant. Les insultes par lesquelles Chris leur répondit ne purent hélas rien contre la tension extrême qui avait envahi Charlotte. Celle-ci était d'autant plus troublée que Ji-Ho venait de sortir pour les accueillir, et avait assisté à la scène.

— Vous devriez entrer, votre table est prête de toute façon, intervint-il d'un ton sombre.

Manon accepta avec soulagement et entra d'abord avec sa famille, puis Jean suivit en saluant Ji-Ho, qui guettait la rue, les paupières étrécies. « Un regard de tueur », glissa Chris à l'oreille de Charlotte pour qu'elle se déride un peu. Mais sous son écharpe, elle avait plaqué la main sur son épaule gauche, et tremblait d'autre chose que de froid. S'en apercevant, Chris posa une main dans son dos pour la faire avancer.

— Salut, Ji-Ho ! lança-t-il d'une voix joyeuse.

— Ça va ? demanda celui-ci à Charlotte alors qu'elle passait devant lui.

Elle hocha la tête, mâchoires crispées. Ils s'installèrent finalement à la longue table qu'ils avaient réservée, au fond du restaurant, et les trois derniers membres de la famille arrivèrent dans la foulée. Charlotte se retrouva juste à côté de l'allée, près de la porte de la cuisine et du passe-plat. Elle balaya les autres tables du regard : tout semblait réservé. Beau score.

Les enfants s'extasièrent devant les cheveux de leur tante, sa mère commenta que c'était mieux, mais que « comme par hasard », il avait encore fallu qu'elle retombe dans « ses vieux travers ».

— C'est Laura qui a choisi, glissa Charlotte d'une voix assurée.

— Parce que tu laisses cette fille choisir à ta place ? cingla sa grand-mère.

— Comme si elle n'en avait pas déjà assez fait comme ça, renchérit sa mère d'un ton pincé.

Sa mère et sa grand-mère tenaient Laura pour responsable des errances d'adolescente de leur (petite-)fille et du choix de celle-ci de partir pour Paris dès qu'elle l'avait pu. Charlotte songea à diverses parties du corps qu'elle souhaitait les inviter à aller se faire frire, mais elle pensa aux enfants et se contenta de dire :

— Vu que tu tiens absolument à te rafraîchir la mémoire, je te signale que tu en as sans doute fait bien plus qu'elle pour que je parte, maman.

— Parce que ça va être ma faute maintenant ?

— Du calme, profitons de cette soirée, proposa Jean d'un ton doux mais sans réplique.

— Heureusement que tu étais censée être revenue à la raison… glissa sa grand-mère, sournoise, avant de héler cavalièrement la serveuse pour commander un cocktail.

— Chris, mon ami, je crois que nous sommes de trop à cette table, soupira Charlotte. J'aurais dû me faire les cheveux couleur arc-en-ciel.

— Et pourquoi pas un dégradé avec les couleurs du drapeau bi ? suggéra un Chris mi-blasé, mi-hilare.

La jeune femme jeta un regard dégoûté à sa grand-mère qui se redressait pour se donner une contenance au bout de la table. La soirée promettait d'être longue, avec Ji-Ho si proche, sa famille en grande forme et son épaule qui la faisait souffrir. Soudain, une main aux longs doigts fins déposa d'autorité un verre de soju devant elle. Ji-Ho, bien sûr. Son regard la prit au dépourvu et manqua bien de lui faire perdre pied, avec son sérieux sans faille. Elle inclina la tête avant de saisir le verre de sa main droite, le soutenant de sa main gauche, et de le vider cul sec en plantant ses yeux droit dans les siens.

— Je serais curieux de te voir avec des cheveux arc-en-ciel, glissa-t-il, pince-sans-rire.

Charlotte sentit une chaleur intense descendre le long de sa gorge et envahir son ventre, et elle n'était pas sûre que cela vienne uniquement de l'alcool. Hélas, David fit la remarque que tout le monde avait en tête et cassa la magie du moment :

— La vache, quelle descente ! T'es sûre que t'es une femme ?

Charlotte lui adressa mentalement (les enfants, toujours, décidément) un doigt d'honneur monumental, sa mère déplora son attitude « vraiment pas élégante », et Ji-Ho lui laissa la bouteille d'un regard entendu avant de retourner en cuisine. Si elle devait passer pour la tata alcoolique, autant qu'elle ait à boire…

Finalement, la serveuse revint avec les commandes de boissons et on étudia le menu pour faire son choix, ce qui détourna l'attention de David et des autres, au plus grand soulagement de la jeune femme. Son téléphone vibra dans sa poche. Chris lui avait envoyé des emojis : un arc-en-ciel, un smiley qui avait trop chaud, un verre d'alcool et un panneau « interdit aux moins de 18 ans ». Elle lui renvoya un GIF d'une femme descendant un verre cul sec d'un air désespéré, ce qui le fit pouffer.

Elle opta pour le plat le plus épicé à la carte, le *dakgalbi*, à base de poulet, de piment et de légumes, et demanda à la serveuse si elle savait s'il était épicé à la coréenne ou à la française. L'adolescente alla poser la question en cuisine, et Charlotte eut l'intense émotion de voir Mi-Joo apparaître, son éternel tablier bleu noué autour de sa taille fine, vieillie mais toujours vive. Quand elle la reconnut, Mi-Joo poussa un cri de surprise et, comme Charlotte s'était levée, elle l'étreignit vivement, sans hésiter. Il lui vint même une petite larme quand elle relâcha son étreinte, et elle posa aussitôt une main sur la joue de la jeune femme :

— *Aïgoo*[1] ! Ça me fait tellement plaisir de te voir !

— Moi aussi, tu m'as manqué !

— Je sais bien que mon fils est parti sans prévenir, mais tu étais toujours la bienvenue, tu le seras toujours, tu sais.

— Ça me touche.

— Bon, je te fais ce plat à la coréenne, n'est-ce pas ? Bien relevé ?

— S'il te plaît !

Mi-Joo salua la famille et retourna en cuisine après lui avoir tapoté la joue une dernière fois. Charlotte se rassit. La sensation de chaleur avait encore gagné du terrain, et elle avait même moins mal. Elle s'appuya contre le dossier de sa chaise et laissa la soirée s'écouler tranquillement, jetant des coups d'œil réguliers à Ji-Ho, qui passait pour aller en cuisine ou faisait flamber diverses préparations depuis son îlot central. Elle aimait la lueur des flammes sur son visage. Elle l'avait toujours aimée. Lors des soirées feu de camp des jeunes du coin, elle pouvait passer des heures à admirer son profil et les ombres qui y dansaient.

Bientôt, elle maintint les conversations familiales loin de son esprit, n'écoutant que les conversations des enfants ou les remarques de Chris. L'odeur des épices et des grillades la transportait ailleurs, en d'autres lieux, d'autres temps. Elle n'avait jamais pu se rendre en Corée du Sud, mais si elle y allait un

1. Expression coréenne qui signifie « mon Dieu ».

jour, elle mettrait un point d'honneur à y visiter des restaurants de toutes sortes. C'était leur projet à tous les deux, avant.

Une première partie de la tablée rentra tôt : les grands-parents, les parents, Lily, Théo et David. Ce dernier, tellement saoul qu'il s'endormait presque à table, avait voulu jouer aux gros bras avec Charlotte. Celle-ci se portait bien après ses quelques verres de soju et son plat si épicé qu'il lui avait redonné des couleurs. Son frère parlait comme une pipelette de son projet maintenant qu'il avait deux verres dans le nez, et sa sœur, sobre autant par obligation que par habitude, jouait aux devinettes avec ses filles, aidée par Charlotte, qui sortait de son cocon de protection à présent qu'elle ne se sentait plus menacée par son entourage.

— Je te préfère détendue comme ça, sourit Manon alors que Chris était sorti fumer.

— Moi aussi.

— Je trouve ça fou que Chris ait réussi à se faire accepter sans subir de remarques et pas toi…

— Il en a subi, mais il leur a tellement cloué le bec qu'ils n'ont pas eu le choix, je suppose. Et puis, il a eu une adolescence tranquille, ça doit jouer. Moi…

— Tu parles de ton adolescence capillaire ? gloussa Manon.

— Mais oui, absolument, de quoi d'autre voudrais-tu que je parle ? fit-elle mine de s'offusquer.

— Et maintenant on dirait que vous avez échangé les rôles !

— Eh oui, j'ai probablement grillé toutes mes cartouches trop vite… soupira-t-elle d'un air faussement fataliste.

— Pas toutes. Il t'en reste encore une belle…

Le regard de Charlotte glissa vers Ji-Ho. Son tee-shirt gris moulant et son tablier noir épousaient parfaitement sa silhouette. Les flammes lui avaient donné chaud, et sa peau luisait sous les lumières tamisées de la fin de soirée. Manon capta le coup d'œil de sa sœur et ne put s'empêcher de la taquiner comme une adolescente.

— Je te rappelle que cette cartouche est précisément ce qui a posé problème à l'époque… tempéra Charlotte.

— À l'époque, tu étais lesbienne. Maintenant, tu te définis plutôt comme bi. Ça change tout, si tu veux mon avis…

— Ai-je vraiment le choix ? grimaça Charlotte, faussement désespérée.

— Non, écoute ta grande sœur !

L'addition était payée, aussi Manon réveilla-t-elle les filles, qui piquaient sérieusement du nez, et partit devant avec Chris pour rapprocher la voiture (et probablement la dégivrer aussi). Charlotte s'enroula dans son écharpe et dans son manteau, et promit à Mi-Joo de passer la voir pendant les vacances. Alors qu'elle allait passer devant Ji-Ho, elle eut un petit frisson. Le contrecoup de la journée se faisait sentir. Leurs regards se croisèrent et la jeune femme avoua :

— Tu n'as pas perdu la main, tu vois toujours quand j'ai besoin d'un verre…

— Certaines choses ne changent pas.

— Comme ma famille… ricana-t-elle avant d'avoir pu se taire.

Le jeune homme éclata d'un rire de gorge dont elle prit aussitôt conscience de combien il lui avait manqué, et posa son torchon derrière le bar pour aller lui ouvrir la porte. Quand ils furent dehors, il se tourna vers elle :

— Jolie couleur de cheveux, en tout cas… Ça te manquait ?

— Je crois, oui.

— Tu sais… Je pense vraiment qu'il faudrait qu'on parle, toi et moi. On ne va pas pouvoir faire semblant indéfiniment que tout va bien.

— Je fais ça, moi ?

— À toi de me le dire.

La voix du jeune homme fit plonger son estomac dans ses talons. La voiture de sa sœur s'arrêta alors devant le restaurant.

— Je vais être pas mal occupée, le reste des Ferez débarque après-demain et la maison n'est toujours pas décorée…

— Sacrilège ! se moqua Ji-Ho.

— Tu connais ma mère, fit-elle en haussant les épaules. Mais je dois passer au studio de Chris vers dix-sept heures, on se retrouve avant ton service ? Devant le studio ?

— Ça marche. À demain.

— À demain.

Et elle s'engouffra dans l'habitacle chauffé du 4 × 4, les joues roses.

CHAPITRE 14

Charlotte

LE LENDEMAIN MATIN, à part David qui avait mal aux cheveux et sa mère qui regardait ceux de sa fille cadette de travers, Charlotte trouva l'ambiance plutôt détendue à la maison, fait suffisamment rare pour être souligné. Pas de douleur particulière à signaler, juste un peu de fatigue. Elle se leva néanmoins de bonne heure pour travailler avant que le branle-bas de combat ne soit sonné. Vers neuf heures, elle rejoignit l'armée de bras qui se chargeait de récurer la maison. Chris s'activait en musique, sa grand-mère donnait des ordres, Manon refusait de se tenir tranquille et David se plaignait de son mal de tête comme si c'était la fin du monde. Les enfants cherchaient à les aider, mais ne parvenaient qu'à se mettre dans leurs jambes, hormis Théo qui ne se débrouillait pas trop mal. Quand midi approcha, Charlotte alla se poser dans la cuisine, les membres perclus de douleurs. Sa mère, qui passait par là, les bras chargés de linge, lui lança :

— Tiens, puisque tu as fini, tu pourrais faire à manger ?

Dans un soupir à peu près discret, Charlotte s'étira précautionneusement et emplit une casserole de riz, qu'elle lava trois fois, à l'asiatique, avant de mettre le tout à cuire sur le gaz. Ensuite, elle ouvrit le congélateur, songeuse. Des souvenirs de ses razzias d'adolescente dans le tiroir à glaces lui revinrent en mémoire. C'était presque systématique quand elle avait une peine de cœur ou que Ji-Ho et elle se trouvaient seuls à la maison. Bien sûr, il y avait aussi toutes les fois où ils avaient plutôt pris d'assaut le congélateur du restaurant de ses parents à lui, ou celui de la supérette, avant de rejoindre le lac le plus proche ou les bois à vélo, en été. Finalement, la jeune femme se décida pour des légumes à poêler avant de refermer la porte des souvenirs et d'ouvrir le tiroir à épices. Chris entra dans la cuisine quelques minutes plus tard en humant l'air comme un affamé :

— Ah, c'est toi qui as cuisiné ! Je me disais bien que l'odeur n'était pas habituelle. Je meurs de faim !

Enfin, on put s'attabler. Le grand-père râla de l'absence de « vraie viande », mais le repas se déroula tout de même sans heurts, et on s'organisa en vue de l'après-midi décoration. Charlotte profita d'un temps mort pour aller s'allonger un peu dans sa chambre. La journée était loin d'être finie, et pourtant elle avait déjà l'impression d'en avoir vécu deux en termes d'énergie, si bien qu'elle resta assise sur le canapé, se contentant de passer les guirlandes et les boules de Noël aux enfants pour qu'ils les accrochent sur le sapin avec l'aide des grands. Son père était allé le chercher ce matin au village, et il embaumait tout le salon de son odeur de sève. L'odeur des Noëls de son enfance. Les décorations aussi scintillaient de souvenirs. Certaines avaient été achetées au fur et à mesure des naissances de ses neveux et nièces, d'autres dataient de leurs tendres années à eux. Parmi elles, un petit ange en bois, décoré de sequins et de plumes blanches, qu'ils avaient fabriqué tous ensemble. Charlotte se tourna vers Manon avec un sourire nostalgique :

— Il faudrait qu'on en fasse d'autres avec les enfants, un de ces quatre…

Sa sœur lui sourit en retour, émue.

Vers seize heures trente, alors que la maison scintillait doucement dans la lumière déclinante et que des sablés à la cannelle cuisaient dans le four, Charlotte monta enfiler un gros col roulé et récupérer la sacoche de son appareil photo. Ils prirent la voiture de Chris, un vieux Scénic équipé de chaînes, et quittèrent la maison. Les enfants, que Jean avait emmenés faire de la luge dans l'espoir de les défouler, leur coururent après en faisant coucou alors qu'ils quittaient la cour enneigée. Manon avait fini par capituler et aller faire une sieste au calme.

— Tu veux commencer par quoi ? demanda Chris une fois debout en chaussettes au milieu du studio.

— Je vais déjà prendre en photo la devanture, avec la neige, les décorations et les lumières dans le crépuscule. Et ensuite l'intérieur. Tu ferais bien de te recoiffer car je vais devoir te photographier aussi, mon coco.

Chris leva les bras au ciel d'un air dramatique et la laissa sortir prendre ses photos. Elle avait eu cet appareil pour ses quinze ans, et Chris et Manon avaient été des modèles complaisants quelque temps. Elle avait envisagé d'en faire son métier, mais s'était finalement décidée pour la littérature, ne voulant pas faire de la photo une obligation : elle aimait choisir ses contraintes. À Oxford, elle sortait souvent en expédition photo, le cadre s'y prêtait bien. Mais au fond de ses collections de clichés se glissaient aussi des photos sensuelles, photos d'ex ou d'amis et amies complices, qui n'étaient pas destinées à être publiées. Durant son adolescence, elle avait tenu un journal photo de son corps en tenue ajustée, avec ses piercings, toutes ses couleurs et coupes de cheveux, pour documenter son passage à l'âge adulte. Elle avait arrêté après le départ de Ji-Ho. La dernière photo datait du 3 février 2015. Elle avait presque dix-huit ans.

Quand Ji-Ho arriva devant le studio de Chris, Charlotte avait fini d'accumuler les photos de son frère et n'avait plus que quelques clichés des locaux à prendre. Chris fit entrer Ji-Ho et lui fit faire le tour du propriétaire (il avait hérité de la maison de leur grand-oncle l'an dernier). Dans son coin, Charlotte, accroupie en appui plus marqué sur sa jambe gauche, ses mèches violettes lui dissimulant le visage, faisait encore cliqueter son déclencheur, concentrée. Se relevant péniblement, elle vérifia qu'elle avait tout ce qu'il lui fallait avant de ranger son appareil dans sa sacoche et de les rejoindre dans l'entrée.

Les traits tirés et les joues rosies par le froid, Ji-Ho portait un épais sweat à capuche au col très design bleu sombre, un jean clair déchiré et des Docs, qui étaient encore ce qui se faisait de mieux pour concilier style et sécurité par temps de neige. Les yeux de Chris allaient de l'un à l'autre, et on voyait bien qu'il se retenait de leur crier une bêtise de son cru. Charlotte abrégea ses souffrances :

— On va faire un tour ?

— Ça me va, répondit Ji-Ho.

Charlotte jeta un regard d'avertissement amusé à Chris en passant devant lui, et il fit mine de fermer la fermeture éclair de sa bouche, mais l'éclat de ses yeux en disait long sur le contenu de ses pensées. Finalement, les deux vieux amis se retrouvèrent tous deux à marcher sur le trottoir déneigé, les mains dans les poches et le regard fixé sur leurs pieds.

— Comment tu te sens, aujourd'hui ? demanda enfin Ji-Ho.

— Fatiguée, mais ça va. Et toi ? Tu as l'air épuisé.

— On a fermé tard hier soir, et on est ouverts tous les jours en ce moment, c'est la pleine saison… Tu avais l'air contente de pouvoir prendre des photos, tu as continué après le lycée ?

— Oui, je commence à en avoir un sacré stock, à force.

— Tu photographies toujours les mêmes choses ?

— Globalement oui, de la vieille pierre et de la chair fraîche, plaisanta-t-elle. Et toi, la danse ? Tu as dû pouvoir suivre de sacrés cours, à Séoul…

— Au début je n'avais pas les moyens, mais j'ai fini par pouvoir me payer quelques cours au 1MILLION Studio, oui.

— Sérieux ? Veinard… C'était comment ?

— Intimidant et en même temps assez impersonnel, on était tellement nombreux à reproduire les mouvements du prof. Sans compter que tout le monde ne participait pas aux clips filmés à la fin des chorés. Et puis, c'était moins drôle tout seul…

Charlotte déglutit, la gorge soudain intolérablement nouée, et regarda au loin. Il allait bien falloir qu'ils en arrivent là un jour… Elle se mit à lui en vouloir : s'il n'avait pas filé comme ça, ils n'auraient pas été obligés d'avoir cette conversation aujourd'hui.

— Je ne t'ai pas forcé à partir sans moi, finit-elle par murmurer. Ce n'est pas moi qui ai décampé sans prévenir…

Un lourd silence tomba entre eux. Si elle avait pu se briser la mâchoire à force de la serrer, elle aurait probablement déjà été en route pour les urgences.

— Je sais… souffla finalement le jeune homme. J'ai réagi comme un idiot…

— C'est un euphémisme. Tu aurais réagi comme un idiot si tu étais sorti avec la première venue pour te venger, mais là… Avancer ton départ à l'autre bout du monde, sérieusement ?

Le visage blême, Ji-Ho ouvrit la bouche pour parler, mais aucun son n'en sortit. Ils ralentirent le pas. Charlotte avait les poings crispés et une féroce envie de hurler. C'est à ce moment très mal choisi qu'elle remarqua qu'un de ses anciens camarades de classe, le fils d'une connaissance de sa mère, marchait vers eux avec un grand sourire.

— Putain, il ne manquait plus que ça… grommela-t-elle avant qu'il ne puisse l'entendre.

— Heeyy ! s'exclama Matthias. Ça alors, si je m'attendais à ça ! Le duo infernal est de retour ! Enfin, si, je m'y attendais, en fait… Charlotte aux fraises, comment tu vas ?

— Bien, et toi ? répondit-elle fraîchement.

— Mais très bien ! Ta mère t'a dit que j'étais passé moniteur à la station d'à côté ? Et je vais acheter une maison au village, si jamais tu décides de te réinstaller dans le coin…

Mais oui, bien sûr, m'installer chez lui serait logiquement ma première décision si je décidais de revenir dans le coin.

— Ce n'est pas prévu, Matthias.

— Oui, ta mère m'a parlé d'Oxford… Elle a aussi dit que tu serais là pour les fêtes, tu vois, j'ai de la mémoire !

Pas tant que ça, puisqu'il semblait avoir oublié qu'elle le détestait.

— Alors tu es venue toute seule depuis l'Angleterre ? continua-t-il comme s'il parlait à une enfant, ignorant Ji-Ho à un degré qui virait à l'insulte. Pourtant ça doit être plus facile de trouver quelqu'un maintenant que tu aimes les mecs, non ?

Tu sais, si tu veux faire des rencontres, je me ferai un plaisir de te sortir… Vraiment, t'as pas changé depuis le temps, même les cheveux, c'est dingue !

OK, c'en était trop. Il voulait la « sortir » comme une vulgaire chienne ? Il devait avoir oublié qu'un chien, ça mord. Charlotte se redressa pour le fixer dans les yeux avec son regard le plus glacial possible. Si si, plus froid que le Grand Glacier…

— En effet, Matthias, je n'ai pas changé depuis le temps. Par exemple, tu vois, je suis peut-être bi, bi, tu noteras, pas hétéro, contrairement à ce que ma mère a pu laisser entendre dans tout le canton, ça ne change strictement rien au fait que tu ne m'attires toujours pas et que ça ne risque pas de changer. Sur ce, je vais te laisser te faire une raison et reprendre ma promenade avec Ji-Ho, qui se trouve juste là, tu vois, même si tu as manifestement échoué à faire parvenir cette information à ta conscience limitée. Ciao.

Et elle le contourna d'un pas vif, comptant sur Ji-Ho pour faire de même. Mais Matthias posa une main lourde sur son épaule gauche pour la retenir et une douleur fulgurante la transperça, accompagnée d'un éclair de lumière qui passa devant ses yeux.

— Allez, quoi… Laisse-moi une chance, lança-t-il d'un ton qu'il croyait séducteur tout en massant son épaule.

— Lâche-moi immédiatement.

— Ça pourrait être vachement cool, tu sais.

— Matthias, je jure devant tous les dieux réunis que si tu ne me lâches pas dans la seconde, je vais t'en décoller une que tu n'es pas près d'oublier…

— Tout de suite les menaces, soupira-t-il d'un air déçu, mais sans la lâcher. Pour ça non plus, t'as pas changé…

Il commença à lui caresser l'épaule, comme pour l'apaiser, petit sourire en coin. Charlotte acheva de se retourner vers lui. S'il ne vit pas le genou partir, en revanche, il le sentit arriver et une bonne partie du village dut l'entendre crier. Mais au moins, il l'avait lâchée.

— La prochaine fois que tu me touches, je frappe sans prévenir, est-ce que c'est clair ? cracha-t-elle.

— Putain, mais t'es folle !

— Est-ce que c'est clair ? Ou tu préfères que je recommence ?

— C'est clair, c'est clair… Putain…

La jeune femme recula un peu avant de lui tourner le dos et de partir d'un bon pas. Une fois qu'elle eut tourné au coin de la rue, elle se mit à courir et ne s'arrêta que quand elle fut arrivée dans la rue derrière l'école. Ji-Ho, qui l'avait suivie, la regarda s'appuyer sur ses genoux, à bout de souffle et tremblante de rage. Livide, elle finit par s'appuyer contre le mur pour serrer sa main sur son épaule.

— Euh… hésita le jeune homme. Je sais que je ne suis qu'un égoïste… Mais est-ce que je peux jeter un œil à ton épaule ?

Les précautions qu'il prenait pour lui parler, comme si elle était dangereuse, auraient pu la crisper, mais elle y vit une forme timide de complicité qui lui fit chaud au cœur.

— Pas la peine, il n'y a rien…

— Tu es pliée en deux de douleur, Charlotte.

— Je reformule, il n'y a rien que tu puisses faire.

— Et si j'appelle ton frère ?

— C'est censé être une menace ? pouffa-t-elle.

— Je… Non, bien sûr que non ! Je pensais plutôt à quelque chose que je pouvais faire pour *t'aider*…

— Laisse tomber. Retournons au studio avant que la police ne se mette à la recherche de la psychopathe hystérique que Matthias ne va pas tarder à signaler.

Elle se redressa, s'efforçant de faire bonne figure, et Ji-Ho lui emboîta le pas. Ils avancèrent à son rythme, silencieux le temps de revenir au studio tout proche. C'était presque méditatif, remarqua Charlotte, dans une quiétude aussitôt interrompue par les hauts cris de Chris qui les guettait depuis le pas de sa porte, en bonne commère :

— Vous avez déjà fini de vider votre sac ? Je m'attendais à ce que vous reveniez un peu plus… échevelés ? Rouges ? Voire pas ensemble du tout ?

Charlotte eut un rire nerveux et alla se poser près de son sac, le visage pris par une grimace de douleur. Chris s'approcha d'elle sans comprendre :

— Ça va pas ? Tu as mal ? Je sais que les émotions fortes, c'est pas ton truc, mais quand même… Attends, t'as pas essayé de le frapper au moins ?

— Chris, pitié, laisse-moi respirer. Non, je n'ai pas essayé de frapper Ji-Ho.

— Matthias, en revanche… intervint ce dernier.

— Nooon… Depuis le temps que tu en rêvais ! s'esclaffa Chris. Attends, tu l'as vraiment frappé ? Genre tu l'as souffleté ?

— Genre j'ai temporairement privé l'humanité de sa descendance, plutôt, rectifia la jeune femme, souriant malgré elle.

— Waouh ! Mais pourquoi j'ai raté ça ? C'est trop injuste !

— Il m'a surtout attrapée par ma mauvaise épaule…

— Attends, *quoi* ?

Chris continua de réclamer des détails en jubilant pendant deux bonnes minutes, mais la jeune femme était ailleurs, occupée à juguler la terrible sensation dans son épaule. Après quelques instants d'hésitation, Ji-Ho vint s'accroupir près d'elle pour commencer à remonter son pull délicatement. À bout, Charlotte le laissa faire en fermant les yeux, et il prit son bras avec une douceur infinie pour faire glisser la manche et enfin révéler son épaule. Elle y jeta un coup d'œil blasé, constatant la présence d'une marque rouge par-dessus sa cicatrice. Cicatrice face à laquelle elle se doutait que son ami ne manquerait pas de réagir.

— Putain, mais c'est quoi ce délire ? souffla effectivement Ji-Ho en coréen, tout à coup pâle comme un linge.

— Ah ça, c'est sa blessure de guerre ! lâcha Chris comme si de rien n'était. C'est une cicatrice de coup de couteau. Ce serait vachement cool si ça ne lui faisait pas aussi mal en situation tendue. Je vais démarrer la voiture. Un peu plus et ça déchirait le tendon, bonjour le bras-légume après !

— Chris, pour l'amour du ciel, tais-toi ! fit Charlotte avant de se frotter vigoureusement le visage, dépitée par son pipelet de frère.

— Oh non, tu as aussi mal ? Tu veux que je te ramène pour prendre un cachet ?

La jeune femme appuya sa tête contre le mur, sa main gauche revenant mécaniquement serrer son épaule pour essayer de calmer la douleur, qui irradiait de son épaule vers le reste de son corps et lui donnait envie de hurler. Elle donna un coup de pied dans le vide et souffla comme un buffle, puis décida de se relever en entendant Chris s'arrêter avec la voiture devant le studio. Après quelques secondes de galère, elle sentit que Ji-Ho passait un bras sous ses genoux et un autre dans son dos. Elle allait protester quand son regard croisa le sien, et son estomac chuta dans son ventre. Ses yeux étaient emplis de larmes. Leurs souffles s'accrochèrent au moment où il se mit debout et, perturbée à l'idée de se trouver aussi proche de lui après tout ce temps, dans ses bras, contre son torse, si proche de sa bouche, de ses joues humides de larmes, de ses yeux brouillés, Charlotte en oublia presque de respirer. Elle enroula son bras droit autour de son cou pour l'aider, et ils sortirent du studio comme ça. Quand il les aperçut, Chris donna l'impression que sa mâchoire allait se décrocher. Il s'empressa d'ouvrir la portière arrière et retourna chercher le sac de sa sœur à l'intérieur avant de tout éteindre et refermer. Pendant ce temps, Charlotte, toujours tétanisée par la réaction de Ji-Ho, le laissa l'attacher. Une mèche de ses cheveux, douce comme du satin, effleura la joue de la jeune femme, qui réagit enfin.

— Hey… C'est juste une douleur fantôme… parvint-elle à dire, la gorge nouée.

— Tu as été trop gentille : je ne suis pas simplement un idiot, je suis plutôt un gros connard. Pas un seul instant je n'ai imaginé que tu puisses vivre des temps difficiles… J'aurais dû être là. Et pour commencer, j'aurais dû péter la gueule de Matthias avant qu'il ne pose la main sur ton épaule.

— Tu m'es bien plus utile comme témoin, au cas où, plaisanta-t-elle. Tu n'aurais rien pu faire, de toute façon…

— J'aurais dû empêcher ça.

— Tu n'es pas mon garde du corps, tu sais ?

Chris se glissa derrière le volant à cet instant.

— T'inquiète, elle dit ça à tout le monde ! lança-t-il avec sa gouaille habituelle.

— On était en train de parler…

— Ça va, ça ne compte pas, je suis ton frère préféré.

Charlotte roula des yeux et glissa à Ji-Ho :

— Est-ce qu'on peut reprendre cette conversation plus tard ? Quand la douleur ne me mettra pas de mauvaise humeur ?

— Bien sûr. Passe au restaurant un après-midi, quand tu veux. S'il n'y a personne en bas, monte, tu connais le chemin.

Charlotte acquiesça et Ji-Ho referma la portière. Après avoir jeté un coup d'œil mi-inquiet, mi-amusé à sa sœur, Chris démarra sans tarder et ils rentrèrent à la maison tout en lançant les paris sur la vitesse à laquelle la rumeur de l'« agression » circulerait jusque chez eux.

Une fois dans la cour du corps de ferme, Chris vint offrir son bras à sa sœur le temps qu'elle s'extraie de la voiture, puis il prit son sac et ils rentrèrent, trop préoccupés pour admirer les guirlandes extérieures que leur père avait fini de fixer. Charlotte alla aussitôt se chercher de l'eau et une poche de glace (son frère, danseur, en gardait toujours au cas où) quand sa mère entra, furieuse, dans la pièce. Les racontars se répandaient décidément plus vite dans ce patelin qu'elle ne s'en souvenait.

— Qu'as-tu à dire pour ta défense ?

— La défense de quoi ? Du verre d'eau ? répondit platement Charlotte.

— Ne fais pas l'idiote ! Tu viens d'agresser le fils de Charline !

— Et ? Tu aurais préféré que je finisse dans son lit, c'est ça ? Je n'ai pas pour habitude de me laisser violenter sans rien dire. Il va faire quoi ? Aller chouiner chez les gendarmes ? Porter plainte ? Qu'il essaye, j'ai un témoin.

— Un témoin de quoi ? demanda son père qui venait de rentrer de son atelier et se demandait visiblement s'il ne ferait pas mieux d'y retourner.

— De la tentative de Matthias de me forcer à l'écouter vanter ses mérites d'homme parfait.

— Ta fille vient d'agresser Matthias, le fils de Charline !

— Ah, bien, fit son père calmement. Je n'ai jamais aimé ce garçon, il t'avait déjà embêtée au collège, non ? Qu'a-t-il fait cette fois ?

— Ne la défends pas !

— Il m'a retenue par l'épaule, expliqua-t-elle en relevant la poche de glace. Il a refusé de me lâcher quand je lui ai dit de le faire. J'ai prévenu avant de frapper. C'était de la légitime défense. Ji-Ho était là, il pourra témoigner.

Chris se glissa à nouveau dans la cuisine après avoir expliqué à voix basse à Manon, dans le couloir, ce qui se passait. Heureusement que leurs oncles et tantes n'arrivaient que le lendemain. Il prit le verre d'eau des mains de sa sœur et y jeta un comprimé de codéine qu'il était allé chercher dans sa chambre. Les crépitements du médicament effervescent montèrent dans la pièce entre eux, leurs narines picotant sous l'effet de l'arôme pamplemousse. Charlotte défiait sa mère du regard, son cœur battant à tout rompre. Une partie d'elle avait envie de la laisser en plan, sachant pertinemment que cette dispute ne les avancerait à rien, mais l'autre avait envie de régler les choses une bonne fois pour toutes. Ce fut celle-ci qui l'emporta. C'était toujours elle qui l'emportait quand elle avait mal, peur, ou envie que tout, la fatigue, la douleur, les regrets, s'arrête.

— Tu sais, maman, il ne serait jamais venu me draguer comme un gros lourd si tu ne t'étais pas amusée à dire à toute la région que ta fille n'était finalement pas, Dieu merci, lesbienne, mais parfaitement normale et hétéro…

— Arrête de faire ta victime…

— Laisse-moi parler ! Tu voudrais pas enfin arrêter de te voiler la face ? Tu es homophobe et je suis bisexuelle. Bisexuelle, maman, pas hétéro. Et je ne comprends vraiment pas pourquoi tu insistes tant pour que je vienne vous rendre visite alors que tu fais tout pour que je ne me sente pas à ma place ici. Le plus fou, c'est que tu arrives visiblement à digérer l'homosexualité de Chris, d'ailleurs tant mieux pour lui, sinon il aurait déjà mis les voiles. Mais moi, pas moyen. Rien de ce que je fais ne trouve grâce à tes yeux. Je me défends d'un emmerdeur qui a déjà essayé de m'agresser au collège et qui m'a harcelée pendant des années à l'école, et tu penses tout de suite que c'est moi qui ai un problème. Quand j'ai été laissée pour morte dans la rue à Paris, la première chose que tu m'as dite en arrivant, après m'avoir giflée bien sûr, c'est : « Qu'est-ce que tu allais chercher dans la rue à une heure pareille ? J'espère au moins que tu arrêteras tes conneries, cette fois. » Ces deux phrases, maman, je m'en souviendrai jusqu'à ma mort. Si tu me détestes, soit, mais arrête d'essayer de me faire croire que c'est pour mon bien. Oh, et au passage, tu devrais te renseigner sur la culture du viol.

Chris lui tendit son verre, un sourire fier au coin des lèvres, et elle le descendit d'une traite pour que le goût du médicament passe plus vite. Et comme sa mère outrée cherchait ses mots, le souffle court, la jeune femme passa à côté d'elle pour quitter la pièce. Elle la jaugea et lui lança en sortant :

— À la prochaine remarque infecte qui franchira tes lèvres, je partirai, maman. Et sois sûre que cette fois, je ne reviendrai pas.

L'écho de ses mots vibrant encore dans ses tempes, elle monta s'allonger dans sa chambre après avoir fermé la porte à clé. Personne ne monta la déranger ce soir-là.

Quand Charlotte eut à peu près émergé le lendemain et que sa vessie commença à crier grâce, elle se leva et descendit directement en legging et vieux marcel troué, les cheveux en pétard. La maison était bien vide pour un matin de vacances. Au milieu des guirlandes et des fausses branches de houx, elle ne trouva que sa sœur qui regardait la télé. Quand celle-ci la vit, elle se leva et vint la prendre dans ses bras sans un mot. Elles restèrent quelques instants comme ça, avant que Charlotte n'ose demander :

— Où sont les autres ?

— Papa a accompagné maman chez la psy de Chris. Elle a pleuré toute la nuit, comme quoi elle était une mauvaise mère, apparemment… Papi et mamie sont de sortie, et j'ai envoyé David et les enfants skier. Chris s'entraîne, je crois, et il ira chercher tante So et Inès à la gare d'Aurillac en début d'après-midi. Bref, nous ne sommes que toutes les deux jusqu'à… quatorze heures, je dirais.

Charlotte se laissa tomber dans le canapé à côté de sa sœur, prise d'un accès de flemme, et regarda l'heure sur la télé. Dix heures trente. Belle grasse matinée… Un épisode de *Gilmore Girls* plus tard, elle décida arbitrairement que le moment était venu de préparer du thé.

— Tu vas rester jusqu'au retour de maman ou tu vas l'éviter encore un peu ?

— Je vais probablement descendre au village avant… Je n'ai pas envie de lui parler pour l'instant, j'en ai ras le bol. Qu'elle règle ses problèmes d'abord, j'ai assez des miens.

— Tu vas faire quoi ?

— J'ai une conversation à reprendre avec Ji-Ho, Matthias nous a interrompus en plein milieu. Et ensuite mon épaule a fichu la merde. Il a vu la cicatrice et il s'est qualifié de gros connard. Bref…

— Joli merdier.

— Je ne te le fais pas dire… Oncle Franck arrive vers quelle heure ?

— Vingt-deux heures, Sylvie travaille aujourd'hui. Et Dom et Ghislaine arrivent vers dix-sept heures.

— Je verrai si je peux passer la soirée ailleurs et rentrer tard. Je te tiendrai au courant par message. Inutile d'exploser en plein repas de famille… S'il faut un volontaire pour manger avec les enfants les prochains jours, je suis là.

Manon eut un rire indulgent. Josh allait arriver dans un sacré capharnaüm le 26… Il allait a-do-rer ça.

La jeune femme était descendue au village à vélo en veillant à rester dans les ornières creusées par leurs passages réguliers en voiture. Elle arriva devant le restaurant vers quatorze heures, alors que la serveuse s'en allait. Ji-Ho la fit asseoir au bar le temps qu'il ait fini d'encaisser les deux derniers clients, qui partaient justement. Ses mains entre ses cuisses pour les réchauffer, elle le regarda passer un coup de lavette sur les dernières tables et préparer le couvert pour le prochain service. Ses gestes étaient précis, efficaces. Il ne gaspillait ni temps ni énergie. Ses yeux étaient cernés aujourd'hui. Sous son tablier bleu, il portait un tee-shirt blanc dont les manches étaient retroussées, ce qui mettait en valeur les lignes fines de ses bras et ses mains. Elle se demanda à nouveau à quoi il ressemblait avec les cheveux détachés avant de se morigéner intérieurement.

Mi-Joo sortit de la cuisine, et son visage s'illumina quand elle la vit. Elle vint l'étreindre et la regarda en fronçant les sourcils :

— Toi, ça ne va pas. Que s'est-il passé ? C'est à cause de Matthias ?

— Disons que l'épisode Matthias a déclenché une dispute à la maison, et que j'ai balancé ses quatre vérités à ma mère…

— Bah, on a tous besoin qu'on nous les dise de temps en temps, non ? Comment a-t-elle réagi ?

— D'après Manon, elle a passé la nuit à pleurer, et mon père l'a emmenée chez la psy ce matin.

— Avec un peu de chance, il en sortira du bon pour tout le monde, fit Mi-Joo en lui tapotant gentiment la tête. Quand les choses vont mal, il faut bien qu'elles s'arrangent. Tu as mangé ?

— Non, je n'avais pas faim.

— Allons… Viens à la maison, je te ferai des *ramyeon*. Ji-Ho et toi parlerez plus tard, il n'aura qu'à prendre sa soirée et t'emmener quelque part. Ji-Ho, nous montons !

— Je vous rejoins dès que j'ai fini.

Mi-Joo raccrocha son tablier et prit la jeune femme par le bras pour l'emmener chez eux par la porte de service. M. Park, dans son fauteuil en train de lire un livre, lui adressa un grand sourire en la regardant par-dessus ses lunettes.

— *Annyeong haseyo, Ahjeossi*[1].

— Ça faisait longtemps, Charlotte, comment vas-tu ? répliqua-t-il en coréen.

— Je vais bien, merci, et vous ? Comment va cette hanche ?

— Bien mieux, merci. J'ai besoin de m'asseoir plus souvent qu'avant, mais ça va. J'ai appris que tu avais un très bon coup de genou ?

1. Salutation en coréen, adressée à un homme dans la quarantaine ou la cinquantaine.

L'air amusé du père de Ji-Ho fit rire Charlotte, qui avoua en rougissant. Il lui proposa de lui raconter ce qu'elle devenait, et Mi-Joo lui fit signe de s'installer pendant qu'elle se mettait aux fourneaux.

CHAPITRE 15

Ji-Ho

Ji-Ho s'était dépêché de terminer ce qu'il avait à faire pour pouvoir rejoindre Charlotte à l'étage. Il n'était pas certain qu'elle serait encore à l'aise avec ses deux parents après tout ce temps… Quand il entra dans l'appartement chaleureux, une odeur d'oignon et d'épices embaumait déjà l'air, et il alla remplacer sa mère dans la cuisine américaine, tendant l'oreille tout en s'affairant : Charlotte leur parlait de ses études, de son doctorat, d'Oxford, mais aussi de sa maladie ou des problèmes que son orientation sexuelle posait encore à sa mère. Il se savait chanceux d'avoir une famille aussi ouverte d'esprit. Enfin, il versa une généreuse portion de *ramyeon* dans un grand bol, attrapa des baguettes dans un tiroir, et apporta le tout à Charlotte sur un plateau avant d'aller s'appuyer contre le rebord de fenêtre, bras croisés. Sa voix, plus grave et veloutée que lorsqu'elle était adolescente, le berçait doucement : son coréen était élégant, elle avait gardé une trace d'accent plus anglais que français, et il songea qu'elle devait se sentir presque aussi étrangère que lui ici, après ces années ailleurs. Cette pensée l'émut sans qu'il sache trop pourquoi.

La jeune femme parla avec ses parents pendant une bonne heure, comme si elle faisait partie de la famille, ce qui était le cas, maintenant qu'il y pensait : elle avait toujours été la bienvenue, et ses parents la traitaient comme leur propre fille… Elle avait souvent dormi à la maison quand les choses se passaient trop mal avec sa mère, ou quand elle avait une peine de cœur. Sa rupture avec Laura avait été catastrophique, elle avait refusé de manger pendant trois jours, jusqu'à ce que Mi-Joo vienne la chercher à la sortie du lycée dans le but avoué de la nourrir. Et puis il y avait eu toutes ces crises provoquées par la mère de Charlotte, qui faisait des scènes devant ses petites amies, les dénigrait, voire les insultait. La jeune femme avait souvent pensé à fuguer. Les Park avaient toujours été là pour l'en empêcher.

Comment avait-il pu croire que partir sans prévenir était la meilleure chose à faire, alors que les deux personnes qui l'avaient élevé avaient passé des années à convaincre son amie du contraire ?

— Je me disais… commença Mi-Joo. On est bien rodés, et ton père est assez en forme pour donner un coup de main. Tu devrais emmener Charlotte quelque part ce soir. Ça va probablement être encore un peu tendu chez elle, et tu n'as pas pris de soir de repos depuis un moment. Ça vous ferait du bien à tous les deux.

Ji-Ho chercha le regard de la jeune femme, et comme elle n'avait pas l'air contre, il haussa les épaules.

— J'ai une commande à aller récupérer à Aurillac, je suppose qu'on peut aller y faire un tour. Ça t'irait ?

— Oui, ça pourrait être sympa.

Tout plutôt que de rentrer chez moi… put-il lire dans le frisson qui la parcourut.

Ils se préparèrent donc à partir ensemble, vérifiant la météo avant de se mettre en route, et Ji-Ho lui tint la porte alors qu'elle montait dans sa voiture, un 4 × 4 noir et récent. La jeune femme le frôla sans faire exprès, et une bouffée de son parfum fleuri lui éveilla les sens. Il se retint d'inspirer trop bruyamment, mais il aurait pu s'emplir les narines de cette odeur pendant des heures.

Sur le trajet, ils ne furent pas très loquaces, presque gênés de se retrouver seuls tous les deux après l'ambiance chaleureuse de chez les Park. Il fallait dire que leur moment en tête à tête ne s'était pas fini comme prévu, avec cette histoire de cicatrice… Ils n'avaient pas eu l'occasion de réapprendre à être ensemble. Heureusement que la musique existait pour meubler. Finalement, alors qu'ils entraient dans Aurillac, la jeune femme rejeta ses cheveux en arrière et demanda :

— C'est une commande de quoi que tu vas chercher ?

— D'alcool coréen. Les circuits d'approvisionnement du coin ne me conviennent pas, je me suis arrangé avec un vendeur d'alcool d'ici pour passer des commandes directement en Corée.

— Je vois.

— Je repensais à l'autre soir, et dis donc, je ne savais pas que tu avais développé une si bonne descente, la taquina-t-il en lui jetant un regard en coin.

— J'ai eu l'occasion de rencontrer pas mal de Coréens à la fac à Paris, rit-elle doucement. Ils m'ont appris.

— Je vois…

Le jeune homme s'efforça de ne pas trop penser à ce qu'elle avait pu faire lors de ses soirées avec ces fameux Coréens et mit son clignotant pour s'engager sur le petit parking du vendeur d'alcool. Coupant le moteur, il rejoignit la boutique sans attendre, pas mécontent de laisser derrière lui le parfum de la jeune femme, dont il devinait le regard posé sur son dos à travers la vitre. Ji-Ho salua le vendeur, déjà d'un certain âge, qui alla chercher un diable. Ils ressortirent ensemble quelques minutes plus tard, et la jeune femme quitta la voiture pour ouvrir le coffre. Elle semblait un peu gênée. Le vent glacial fit danser ses boucles violettes et le vendeur la salua en souriant, amusé. Ji-Ho chargea trois lourdes caisses dans le coffre, le ventre noué sans qu'il sache dire pourquoi, tandis que les bouteilles tintaient allègrement. Lorsqu'il suivit le vieil homme vers la boutique pour le payer, ce dernier eut un clin d'œil amusé :

— Elle est mignonne, ta copine. On la dirait tout droit sortie d'un des clips que ma fille regarde. Et serviable, avec ça.

En l'entendant désigner Charlotte ainsi, Ji-Ho déglutit péniblement, puis se força à sourire.

— Bien tenté, Éric, mais ce n'est pas ma copine. C'est... une amie. On s'était perdus de vue.

— Quand tu étais parti à l'autre bout du monde ? T'en fais pas, va, mon petit doigt me dit que vous n'êtes pas près de vous reperdre de vue. Allez, file la rejoindre, mon grand.

Ji-Ho le salua en levant les yeux au ciel, mais attendri malgré lui. Le vent glacial lui remit bien vite les idées en place, et il rejoignit Charlotte dans la voiture en se frottant les mains sur les cuisses pour se réchauffer. Soufflant discrètement afin de penser à autre chose qu'à son parfum – peine perdue –, il demanda :

— Bon, tu veux faire quoi ?

— Marché de Noël ? suggéra-t-elle, à moitié convaincue.

Une fois dans la rue décorée brillant de mille feux, les deux jeunes gens, les mains dans leurs poches, se jetèrent un regard un peu mal à l'aise avant de se mettre en route d'un même pas.

Tout était comme dans leurs souvenirs, sauf eux. Ji-Ho finit par entamer la conversation en lui demandant comment les choses se passaient avec sa famille ces dernières années, et elle inspira profondément, en regardant en l'air, avant de raconter le couple de Manon, « tu connaissais déjà David avant », les enfants, les grands-parents et sa mère, même combat, son père, Chris, ce danseur plaisantin… Elle évoqua aussi la distance, plus voulue que subie, mais peut-être un peu subie quand même. Ils s'étaient rapprochés en parlant, sans s'en apercevoir.

— Et toi ? demanda-t-elle finalement. Avec tes parents ?

— On s'appelait souvent, et ils passaient un mois par an en Corée. Ma mère a trouvé le temps long, mais je crois quand même qu'ils aimeraient retourner s'installer là-bas d'ici quelques années… Ils attendent probablement que je sois posé pour le faire, je ne sais pas. Comme j'avais la double nationalité, j'ai dû renoncer à mon passeport français pour me réinstaller, et faire le service militaire, j'en ai bavé, j'étais épais comme une planche à l'époque…

— Et ta famille là-bas ? Elle est comment ?

— Mes oncles sont assez traditionnels, on va dire… Leurs femmes sont sympas. Je ne suis pas très proche de mes cousins, mais un peu plus de mes cousines. Certaines ont déjà des enfants. Ils sont un peu vers Busan et un peu à Séoul. Et puis il y a mon grand-père, qui restera probablement aux commandes de son restaurant jusqu'à sa mort. Je crois que je ne connais personne qui soit plus buté que lui.

La jeune femme lui lança un regard amusé qui voulait dire « tu veux parier ? », et il eut un petit rire.

— Je suppose que vous faites la paire, alors…

— Il faudrait nous présenter.

Déambulant entre les décorations et les stands d'artisanat, de nourriture et de babioles, ils s'achetèrent un cornet de beignets et se rapprochèrent pour piocher dedans, partageant le sucre sur leurs doigts qui se frôlèrent deux ou trois fois. Une étrange sensation s'éveilla une fois de plus dans le ventre du jeune homme. De moins en moins étrange, et de plus en plus évidente, s'il était tout à fait honnête.

Leurs pas les menèrent près de la vieille église, et Charlotte se mit à glousser :

— Mon meilleur ami va se moquer de moi quand il va voir que j'ai grandi dans un endroit pareil. Il va encore dire que je suis un cliché littéraire ambulant.

— Il n'aurait pas tort… souffla Ji-Ho avec un temps de retard, la voix blanche.

La jeune femme le considéra d'un air perplexe, puis une lueur de compréhension traversa son visage. Elle avait appelé cet ami son « meilleur ami », titre que Ji-Ho avait porté pendant des années… Elle laissa ses yeux se perdre dans la foule, embarrassée : elle n'avait jamais été un trésor de délicatesse. Adolescente, elle devait régulièrement rattraper ses propres boulettes, et il avait toujours été fasciné par sa capacité à se mettre dans les ennuis toute seule. Elle reprit ensuite d'une voix qui se voulait légère, mais qui sortit un peu étranglée :

— Il va venir ici quelques jours, il arrive le 26. Chris et lui devraient bien s'entendre, il est prof de danse contemporaine et K-pop à Londres. Maintenant que je le dis… Il y a vraiment beaucoup de danseurs dans mon entourage…

Et elle finit sa phrase sur un rire gêné. Ji-Ho n'osait plus croiser son regard, de peur que son trouble ne s'y peigne trop clairement.

— Tu t'es fait des amis, en Corée ? demanda-t-elle après un temps pour le faire sortir de son mutisme.

— Pas franchement… Enfin, à part Min-Jae, c'étaient surtout des connaissances de travail. Mais je vois que ça n'a pas été ton cas.

Le jeune homme se maudit aussitôt pour sa formulation. *Merde, je vais avoir l'air jaloux maintenant*… Il se tendit, attendant sa réponse, qu'il pressentait cinglante. Elle ne se fit pas attendre.

— Tu préfèrerais que je te dise que j'ai été tellement inconsolable après ton départ que j'ai saboté ma vie sociale ? Que j'ai été incapable de vivre sans toi ? Atterris, ça fait dix ans…

— Je… Non… souffla Ji-Ho en baissant le menton. Je sais bien que tu n'étais pas amoureuse de moi… Je ne me suis jamais fait d'idées…

— Tu m'as pourtant tout à fait l'air de quelqu'un qui continue de s'en faire, soupira la jeune femme, dépitée. Qui a dit que l'amitié ne pouvait pas laisser des cicatrices aussi ? Tu fais tout un plat d'une cicatrice sur mon épaule sans même songer que je puisse avoir une autre cicatrice, plus profonde…

Ce fut son tour de détourner le regard, battant des cils pour chasser les larmes qui montaient, en vain. Le cœur du jeune homme se serra. Pourquoi avaient-ils décidé de s'expliquer ainsi ? N'auraient-ils pas pu reprendre de zéro ?

Charlotte se laissa tomber sur les marches de l'église, posa un coude sur ses genoux pour soutenir sa tête. Ji-Ho se tenait devant elle, désemparé.

— Je suis désolé… Je… Je ne pensais pas que… Comme tu ne…

— Tu ne pensais pas quoi ? Que j'aurais des sentiments ? railla-t-elle. Tu sais, tu ne me plaisais pas, mais ça ne veut pas dire que je ne t'aimais pas. Pourquoi je pleure, sérieux…

Tout en jurant, elle essuya ses yeux et pencha la tête en avant pour que ses cheveux dissimulent son visage. Le cœur de Ji-Ho s'emballa dans sa poitrine, si bien qu'il crut qu'il allait lui aussi se mettre à pleurer : personne ne lui avait jamais dit « je t'aime ». Au fond de lui, une petite voix ricana : il fallait que ce soit Charlotte qui lui fasse une déclaration de ce genre. Ah, l'ironie du sort… Luttant pour se ressaisir, il vint s'asseoir à côté d'elle, attendant qu'elle se remette, tandis que ses yeux regardaient les gens passer sans les voir. Charlotte, derrière ses mèches lilas et violine, semblait rassembler ses forces.

— Je t'ai écrit tous les jours pendant des semaines, jusqu'à ce que ton numéro ne soit plus attribué… murmura-t-elle. Tu n'avais même pas Facebook. J'ai regardé dans l'annuaire de Séoul. Tu sais combien de Park possèdent un restaurant dans cette foutue ville ? J'étais incapable de demander à tes parents. Je me suis arrêtée tous les jours devant la vitrine du restaurant en rentrant du lycée, à espérer que tu aies réapparu. Mais non, rien… Un soir tu m'avouais tes sentiments, et le lendemain c'était comme si tu t'étais évaporé de la surface de la terre. Pendant six mois, j'ai dû continuer à aller au lycée, à subir les remarques de ma mère, à vivre sans toi. C'est Laura qui a recollé les morceaux. Un comble quand on sait que notre relation a foiré parce qu'elle était jalouse de nous. Et ensuite… Ensuite il a fallu partir pour Paris. Seule. J'ai même refusé de faire une partie de mes études en Corée, parce que l'idée d'y aller sans toi m'était intolérable. Quand j'ai enfin été prête à y aller, ils ont fermé les frontières. Et le plus con dans tout ça, c'est que je ne me considère même plus lesbienne… Mais comme ça n'a évolué que plus tard, on ne saura jamais ce qui se serait passé si ç'avait été le cas plus tôt. Pourquoi t'es parti comme ça, sérieux ?

Ji-Ho inspira, la gorge nouée, et s'attela à rétablir la vérité :

— Mon grand-père s'est cassé le bras, cette année-là. Et comme il était déjà prévu que je le rejoigne, il a demandé que je vienne plus tôt. Soit ça, soit que mon père y aille, mais il ne pouvait pas, avec le restaurant… Comme je me sentais coincé, j'ai accepté de partir. Et je ne t'ai pas prévenue, parce que je n'étais pas prêt à lire de la pitié dans tes yeux.

— Au lieu de quoi, tu as préféré me laisser croire des conneries pendant dix ans… J'apprécie, vraiment.

Le jeune homme se tendit, mais il vit qu'elle se retenait de rire. Quelque part, il préférait le sarcasme aux larmes : l'ironie, il maîtrisait. Elle lui jeta un regard en coin après avoir séché ses larmes :

— Tu me connaissais vraiment mal, si tu as cru que je te prendrais en pitié. J'aurais attendu que tu t'en remettes, puis je t'aurais charrié jusqu'à la fin des temps avec ça… Ç'aurait pu être tellement drôle, et toi, tu en as fait une tragédie. Un vrai scénario de *drama. Ah chincha…* Quel gâchis !

Ji-Ho commença à pouffer de concert, puis le fou rire les prit et Charlotte se laissa aller contre son épaule, bien plus à l'aise avec lui qu'elle ne l'avait été depuis le début de ces drôles de vacances. La nuit avait fini de tomber et la température avec elle. Bientôt, un peu de neige s'invita dans cet instant suspendu, et ils observèrent la danse des flocons alors qu'un grand calme retombait dans la poitrine du jeune homme. Enfin, Ji-Ho jeta un œil à son téléphone.

— Il est presque dix-neuf heures… Tu veux manger quelque part ?

— Pourquoi pas…

— Quelque chose de chaud et réconfortant ?
— Ce ne serait pas de refus.

Ils dînèrent dans un restaurant plutôt traditionnel, un bon plat montagnard très gras et très réconfortant, et repartirent réchauffés et apaisés. Dehors, il neigeait toujours. La jeune femme fronça le nez :

— J'espère que la route sera praticable.

— On va se mettre en chemin maintenant, avant que ça ne se gâte. Une fois au village, on n'aura qu'à se poser quelque part si tu ne veux pas rentrer tout de suite.

— Ça me va.

Ils retournèrent à la voiture bras contre bras, parlant cuisine, essayant de voir comment leurs goûts avaient évolué, s'ils avaient de nouvelles marottes, des techniques culinaires fétiches... C'était comme une main que Charlotte lui tendait pour l'empêcher de remâcher ses regrets, et il l'attrapa sans aucune hésitation : la cuisine, il gérait. Il pouvait en parler pendant des heures.

La route s'avéra relativement bien déneigée et ils purent rentrer sans encombre. La conversation continua de couler sur la nourriture, et ils arrivèrent au village vers vingt-deux heures. Le restaurant était presque vide, aussi Ji-Ho lui proposa-t-il de rester au chaud dans la voiture pendant qu'il rentrait les caisses d'alcool. Charlotte accepta avec un air soulagé.

Quand il eut fini ce qu'il avait à faire, Ji-Ho revint ouvrir la portière de la jeune femme avec un petit sourire au coin des lèvres :

— Les derniers clients devraient bientôt partir, tu veux entrer prendre un verre ? Il n'y a personne que tu connaisses ce soir.

Charlotte

La voix rauque de Ji-Ho lui donna des frissons. Les yeux de la jeune femme s'égarèrent un instant sur ses cheveux soyeux encore détachés ; l'instant d'après, elle se secoua et accepta. Ji-Ho lui tendit galamment sa main pour l'aider à descendre de voiture et elle déplia son dos avec précaution – sa hanche avait toujours tendance à se coincer quand elle restait longtemps dans la même position –, puis ils entrèrent par la porte de service. Mi-Joo leur fit un clin d'œil et ils s'installèrent au bar, chacun d'un côté. Ji-Ho, d'un geste expert, attrapa une bouteille de soju neuve et un shaker.

— Alcool ? demanda-t-il tout de même pour être sûr.

— Yep !

— Tu vas voir, ce cocktail a vraiment un goût unique.

Elle le regarda verser différents jus de fruits, de la menthe, des glaçons et du soju dans son shaker et s'activer avec style. Il leur versa ensuite à chacun une coupe et ils trinquèrent avant de porter leur boisson à leurs lèvres, restant silencieux le temps de la siroter. Quand leurs verres furent vides, le restaurant l'était aussi. Mi-Joo leur souhaita une bonne soirée et éteignit les grandes lumières pour se retirer presque aussitôt, les laissant dans la lueur douce de l'éclairage du bar. Elle précisa tout de même en passant que le vieux lit jumeau était toujours là si Charlotte devait dormir ici.

— Tu dors toujours dans ton lit une place ? gloussa la jeune femme une fois que la mère de Ji-Ho fut partie. Il n'est pas un peu petit ?

— Si, et totalement défoncé… Les lits coréens me manquent.

— Tu as dû en essayer pas mal, en dix ans, plaisanta-t-elle sans faire mine de cacher le sous-entendu.

Ji-Ho leva les yeux au ciel avant d'attraper la bouteille de soju et deux verres. Il embarqua le tout à une petite table, et lui fit signe de le rejoindre.

— Si on doit parler de ce genre de choses, je vais avoir besoin d'un peu plus d'alcool, se justifia-t-il.

— Dois-je en conclure qu'aucun de nous deux ne sera en état de conduire ce soir, pas même un vélo ?

— Affirmatif.

La jeune femme envoya un message à Manon pour la prévenir qu'elle découchait, précisant bien que ce serait en tout bien tout honneur, avec des emojis de bouteille d'alcool. Celle-ci lui envoya un GIF qui tirait sur son œil, peu dupe. Charlotte rejoignit alors Ji-Ho à la petite table, tint poliment son verre pendant qu'il la servait, et prit ensuite la bouteille pour lui rendre la pareille, la main gauche sur son avant-bras. Ils burent le premier cul sec, et s'en resservirent aussitôt un deuxième, qu'ils laissèrent tranquille quelque temps.

— Alors ? revint-elle à la charge d'un air malicieux. Beaucoup de lits coréens ?

— Beaucoup de lieux de travail, donc beaucoup de lits, fatalement.

— Et beaucoup de monde pour le réchauffer ?

— De temps en temps, concéda-t-il en penchant la tête.

— Tu as eu des relations suivies ?

— Quelques-unes, jamais de plus d'un an. Et toi ?

— Une de presque deux ans et demi. Avec une Américaine. On n'a pas tenu la distance une fois qu'elle est retournée aux États-Unis. Je n'avais pas les moyens de continuer en thèse là-bas sans poste.

Et je n'étais clairement pas en état, après l'agression…

— Je vois… Vous êtes encore en contact ?

— Vaguement. Elle est mariée avec une Canadienne et a deux enfants maintenant.

— Et… tu as eu beaucoup d'autres relations ?

— Pas mal de filles. Disons que j'avais du mal à me fixer… Un seul mec. Pas ma meilleure expérience, grimaça-t-elle à ce souvenir.

— Comment tu t'en es rendu compte ? Que tu étais bi, je veux dire…

Charlotte descendit son verre cul sec avant de répondre :

— Je suis tombée amoureuse d'un pote. Ce n'était pas réciproque, mais au moins ça m'a éclairée sur moi-même.

— C'était quand ?

— Y a trois ans, je dirais.

— Et tu fréquentes quelqu'un en ce moment ? Je veux dire, tu pourrais très bien ne pas avoir voulu en parler à tes parents…

— Nope. Je n'ai pas fréquenté grand monde depuis mon… ma maladie. Il y a eu une fille récemment, elle m'a quittée il y a quelques mois.

Ce fut au tour de Ji-Ho de descendre son verre cul sec, ses yeux traversés par un éclat étrange.

— C'est arrivé quand ? demanda-t-il en passant au coréen, désignant l'épaule de son amie.

— Il y a cinq ans. J'ai subi… une agression, et je suis tombée malade après. Apparemment, c'est plutôt fréquent comme schéma chez les fibromyalgiques, le traumatisme déclenche un terrain ou un truc du genre.

La jeune femme ne supportait plus son pull. Elle le retira comme si elle avait voulu se défaire de sa peau, se frottant les bras pour se débarrasser de la sensation de brûlure qui la parcourait, puis elle réajusta son marcel et but une gorgée de soju en fermant les yeux. Elle croisa ensuite les bras et reprit en regardant ailleurs :

— Le diagnostic a été plutôt difficile à poser, au début ils cherchaient du côté des suites de l'agression, pour eux c'était une douleur fantôme. Et il y a de ça, c'est vrai, mais pas que.

Elle but le reste de son verre. Vite, s'anesthésier les sens. En face d'elle, Ji-Ho fixait sa cicatrice à l'épaule d'un œil sombre, les poings crispés à s'en faire blanchir les jointures. En face de lui, la jeune femme regardait dans le vide, ses mains agrippées à ses bras pour les empêcher de trembler.

— Si ça ne te dérange pas, je préfèrerais qu'on change de sujet, souffla-t-elle.

Un frisson la parcourut, et le jeune homme se leva et vint poser sa veste à capuche sur ses épaules. La main de Charlotte se referma sur le tissu doux, puis elle se força à sourire :

— J'ai envie d'une glace…

Ji-Ho alla lui chercher un esquimau au citron vert et s'en prit un aussi en passant. C'était leur habitude, quand ils étaient adolescents, de finir la soirée avec une glace. Ils mangèrent leur friandise en silence, puis le jeune homme débarrassa les verres et la bouteille désormais vide, et lui tendit la main pour l'aider à se lever. Acceptant l'offre, elle le suivit lentement à l'étage, jusque dans sa chambre. Là, elle ôta ses chaussettes et son soutien-gorge sous son marcel pendant qu'il lui préparait le lit d'en haut, où elle grimpa et se laissa tomber comme une masse, la tête lui tournant furieusement. Elle déboutonna son jean en fermant les yeux. Le visage dur, Ji-Ho, debout sur l'échelle, lui caressa le front du bout des doigts pour repousser ses mèches folles. Elle prit sa main dans la sienne avant de sombrer.

Ji-Ho

Quelques instants seulement avaient passé, et elle dormait déjà. Le jeune homme la contempla avec amusement : elle s'assoupissait toujours aussi vite. Cet éclat de légèreté quitta cependant bientôt son visage. Il la couvrit avec soin ; sa veste avait glissé sur ses épaules, et sa cicatrice semblait le narguer. Hideuse. Elle était hideuse. Il aurait voulu tuer celui qui lui avait fait ça, et cette pulsion violente le surprit à peine. Il n'avait jamais supporté qu'on lui fasse du mal. Impuissant à lui venir en aide, il se contenta de déposer un baiser aussi léger qu'une plume sur son front, restant longtemps penché sur elle à humer le parfum de ses cheveux, qui lui rappelait la saison des pruniers en fleurs, en Corée. Il aurait voulu se réincarner en pétale de fleur pour se cacher dans ses cheveux.

Songeant que l'alcool n'était sans doute pas étranger à ce fantasme halluciné, le jeune homme finit par se redresser et descendre de la petite échelle enfantine. Elle était là, juste là. Pendant un bref instant, il songea à retourner en Corée, mais il savait que c'étaient la peur et la lâcheté qui parlaient. Et s'il n'était jamais rentré ? Il aurait continué à se voiler la face et à l'imaginer la plus heureuse du monde. Et il aurait continué à se persuader que lui-même était heureux. Il sut, en cet instant, qu'il ne l'avait jamais été pleinement loin d'elle. Il suffisait qu'elle dorme ici, tout près de lui, pour qu'il en prenne conscience. Et ce constat avait de quoi lui donner le vertige.

Ji-Ho s'allongea sur son lit, les jambes encore dans le vide. Il resta ainsi un long moment, à fixer le plafond, bercé – ou chahuté plutôt – par la respiration paisible de Charlotte. Ses pensées tournaient à toute vitesse sans qu'il puisse en tirer grand-chose. Confuses, elles l'étaient autant à cause de l'alcool qu'à cause de ses sentiments. Mais eût-il été moins ivre qu'il n'aurait pas pour autant mieux su ce qu'il ressentait. C'était un mélange doux-amer d'attachement, de nostalgie, de regrets et de colère contre lui-même. Il avait autant envie de l'oublier que de la serrer furieusement contre lui et de ne plus jamais la laisser s'éloigner. Il repensa au sourire d'Éric à la boutique, un peu plus tôt. Ce soir, il n'avait pas du tout l'impression d'être adulte… Charlotte dormait dans sa chambre, et il lui semblait avoir dix-huit ans à nouveau.

Incapable de s'endormir, Ji-Ho finit par se relever et par descendre en cuisine pour avancer sur ses commandes du lendemain : avec le réveillon, leur service traiteur avait été fortement sollicité et il croulait sous le travail. Sa mère avait été gentille de lui offrir une soirée de répit, mais puisqu'il ne dormait pas… Autant cuisiner. C'était un peu une philosophie de vie, à ce stade. Ou alors ça devenait pathologique, difficile de trancher. Il s'activa pendant quelques heures puis, quand il eut assez réfléchi à tout ce qui s'était passé ce soir-là et que le sommeil eut rendu ses paupières trop lourdes pour continuer, il rangea son matériel, nettoya ses ustensiles, et monta s'effondrer dans ses draps. Sur le lit jumeau, la respiration de Charlotte était toujours aussi régulière.

CHAPITRE 16

Charlotte

LE RÉVEIL FUT POUR LE MOINS… CHAOTIQUE. Comme Ji-Ho l'avait annoncé la veille, les petits lits jumeaux avaient mal vieilli. *Un peu comme moi…* Charlotte se réveilla coincée de partout et avec un mal de crâne accentué par le fait qu'elle n'avait pas bu d'eau après la bouteille de soju. Elle lutta pour se tourner sur le côté et jeter un œil sur le lit du bas, perpendiculaire au sien, les paupières mi-closes. Le jour filtrait à travers les volets, doré. Sur le lit du bas, Ji-Ho semblait dormir encore. Il avait repoussé sa couette au pied du lit en dormant, comme il le faisait déjà à l'adolescence, et son tee-shirt s'était entortillé autour de son buste, révélant un abdomen creusé par le jeûne de la nuit et délicieusement musclé. Quelques secondes s'écoulèrent, puis la jeune femme prit conscience qu'elle le fixait, bouche ouverte, et referma prudemment la bouche, l'esprit trop embrumé pour se demander ce qui lui prenait. Ses jambes, empêtrées dans le reste de la couette et dans son jogging, remuaient de temps en temps. Et un peu plus haut… Charlotte cligna des paupières, sentant ses joues la brûler. Mince, elle avait beaucoup ri de ses galères d'adolescent, à l'époque, alors pourquoi était-elle aussi gênée aujourd'hui ?

La jeune femme laissa son mal de crâne la terrasser le temps de se rendormir un peu, remettant à plus tard la réflexion urgente qui s'imposait. Quand elle rouvrit les yeux, elle se remit sur le côté pour regarder par-dessus la barrière du lit, lâchant un grognement de douleur quand son dos protesta en craquant bruyamment. Un petit rire désolé monta de l'autre lit.

— *Kenchana*[1] ? marmonna un Ji-Ho à la voix encore ensommeillée.

— Mmpf, répondit-elle, incapable de produire une réponse plus élaborée.

Et elle laissa sa tête retomber face la première dans l'oreiller tout en essayant de trouver l'énergie de s'étirer dans le lit. Quand elle se redressa, Ji-Ho se levait avec la grâce d'un tigre, quittant son lit d'un seul mouvement fluide.

— Frimeur…

Le jeune homme se retourna vers elle avec un sourire amusé.

— Tes cheveux sont toujours aussi épiques au réveil…

— *Ah chincha*… lâcha-t-elle, dégoûtée, le faisant rire.

Ce cuistre ne perdait vraiment rien pour attendre.

Charlotte se fit violence pour s'asseoir et passer ses jambes dans l'ouverture de l'échelle. Dans la manœuvre, son marcel remonta sur son ventre et l'ouverture de son jean s'accentua, le faisant glisser sur ses hanches. Ji-Ho s'approcha, complice :

— On dirait que tu vas avoir besoin d'un coup de main pour descendre d'ici sans y laisser ta dignité.

— Est-il encore réellement question de dignité entre toi et moi ?

— Disons que j'accepte de continuer à te faire l'aumône d'un peu de dignité en ma présence…

1. « Est-ce que ça va ? », en coréen.

— Eh, c'était ma réplique, ça ! s'offusqua-t-elle, le faisant éclater de rire.

Combien de fois avait-elle pu la lui lancer au visage ? Visiblement, les rôles s'étaient inversés au cours de ces dix dernières années… La jeune femme tira sur son marcel pour cacher son petit ventre, mais les mains de Ji-Ho retinrent les siennes, la faisant frémir et lui donnant la chair de poule. Elle craignit un instant qu'il n'ait vu une autre cicatrice, mais il regardait celle de son épaule, qu'il effleura du bout des doigts, sourcils froncés, suivant son tracé et provoquant des frissons qui se répandirent dans tout le corps de la jeune femme. Quand ses doigts passèrent sous la bretelle du marcel, s'approchant de son décolleté, son bas-ventre se contracta. Elle posa sa main sur la sienne.

— Je ne suis pas assez réveillée pour affronter ce genre de situation…

— Désolé… Allez, laisse-moi faire.

Le jeune homme glissa ses pouces dans les passants de son jean, l'aida à le remonter et le reboutonner, et abaissa lui-même son marcel pour recouvrir sa peau pâle. Puis il lui donna le bras le temps qu'elle descende en grimaçant.

Il est vraiment temps qu'il s'achète un vrai lit… Un lit deux places serait quand même plus pratique.

Charlotte se sentit rougir et enfila son soutien-gorge directement sous son marcel avant de constater qu'elle avait oublié son pull en bas. Ji-Ho lui remit sa veste de la veille sur les épaules, restant derrière elle quelques secondes de plus que nécessaire. Le service de midi commençait trois heures plus tard, mais avec le réveillon, il aurait sûrement beaucoup à faire. Une pointe de culpabilité la traversa et elle marmonna :

— Je t'ai fait veiller tard alors que tu travailles… Désolée…

— J'ai déjà fait pire. Allons voir si mes parents sont là.

Oups…

Il s'avéra que ses parents étaient déjà descendus en cuisine. Mi-Joo leur avait laissé de la soupe d'algues, réputée soigner la gueule de bois, et un petit mot leur disant de prendre leur temps. Charlotte en eut le cœur tout serré. Une telle attention, ça ne manquait jamais de la toucher, a fortiori venant d'une mère.

Ji-Ho leur fit réchauffer le petit-déjeuner, et Charlotte engloutit au moins trois verres d'eau en attendant. Elle emprunta la salle de bains et vérifia ses SMS, pour voir que Chris, averti par Manon, lui avait envoyé une tonne de messages bourrés d'émojis qui se faisaient clairement des idées sur sa nuit. Il y avait pire : à son retour, la maison déborderait littéralement de membres de sa famille. Cela allait lui demander un certain courage. Elle devait avoir l'air préoccupée quand elle vint se mettre à table, car le jeune homme lui demanda :

— Tu appréhendes le retour chez toi ?

— Affirmatif.

— La confrontation avec ta mère ou le fait que tout le monde sera là ?

— Eh bien, il y aura au bas mot vingt personnes à la maison quand je vais rentrer. Alors je dirais, numéro 1, la confrontation avec ma mère, et numéro 2, le retour d'une nuit de beuverie devant un tel public… Inutile de préciser que personne ne croira que nous avons juste dormi. J'ai le droit de me cacher jusqu'à la fin des vacances ?

— Je ne suis pas contre te garder ici toutes les vacances, mais je ne suis pas sûr que cela arrange les relations familiales, raisonna-t-il en souriant. Et il faut que tu me laisses le temps d'investir dans un meilleur lit.

— Un seul ? réagit-elle d'une voix bien trop gênée à son goût en se sentant rougir.

— Cela te dérangerait ?

— Moi non, assura-t-elle en relevant le nez avec un air bravache. Mais j'ai peur que tu ne te remettes pas de la vue décrépite que j'offre au réveil. Je m'en voudrais de te faire avoir une crise cardiaque…

— Dans ce cas, que proposes-tu ? rétorqua-t-il, clairement amusé par sa réaction.

— Je pense qu'il serait plus sage que je rentre à la maison… En plus, j'ai encore beaucoup de travail…

— Vraiment plus sage, en effet…

— Ne te moque pas de moi ! s'offusqua-t-elle en souriant malgré elle, heureuse de retrouver leurs échanges ironiques.

— Je n'oserais pas…

La jeune femme lui jeta un regard faussement menaçant, puis retourna à sa soupe d'algues, un pur délice. Il la reconduisit ensuite chez elle en chargeant son vélo dans le hayon, et elle passa à la boulangerie pour ne pas rentrer les mains vides avec sa petite mine de lendemain de soirée. Quand Ji-Ho s'arrêta au bout de la cour pour éviter que toute la famille ne s'agglutine aux fenêtres, les deux jeunes gens échangèrent un coup d'œil, puis Charlotte lui tendit son portable.

— Je ne veux ton numéro que si tu me promets de ne pas disparaître à nouveau sans prévenir, précisa-t-elle.

— Je te le promets.

Et il renseigna son numéro dans son téléphone, avec son nom en hangeul[1]. La jeune femme le remercia de l'avoir ramenée,

1. Alphabet coréen.

et la gêne ressurgit entre eux sans prévenir. Elle descendit de voiture en le quittant avec un petit signe de la main. Il repartit aussitôt et elle entra chez elle seule, carrant les épaules pour se préparer au raz-de-marée imminent.

— Tatiiiie ! s'exclama Lily, qui l'avait repérée la première.

Charlotte se baissa pour faire un bisou sur la joue de la petite fille en pyjama de Noël et lui confier le pain le temps d'enlever ses chaussures. Chris fut le deuxième à arriver, se précipitant dans la cour aux côtés d'une ado de quinze ans aux cheveux peroxydés – leur cousine Inès. Dommage pour leur curiosité mal placée : ils ne verraient rien, Ji-Ho s'était arrêté au bout de la cour exprès. Ignorant les sollicitations de ses poursuivants, elle alla poser les croissants et le pain sur la table, au milieu des oncles et tantes qui attendaient que le café ait fini de couler, ébouriffant des cheveux par-ci, soulevant des nattes par-là, et faisant la bise aux adultes. Chris et Inès revinrent, déçus.

— T'es pas drôle…

— J'assume, les nargua-t-elle. Salut, Inès. Couleur audacieuse…

— Et cheveux fichus, commenta la tante Sophie en entrant, souriante mais fatiguée.

— À cet âge-là, ça repousse comme neuf, j'en sais quelque chose.

— Je vois que tu as renoué avec tes lubies capillaires. Jolie couleur, cela dit.

Charlotte embrassa sa tante, l'aînée du côté de sa mère, qui lui tapota gentiment la joue. Puis elle serra sa cousine dans ses bras et fila prendre des vêtements propres et une douche – brève, famille nombreuse obligeait. Quand elle redescendit fraîche et revigorée, elle hésita sur la marche à suivre. Devait-elle aller voir sa mère ou faire comme si de rien n'était ?

Le hasard décida à sa place : Manon et sa mère sortaient justement de la cuisine. Charlotte se figea, sa mère pâlit et Manon entra en mode « sociabilité parfaite » :

— Ah, tu es revenue, super ! On t'a déposée ?

— Oui, son service n'avait pas encore commencé.

— Tu as passé une bonne soirée ?

— Oui, c'était… agréable. Maman, j'ai rapporté des croissants et du pain.

— Merci d'y avoir pensé, se réjouit sa mère, très manifestement soulagée par l'amorce anodine de la conversation.

— De rien.

Un silence pesant s'installa.

— Charlotte, reprit sa mère en baissant la tête. Je vais faire des efforts pour m'améliorer. Peux-tu… Pourrais-tu être compréhensive au début ? Chris et Manon ont promis de m'aider…

— Je vais essayer.

— Merci.

En quittant la pièce, Manon lui glissa à l'oreille, reconnaissante :

— Merci pour l'esprit de Noël.

Charlotte monta dans sa chambre pour avancer dans son travail, mais petit à petit, ses pensées dérivèrent vers cette soirée avec Ji-Ho. Il lui semblait sentir encore son bras contre le sien, ses doigts qui serraient son verre de soju pour cacher ses tremblements, ces mêmes doigts qui avaient effleuré sa cicatrice, sa peau… Une douce chaleur se répandit dans son ventre à ce souvenir, et elle s'efforça de penser à autre chose avant que ses joues ne se mettent à chauffer elles aussi. Après avoir exorcisé sa soirée en la racontant à Josh par messages, elle eut droit à une dizaine d'émojis et un ou deux GIF en guise de réaction, à partir desquels elle crut deviner que celui-ci souhaitait savoir comment elle se sentait par rapport à Ji-Ho.

Il y a encore de la gêne, mais je ne pense pas réussir à lui en vouloir longtemps... Si je suis honnête avec moi-même, je ne lui en veux déjà plus. Être à côté de lui... C'est normal, en fait, je ne saurais pas comment le dire autrement.

Parfait ! Et tu penses avoir tes chances avec lui ?

Mais c'est pas vrai... Ce n'est pas parce qu'il est revenu qu'on va forcément finir en couple, mince alors !

Rabat-joie !

— Debout, sœurette ! Tu vas avoir de l'encre partout !

Charlotte émit un grognement aussi peu élégant qu'articulé : comme elle s'en rendit compte avec désarroi, elle s'était rendormie sur son bureau, et Chris la secouait doucement. Une bonne odeur de café lui chatouilla les narines. Son frère la considérait avec un amusement non dissimulé.

— Quoi ? finit-elle par demander d'un ton méfiant.

— Tu parlais en dormant... Tu as l'air d'avoir fait un rêve agréable.

— Me souviens pas.

— Tu appelais Ji-Ho… Enfin, on aurait plutôt dit que tu le suppliais… Si tu vois ce que je veux dire…

— Efface ce sourire crétin de ton visage.

— Tu as de la bave, là, ricana Chris en se montrant le coin de la bouche. Je t'ai monté du café, tu avais l'air d'en avoir cruellement besoin.

— Merci.

Charlotte jeta un regard dépité à son bureau : elle avait corrigé cinq copies avant de se rendormir, et son téléphone indiquait midi. Plongeant le nez dans la tasse de café bien chaud que son frère lui tendait, elle s'efforça de ne pas faire le tour de ses douleurs et finit par accepter de le suivre en bas. La maison bourdonnait comme une ruche au travail. Sa mère releva les yeux de sa crème au beurre et fronça les sourcils en la voyant. Charlotte s'attendait à recevoir une remarque désobligeante sur le fait qu'elle n'avait pas aidé ce matin, au lieu de quoi elle se fit saluer par un :

— Tu n'as pas l'air en forme.

— J'ai du sommeil en retard, c'est tout…

— Elle s'est rendormie sur ses copies, la trahit Chris en croquant dans une énorme part de brioche.

— Ça n'a pas l'air très épanouissant, commenta sa mère en ajoutant du sucre glace dans sa crème.

— J'ai connu mieux, admit l'intéressée.

Elle finit sa tasse de café et s'en servit une autre : il lui faudrait au moins ça pour affronter cette longue journée de réveillon.

Après le déjeuner, sa mère lui demanda un coup de main pour préparer les cakes au saumon, et Charlotte s'y attela sans rechigner : elle le faisait peu quand elle était seule chez elle, mais elle avait toujours aimé cuisiner, que ce soit des desserts ou du salé. Ji-Ho et elle avaient passé beaucoup de temps en cuisine, au lycée, quand il devait s'entraîner pour l'école. Elle n'était pas aussi douée que lui, loin de là, mais elle se débrouillait. Alors qu'elle venait de glisser les moules dans le four, sa mère revint à la charge avec un air désolé et de la farine jusqu'aux coudes.

— Est-ce que tu pourrais prendre la voiture et descendre au village chercher ma commande à la boulangerie et au restaurant des Park cet après-midi ?

— Ils font traiteur pour le réveillon ? s'étonna Charlotte.

— Oui. Il faudrait y aller pour quatorze heures, après la boulangerie sera fermée.

— D'accord.

Dans la grande maisonnée, Sinatra poussait son éternelle chansonnette de Noël. Chris et leur cousine Inès étaient descendus au studio pour danser dès la fin du repas, et ils avaient emmené avec eux les jumelles Maria et Lola, qui ne tenaient plus en place. Théo aidait sa mère à décorer des sablés avec des crayons à glaçage et une application tout bonnement adorable, Dom et David regardaient la télé aux côtés des grands-parents, Franck avait rejoint les femmes en cuisine pour préparer les rôtis, et son père jouait dehors dans la neige avec les autres enfants. Quand personne ne se disputait et que tout le monde ne parlait pas en même temps, c'était quand même agréable, ici, pendant les fêtes. Le sapin clignotait dans son coin, un bon feu brûlait dans l'âtre, et les chats faisaient la sieste sur le rebord de fenêtre ensoleillé. Charlotte se surprit à ressentir une pointe de nostalgie, et cela la troubla tant qu'elle se dépêcha de se mettre en route pour le village.

Une fois sur le chemin enneigé dans le vieux 4 × 4 familial, Charlotte traîna un peu, profitant du calme retrouvé. Elle commença par la boulangerie, avec les petits pains, les pâtés en croûte et les gougères, et deux gâteaux pour le dessert. Cela pesait son poids, et elle eut un peu de mal à tout porter jusqu'à la voiture. Elle avait mal partout – sa nuit sur le lit jumeau défoncé n'y était sans doute pas étrangère. Au restaurant des Park, les derniers clients étaient en train de régler auprès de la serveuse, et Mi-Joo qui sortait de cuisine vint la serrer dans ses bras.

— Tu viens chercher la commande de ta mère ?

— Oui, à peine partie, aussitôt revenue !

— Ne t'en fais pas pour ça, rit Mi-Joo en lui faisant signe de la suivre.

Plusieurs sacs de nems, samossas et autres entrées savoureuses l'attendaient, avec des raviolis, deux kilos de nouilles sautées et des brochettes – ils auraient à manger jusqu'au lendemain soir au moins, et Charlotte assez de courbatures pour les trois prochains mois en souvenir d'avoir porté tout ça.

Plus loin en cuisine, Ji-Ho préparait des makis. Ses longs doigts fins roulaient la natte de bambou avec des gestes doux mais assurés qui firent battre le cœur de la jeune femme. Elle soupira silencieusement, puis s'efforça de se ressaisir. Ça ne faisait pourtant que quelques heures qu'ils s'étaient quittés ! Le chef se rinça les mains et vint la saluer tout en les essuyant sur un torchon. Charlotte détacha ses yeux de ses doigts en se sentant rougir.

— Avoue que tu ne peux plus te passer de moi… plaisanta-t-il. Je n'ai pas tout à fait fini le plateau de sushis, ça devrait être prêt d'ici un quart d'heure, ça ira ?

— Aucun souci, prends ton temps.

— Le retour n'a pas été trop difficile ?

— Non, finalement c'est passé assez inaperçu dans l'effervescence ambiante.

— Tant mieux. Bon, j'y retourne. Maman ? Tu offres un thé à Charlotte ?

— Avec plaisir ! Il reste des *hotteok* chauds, tu en veux ?

— Difficile de résister.

Les deux femmes s'attablèrent autour d'un thé fumant et de *hotteok* pendant que leur employée finissait de préparer les tables : ils fermaient cet après-midi et rouvriraient uniquement pour le déjeuner du lendemain, pour lequel tous les couverts avaient déjà été réservés. Elles parlèrent un peu de cuisine, leur sujet de conversation préféré, puis Mi-Joo sembla se souvenir de quelque chose.

— Tu fais toujours de la photo ?

— Oui, toujours ! Pourquoi ?

— Je me demandais, est-ce que tu accepterais de te charger des photos pour notre site internet ? Ji-Ho trouve que la page Facebook ne suffit plus, et… Eh bien, je n'ai jamais été très douée avec tout ça, et Ji-Ho est très occupé. Nous te payerions, bien entendu.

— Bien sûr ! Quand veux-tu que je vienne ?

— Le 27 serait plus tranquille…

— Ça devrait être bon pour moi. De toute façon, Chris voudra sans doute passer du temps au studio avec mon meilleur ami, alors je serai déjà au village.

— Venez manger à midi, c'est la maison qui régalera.

— Tu ne sais pas dans quoi tu t'engages, ils ont un fier appétit !

Mi-Joo haussa les épaules en souriant. Vu sa passion pour le fait de nourrir autrui, ce n'était pas un souci. Elles scellèrent leur accord en croquant dans un délicieux *hotteok* au cœur encore chaud. Ji-Ho les rejoignit quelques minutes plus tard et s'assit à leur table en soupirant d'aise : il n'avait pas arrêté depuis quelques jours, ils avaient reçu plus de commandes que prévu pour l'opération « Réveillon asiatique ». Ses yeux s'ombraient de cernes qu'elle n'avait pas remarqués ce matin au réveil. Charlotte ne put s'empêcher de suivre la ligne parfaite de sa mâchoire, la courbe précise de son nez, l'angle de ses yeux, puis elle retourna à son thé avec une drôle de sensation dans le ventre. Mi-Joo eut un petit sourire discret, mais ne releva pas.

La mère du jeune homme les laissa entre eux, et au bout d'un moment de banalités sur la météo (la neige était ici le sujet de conversation numéro 1), Ji-Ho se figea en regardant ses cheveux, et il gloussa. Oui. Il *gloussa*. Charlotte fronça les sourcils, intriguée, et il se pencha vers elle et tendit la main vers ses cheveux, pour en faire tomber… de la farine. Charlotte regarda la fine poudre s'envoler puis retomber devant ses yeux, figée par la sensation de sa main dans ses cheveux.

— Tu n'as pas changé, tu t'en mets toujours partout quand tu cuisines… sourit-il, tout proche de son visage.

La jeune femme entrouvrit la bouche pour répondre, mais les mots restèrent bloqués dans sa gorge ; elle déglutit péniblement, finissant par refermer la bouche. *Pitié, faites que je ne rougisse pas.*

— Que veux-tu… finit-elle par croasser en haussant les épaules pour se donner un air naturel.

— Qu'est-ce que tu as préparé ?

— Les cakes au saumon. Comme j'avais le temps avant de partir…

— Je vois.

Le jeune homme s'était redressé, mais il continuait de sourire, les bras croisés. Charlotte se racla la gorge et se leva : il était temps pour elle de rentrer. Ji-Ho acquiesça et lui emboîta le pas vers la cuisine, où les attendait la commande de sa mère. Charlotte se maudit en sentant sa hanche protester bruyamment et fit de son mieux pour dissimuler son début de boitement.

— Tu as des douleurs ? s'inquiéta Ji-Ho.

Raté.

— Ce n'est rien ! Ça va passer.

— Je vais charger la voiture, proposa-t-il aussitôt.

— Je peux le faire…

— Il y en a beaucoup, on ira plus vite à deux, contourna-t-il. Tiens.

Il lui mit dans les mains le sac de sushis, plus léger, et prit les autres, lui faisant signe d'avancer pour couper court à toute protestation. *Rusé…* Charlotte rejoignit la voiture en grommelant intérieurement, sous le regard amusé de Ji-Ho et, elle l'aurait juré, celui plus discret de Mi-Joo. On l'aida donc à charger la voiture, et elle s'y installa en grimaçant au moment de se hisser sur le siège, ouvrant sa vitre pour dire au revoir. Ji-Ho l'observait avec un drôle d'air, tout près de sa portière. Le vent soulevait les quelques mèches qui s'étaient échappées de son bun, et il semblait hésiter à soutenir son regard. Il s'éclaircit la voix.

— Quand est-ce que je te revois ?

— Je viens faire des photos le 27. Je ne sais pas si je descendrai au village entre-temps. Je… Je peux t'envoyer un message si j'y descends avant, si tu veux ?

— Oui, pourquoi pas.

— Passe un bon réveillon.

— Merci, toi aussi.

— Merci.

Sans qu'elle comprenne comment, Charlotte se retrouva soudain à lutter contre une furieuse envie de tendre le bras par sa vitre ouverte pour l'attirer vers elle. Quand le silence qui s'était épaissi entre eux eut été témoin de sa victoire, elle démarra, encore sous le choc. Sur le trottoir, Ji-Ho la suivit des yeux un moment.

CHAPITRE 17

Charlotte

— AH, ENFIN ! fit sa mère en la voyant rentrer les bras chargés. Les enfants, venez aider à décharger la voiture ! Ça a été ?

— Oui, très bien. Vous en êtes où ?

— On va pouvoir décorer les bûches, et il n'y a plus qu'à faire cuire les terrines.

Le reste de l'après-midi se passa en cuisine, puis la jeune femme monta s'allonger une heure ou deux. Elle tenait à peine debout. Mais alors qu'elle cherchait le sommeil, ce fut un tout autre invité qui se glissa dans son esprit : la main de Ji-Ho dans ses cheveux, son visage si proche du sien, son sourire…

Une heure plus tard, elle essayait encore de faire le vide dans son esprit, aussi abandonna-t-elle l'idée de dormir et se releva-t-elle pour travailler. Elle pourrait profiter de la messe de la veillée de Noël à laquelle elle n'assisterait pas pour avancer un peu… Son père vint d'ailleurs la prévenir qu'ils y allaient à vingt heures, s'assurant qu'elle n'avait besoin de rien. Chris, Sophie et Inès restaient là, eux aussi. Il y avait de la tisane en cuisine si elle voulait. La jeune femme lui sourit, touchée par sa gentillesse.

Dix minutes avant que toute la famille ne rentre de l'église, Charlotte se décida à passer une robe de soirée et à se faire un chignon. Chris vint la voir alors qu'elle se maquillait, et jeta un regard circonspect à son tas de copies :

— Tu avances ?

— J'en ai corrigé la moitié, fit-elle tout en ajustant son rouge à lèvres.

— Tu es sûre que ce métier te plaît ?

— J'aime faire de la recherche, et j'aime enseigner. Même si je n'aime pas tous les cours qu'on me confie…

— Que ce métier te plaît, et qu'il ne nuit pas à ta santé ? ajouta Chris, bras croisés et sourcils froncés.

— Je vais essayer de revenir en France, je pense que ça me conviendrait mieux.

— Et tu vas tenir le coup jusque-là ?

— Je suis plus têtue qu'il n'y paraît.

— Justement !

La jeune femme lui tapota la joue pour le rassurer et descendit à sa suite, la sacoche de son appareil photo à l'épaule. Elle lui parla de la demande de Mi-Joo de faire les photos pour le site, et Sophie, qui les avait entendus, la félicita :

— J'ai toujours trouvé que tu ferais une super photographe professionnelle.

— C'est juste pour donner un coup de main, rougit la jeune femme.

— Je veux trop devenir modèle alternatif, tu pourrais m'aider à faire mon book ? intervint Inès.

— Tu n'es pas un peu jeune pour ça ? la taquina Charlotte.

— N'importe quoi !

— Je te chambre, tant que ta mère est d'accord, je n'ai rien contre. Je serais bien mal placée.

— Tu l'as dit ! s'esclaffa Chris.

Sophie pouffa et alla leur servir un peu de tisane. Inès, dont la curiosité avait été attisée par cette remarque, acheva de se retourner, à genoux sur le canapé, les yeux brillants et la bouche en cœur :

— Pourquoi ?! Qu'est-ce que tu as fait ?

— Rien du tout, voyons.

— Tu as fait des *nudes* ? insista l'ado, choquée.

— Bien sûr que non.

— Alors quoi ?

— Je me suis fait tatouer en cachette quand j'avais seize ans, et je me suis percé les oreilles toute seule.

— Sérieux ? Je savais pas que tu étais tatouée ! Montre ! Enfin… Sauf si c'est sur la fesse, gloussa la jeune fille.

Charlotte se laissa aller à son hilarité.

— Ce n'est pas sur la fesse, mais j'aurais un peu de mal à te le montrer avec cette robe, il va falloir attendre demain, jeune fille.

— Deal !

Sophie lui tendit une tasse de tisane de Noël, complice. Elle avait toujours été sa tante préférée. Charlotte avait régulièrement passé ses vacances chez elle en région parisienne, parfois même avec Ji-Ho, et avait toujours trouvé auprès d'elle une présence compréhensive. Elle avait beau avoir cinq ans de plus que sa mère, elle était sans aucun doute la plus ouverte d'esprit de la famille. Charlotte la soupçonnait d'être bi, à vrai dire. Elle élevait Inès seule depuis toujours, aucun père n'ayant jamais fait partie du tableau, et elle s'en sortait à merveille. Elle était la seule adulte de la famille à avoir su rapidement pour son tatouage : elle l'avait surprise en train de galérer à mettre de la crème sur sa peau en pleine cicatrisation et l'avait aidée. C'était aussi elle qui l'avait emmenée se faire dépister régulièrement dès sa fin d'adolescence, lui transmettant un excellent réflexe et un solide socle de repères. On n'aurait pu imaginer meilleure marraine. Sophie l'avait d'ailleurs accueillie chez elle pendant ses trois années de licence à Paris, avant qu'elle ne rejoigne une coloc de potes. À cette pensée, les larmes lui montèrent aux yeux, et Charlotte posa sa tasse pour aller étreindre sa tante, qui avait suivi le cheminement de ses pensées sur son visage et se laissa faire en lui tapotant le dos, émue.

— Câlin général ! s'écria Chris en les rejoignant, bientôt imité par Inès, qui manqua de les faire basculer à la renverse, n'était l'équilibre de danseur de Chris. Leur étreinte s'acheva dans les rires.

Quand le reste de la famille rentra, Charlotte était en train de prendre en photo la table qu'ils venaient de dresser et de décorer en rouge et or, avec la cheminée en ligne de fuite. Ils étaient frigorifiés et affamés, et passèrent à table rapidement.

Ce soir-là, Charlotte se sentait étrangement bien. Un peu en retrait, mais pas trop. Calme et contente d'être là. Assise entre Chris et Inès, elle se laissait porter par la conversation de l'adolescente, qui devenait plus intelligente et sensible d'année en année. Elle était loin de s'attendre à ça quand elle avait accepté d'être sa marraine à l'âge de douze ans. Lorsqu'elle avait emménagé chez Sophie, alors qu'Inès n'avait que six ans, une réelle complicité s'était nouée entre les deux cousines. Elles avaient dormi ensemble pendant plusieurs mois, le temps que les terreurs nocturnes de la petite passent. Ce serait un plaisir de la photographier.

Se laissant porter par l'ambiance festive, la musique douce et le bruit des conversations, Charlotte multiplia les clichés. Elle eut à vrai dire la paix jusqu'au dessert, fait suffisamment rare pour être relevé. Mais forcément, entre la bûche et le nougat glacé, cela finit par déraper. On ne mettait pas impunément vingt et une personnes dans la même pièce sans causer quelques heurts. *Surtout* quand ces vingt et une personnes étaient des Ferez…

Le sujet fâcheux fut abordé par sa grand-mère, qui lui demanda ce qu'elle avait bien pu avoir d'aussi important à faire pour ne pas venir à la messe. Chris et Sophie n'étaient pas venus non plus, mais visiblement, en tant qu'homme gay out et mère célibataire, ils étaient dispensés de s'en justifier. Pas elle. Cherchez la logique…

— Je ne suis pas catholique, je ne vois donc pas pourquoi j'irais à la messe, répondit-elle calmement.

— Et qu'es-tu donc ? Protestante ? s'offusqua sa grand-mère. Nous t'avons élevée en bonne catholique, que je sache. Ces Anglais t'ont retourné la tête…

Charlotte parvint avec toutes les peines du monde à retenir l'éclat de rire qui montait dans sa gorge.

— Je suis déiste, si tu veux tout savoir. Déiste à tendance bouddhiste.

— Ridicule…

Charlotte laissa couler et se contenta de hausser les épaules.

— Tu l'as trop laissée fréquenter ces gens, glissa sa grand-mère à sa mère, qui se raidit dans l'attente du choc. Cela ne pouvait rien donner de bon, je te l'avais dit, à l'époque. Ils lui ont monté la tête.

— À mon avis, c'est plutôt le cannabis qui lui a monté la tête, intervint David.

— David ! le tança sa femme. Quand on aura besoin de quelqu'un pour inventer n'importe quoi, on te fera signe.

Blême, Charlotte serra les poings sous la table. Autour de la table, tout le monde s'était tu, même les enfants.

— Contrairement à toi, David, je n'ai jamais apprécié ce genre de substances, répondit-elle en lui jetant un regard glacial. Et les Park ne m'ont jamais *monté la tête*, précisa-t-elle à l'intention de sa grand-mère.

— On dira ce qu'on veut, mais c'est sans doute mieux que ce garçon soit parti à la fin du lycée, sinon Dieu sait comment tu aurais tourné… s'entêta cette dernière.

Les yeux de Charlotte tombèrent sur le pichet de punch presque vide, et elle comprit.

— Je croyais qu'il y avait un accord tacite pour ne PAS mettre de punch sur cette table, glissa-t-elle à sa mère, qui rougit.

— Enfin, je ne sais pas pourquoi je dis ça, grommela sa grand-mère, puisque de toute évidence, tu as déjà très mal tourné. A-t-on jamais vu une fille plus ingrate ? Tu n'appelles jamais ta mère, tu lui as causé une quantité improbable de problèmes… Tu t'es exilée chez ces Rosbifs pour ne plus avoir à nous voir, tu n'es même pas là pour voir tes neveux grandir… Et je n'ose même pas imaginer à quoi ressemble ta vie amoureuse ! Enfin, si on peut appeler *ça* de l'amour… Tu es une déception.

— Maman, ça suffit ! s'énerva Sophie, devenue blême. Il est temps que tu ailles te coucher, tu es ivre.

— Ne parle pas comme ça à ta mère, intervint le grand-père.

— J'en ai assez entendu, souffla Charlotte en se levant de table. Je vais me coucher.

Avant de partir, elle leva cependant son appareil photo et captura l'expression de satisfaction mauvaise qui animait le visage de sa grand-mère. Avec un écriteau « Haine », cela serait du plus bel effet, dans une exposition intitulée « Les racines du mal ». Même pas amusée par ses propres élucubrations mentales, Charlotte se retira alors que sa mère essayait de la rappeler d'une voix gênée, et elle monta s'enfermer dans sa chambre.

Se laissant tomber sur la descente de lit, elle enfouit son visage dans ses mains, à bout de nerfs, tremblante, la mâchoire crispée à un tel point que c'était un miracle que l'os ne se fracture pas. Elle resta ainsi de longues minutes, à ressasser les horreurs qu'on venait de lui jeter à la face. Elle aurait voulu rétorquer que sans les Park, elle aurait probablement fugué et aurait eu de graves ennuis, voire pire. Mais à quoi bon, surtout devant les enfants… Elle allait bien, elle faisait de son mieux pour vivre sa vie, elle n'avait pas besoin de leur approbation, de toute façon. Dans deux jours, Josh serait là, et dans dix jours, elle serait à plus de mille kilomètres d'ici. *Où on t'attaque aussi à cause de ton orientation sexuelle…*

Sans qu'elle en ait pris conscience, les larmes avaient commencé à couler sur ses joues, et elle resta longtemps ainsi, effondrée au pied de son lit. Puis, séchant ses larmes et reniflant un bon coup, elle tira son téléphone de sa poche, ouvrit une nouvelle conversation, et tapa un message :

Hey, joyeux réveillon, j'espère que
tu passes une bonne soirée…

Elle hésita un long moment, effaça, réécrivit à l'identique, recommença, inspira un grand coup et l'envoya. À Ji-Ho. Puis elle rejoignit son bureau à quatre pattes et en tira sa boîte à photos de l'adolescence, qu'elle posa sur son lit. Là, elle s'installa après avoir retiré ses chaussures et ses collants, assise en tailleur, et les passa toutes en revue. Six ans de photos. Six années de sa vie, probablement parmi les plus importantes pour la personne qu'elle allait devenir. Des centaines de clichés. Il se produisit alors un phénomène auquel elle ne s'attendait pas : plus les images défilaient, et plus son cœur s'alourdissait en même temps que son esprit s'attendrissait. Tout était confus, beau et triste, regretté et douloureux. Elle avait eu des périodes très sombres, à cette époque, des heures de désespoir, de rage pure. D'autodétestation. Peut-être aussi d'autodestruction, d'une certaine façon. Tout ça pour quoi ? Elle n'avait pas changé le monde autour d'elle. Elle n'avait même pas réussi à changer sa famille. C'était tout juste si elle avait réussi à assurer un coming-out apaisé à son petit frère. Et aujourd'hui, s'en sortait-elle si bien que ça ? Pas sûr… Elle blâmait Ji-Ho d'avoir pris la fuite, mais au fond, avait-elle jamais fait autre chose ?

Elle prit une profonde inspiration et fit ce qui s'imposait à elle : appeler Ji-Ho.

— *Annyeong ?*

— *Annyeong*… répondit-elle d'une voix rendue rauque par les larmes.

— *Oh… Kenchana*[1] *?* s'inquiéta aussitôt Ji-Ho.

— *Ani*[2]…

Elle se sentait pitoyable.

— Réveillon mouvementé ? devina-t-il.

— Mmh…

1. « Est-ce que ça va ? » (Sous-entendu : ça n'a pas l'air d'aller.)

2. « Non » (informel).

— De qui est venue l'attaque ?
— Ma grand-mère… Elle a commencé par l'église…
— Allons bon… Elle ne voudrait tout de même pas que son église s'enflamme à ton entrée ! Elle aurait du mal à expliquer ça au prêtre, non ?
Charlotte pouffa, l'air penaud.
— Moui.
— Et ensuite ? Si elle s'était contentée de ça, tu ne serais pas dans cet état…
— J'ai dit que j'étais plutôt déiste voire un peu bouddhiste, et…
— Et elle a fait des remarques sur ma famille ?
— Oui.
— Tu sais bien que nous sommes au-dessus de ça, Cha.
Son ventre se tordit en entendant ce surnom.
— Je ne supporte pas ça, avoua-t-elle. Ça me donne envie de leur hurler leurs quatre vérités.
— Tu t'es retenue pour les enfants ?
— Oui…
— Et les autres ne sont pas intervenus ?
— Ma mère ne savait plus où se mettre, Manon a essayé d'aider, mais bon, quand ma grand-mère est ivre… Sophie a fini par lui dire d'arrêter.
— Je ne savais pas que Sophie était là. Elle t'a toujours soutenue.
— Oui…
Il y eut un moment de silence, pendant lequel Charlotte suivit son petit bonhomme de chemin intérieur.
— Je suis désolée, finit-elle par souffler.
— Désolée ? Pour quoi ?

— Je… Je t'ai accusé d'avoir fui… Mais en fait, c'est ce que je fais depuis des années. En permanence. De nous deux, c'est moi la plus lâche et de loin. Je suis incapable de faire face. Je fuis ma famille, je fuis les difficultés, je fous en l'air mes relations amoureuses, même ma maladie, je n'arrive pas à la regarder en face ! J'ai honte de moi. Je fais une adulte pitoyable…

— N'importe quoi. Ne la laisse pas t'atteindre, elle est frustrée de ne pas réussir à t'écraser comme elle le fait avec le reste du monde. Tu es géniale, Charlotte. Tu as vu d'où tu viens ? Tu as vu où tu es arrivée ? Tant pis pour elle si elle est trop bornée pour voir à quel point tu es une battante. Tu n'as jamais eu besoin d'elle pour viser les étoiles. Allez, sèche ces larmes.

Charlotte se mordit les lèvres, ses sanglots reprenant au contraire de plus belle. Le jeune homme le comprit aussitôt :

— Tu veux que je vienne ? Tu n'as qu'un mot à dire et je te rejoins.

— Je… Non, c'est bon… En plus, les autres doivent être couchés. Et tu travailles demain midi… Ça va aller.

— Tu es sûre ?

— Oui. Merci de t'inquiéter pour moi.

— Je t'en prie… Tu en vaux le coup.

Cela la fit sourire dans ses larmes, qu'elle parvint enfin à essuyer. Elle lui intima d'aller se coucher au lieu de dire des bêtises, et il lui souhaita une bonne nuit d'une voix douce. Charlotte se laissa tomber en arrière sur son lit, au milieu de ses photos, des mots qui restaient. L'écho du rire du jeune homme flottait encore dans la pièce.

CHAPITRE 18

Charlotte

Le matin de Noël, Chris frappa doucement à sa porte alors qu'elle commençait à émerger. Aussitôt après le « oui » endormi de sa sœur, il glissa sa propre clé dans sa serrure, entra en refermant derrière lui, entrouvrit ses rideaux de quelques centimètres et poussa un sifflement admiratif en voyant la tonne de photos éparpillées autour de son lit.

— Tu as fait une rave party avec tes photos ?

— Flemme de ranger… grogna-t-elle.

— Tu t'es couchée à quelle heure ? Je suis monté vers une heure et il y avait encore de la lumière sous ta porte. Tu avais l'air de parler au téléphone.

Du fond de son brouillard mental, sa sœur le remercia intérieurement de ne pas avoir dit « pleurer au téléphone ».

— Pas longtemps après…

— C'était qui ? Josh ?

— Non, il était en famille. C'était Ji-Ho.

— Vous avez repris vos vieilles habitudes ? grimaça Chris.

— On dirait bien.

— Et ces photos ? C'est quoi ?

— Besoin de faire le point avec moi-même, fit-elle en s'asseyant dans son lit et en se frottant les yeux.

— Et ça a donné quoi ?

— Je suis une lâche qui ne sait que prendre la fuite.

— Tu es dure.

— J'ai envie de me barrer depuis le collège, Chris. Même dans mes relations amoureuses, je prends la fuite… Je passe mon temps à fuir : j'ai mal, je pars, point. Ou je fais la morte.

— C'est con, parce qu'avec ta maladie, tu douilles pas mal, mais tu ne peux pas te fuir toi-même.

— C'est pas faute d'essayer, ricana-t-elle.

— T'es bête…

— Je prends, c'est toujours mieux que d'être une déception !

Chris la regarda mi-figue mi-raisin, l'air de se demander si elle le pensait vraiment ou pas. Puis il remarqua sa tenue, attendri et moqueur à la fois :

— Tu as dormi tout habillée ?

— Et maquillée… *Oh, damned*… Bon, allez, dehors, il faut que je m'habille. Les enfants sont déjà levés et impatients, je suppose ?

— Affirmatif. Mais tu feras gaffe, tu es *déjà* habillée… fit-il mine de s'alarmer.

Charlotte lui jeta son oreiller à la figure, ce qui le fit déguerpir aussi sec. La jeune femme passa alors sa robe toute froissée par-dessus sa tête, retira sa brassière, et sortit de son lit sans se presser. Son équilibre était toujours précaire le matin. Elle alla chercher une lingette en coton, y versa de la lotion, et se démaquilla dans le miroir de son vanity, retirant ainsi à la fois restes de maquillage et restes de larmes, ce qui lui donna l'impression de changer de peau. Puis elle attacha ses cheveux en chignon avant d'attraper un legging noir, un ample tee-shirt et un hoodie confortable de la couleur de ses pointes violet pastel. Des chaussettes en guise de touche finale, et elle descendit comme ça, son téléphone dans sa poche. Elle avait mis ses cadeaux en commun avec les autres la veille dans l'après-midi, elle n'avait donc à se préoccuper de rien. Tant mieux, parce qu'elle ne tenait pas très bien sur ses jambes.

Elle trouva les autres dans le salon, devant un bon feu de cheminée et un bol de chocolat chaud. Sophie était encore en cuisine, et elle tendit un mug de thé de Noël à sa filleule :

— Ton frère m'a dit que tu arrivais.

— Le retour de l'enfant prodigue.

— Ne fais pas semblant d'aller bien avec moi, jeune fille.

— Tu sais, il n'y a plus grand monde qui m'appelle « jeune fille », s'amusa Charlotte.

— Et alors ? J'ai vingt-cinq ans de plus que toi, je t'appellerai « jeune fille » aussi longtemps que j'en aurai envie, ça te pose un problème ?

— Aucun.

— Alors viens, les autres nous attendent.

Sa tante passa son bras sous le sien et elles rallièrent le pied du sapin, enseveli sous les paquets. Sitôt le signal lancé, les enfants s'emparèrent de leurs cadeaux en hurlant. Charlotte se demanda un instant si elle était réellement assez réveillée pour subir ça, mais Sophie lui tira une chaise et elle s'assit pour les regarder faire, finalement sans déplaisir. Au bout de quelques cadeaux, les adultes commencèrent à ouvrir les leurs, Charlotte recevant de la part de son père un petit tas de paquets qu'il posa sur la table devant elle en l'embrassant sur la tempe. Manon vint la remercier pour son cadeau, un kit d'automassage sans huiles essentielles (la grossesse et l'allaitement ne s'accommodant pas bien de ces dernières), et la prit dans ses bras, avant de lui glisser à l'oreille :

— Papi et mamie s'en vont après le déjeuner, ils rentrent chez eux, maman et Sophie leur ont demandé de partir. Joyeux Noël !

À ces mots, un poids énorme quitta ses épaules : il lui semblait soudain qu'elle respirait un peu mieux. Elle serra sa sœur fort contre sa poitrine, puis, le cœur léger, elle ouvrit ses propres cadeaux. Quelques produits de maquillage, d'autres pour les cheveux, et des livres. La jeune femme sourit en découvrant la traduction d'un livre coréen au succès fou : *Amande*, de Won-Pyung Sohn[1]. RM, le leader du groupe de K-pop BTS, l'avait même chaudement recommandé.

La matinée se passa au milieu des embrassades et d'une marée de papier cadeau et d'enfants surexcités. Les grands-parents paraissaient grognons, mais Charlotte ne les aurait plaints pour rien au monde. Enfin, vers midi, on se mit à table pour finir les (nombreux) restes de la veille. Cette fois-ci, il n'y eut pas de punch sur la table. Inès, à côté de Charlotte, n'arrêtait pas de parler de ses cadeaux, et notamment de l'écharpe brodée que sa marraine lui avait rapportée de Londres. Les enfants étaient intarissables sur leurs jouets, prenant en charge la conversation à la place des adultes. La jeune femme trouva cela rafraîchissant, pour une fois, de parler de peluches et de Lego au lieu de politique et de conflits internationaux. Après le dessert, elle se retira cependant sans demander son reste : elle ne tenait pas à prendre une balle perdue au moment du départ de ses grands-parents.

1. *Amande*, Won-Pyung Sohn, paru en 2022 en France chez PKJ, traduit de l'anglais par Juliette Lê.

Charlotte monta donc dans sa chambre avec son frère, sa filleule et sa marraine, qui souhaitaient voir ses dernières photos. Elle voulait l'autorisation de Sophie avant de montrer certains clichés à Inès, qui était tout de même mineure, et s'installa sur son grand lit avec eux pour leur révéler toute son œuvre. Vieille pierre et chair fraîche, comme elle aimait à présenter ses obsessions photographiques. Ornements gothiques de pierre et dentelle, noir et blanc ou couleur… Sans surprise, Sophie autorisa sa fille à voir tous les clichés : « Elle va sur ses dix-sept ans et n'est plus vierge », déclara-t-elle, provoquant un « mamaaan ! » outré de l'intéressée. Charlotte éclata de rire et tourna la page. Au bout d'un moment, sa tante sourit :

— Ton regard sur les choses a changé, depuis le temps. Il a gagné en délicatesse et en profondeur. Tu l'as remarqué ?

— Je… ne suis plus nécessairement dans le même état d'esprit qu'avant quand je shoote quelqu'un, en effet.

— Tu dirais que ça date de quand ?

— De mon agression. Je suis restée quelque temps sans prendre de photos après.

— Je comprends, souffla sa tante, un tremblement dans la voix.

Elle avait été la première à arriver à l'hôpital à l'époque.

— Les modèles sont moins variés qu'avant, aussi, remarqua Chris.

— Je connais moins de monde à Londres qu'à Paris, je dois passer une annonce sur un groupe Facebook de modèles si je veux shooter.

— Dis plutôt que tu couches avec moins de monde, glissa son frère, sournois.

Inès piqua un fard et Sophie gloussa en voyant Charlotte s'empourprer.

— Aussi, finit-elle par admettre, plus amusée que gênée.

Elle les laissa éplucher ses photos et alla chercher un petit coffre métallique fermé à clé dans son bureau. Il contenait une dizaine de books, couvrant toutes ses années d'études, qu'elle posa sur le tapis moelleux avant de les inviter à tous les feuilleter, sauf le quatrième pour Inès, car il était plus… *Plus*, quoi. C'était avant son agression, elle avait exploré le nu avec, disons, profondeur. Cela correspondait aussi au moment où elle avait commencé à travailler avec plus de modèles masculins.

— Tu devrais exposer ton travail, Charlotte, lança Sophie depuis le lit. Et même le vendre, je suis sûre que pas mal de gens voudraient te l'acheter.

— Ce serait compliqué vis-à-vis des modèles, je ne suis plus en contact avec bon nombre d'entre eux, il faudrait que je les rémunère, donc que je les retrouve…

— Je maintiens que tu pourrais en faire ton métier. Ou à tout le moins une passion officielle, je sais que tu aimes beaucoup la littérature aussi.

Charlotte pivota vers elle en souriant, mais trop vite : la tête lui tourna, et ses genoux percutèrent le tapis. Chris se précipita pour la rattraper avant que sa tête ne frappe le sol, et elle s'entendit gémir. Inès poussa un cri paniqué.

— Ça va, articula-t-elle dans le rugissement du sang à ses oreilles. Ça va. Juste une baisse de… de tension…

On retira les photos du lit ; son frère la soutint, la coucha et la couvrit. Ils attendirent qu'elle récupère, et lorsque cela finit par se produire, elle leur sourit faiblement en voyant leurs mines inquiètes.

— On dirait que vous avez vu un revenant…

— On essaye de déterminer si on doit appeler le médecin ou pas, avoua Sophie d'un air penaud.

— Un peu de repos et ça ira mieux, promis. Mais vous pouvez rester pour regarder les photos, si vous voulez. De toute façon, le médecin risque d'avoir du mal à venir ici.

On accepta ses arguments et Chris et Inès s'installèrent sur le tapis pour continuer à explorer ses albums pendant que Sophie descendait, probablement pour voir où en était la situation en bas. Quelques minutes plus tard, Charlotte dormait profondément, bercée par les doux chuchotements de son frère et de sa cousine.

Vers quinze heures trente, des bruits de pas se firent entendre dans les escaliers. Face au nouvel arrivant, Inès rougit puis bafouilla un « bonjour » timide. Dans un sourire ravi, Chris alla à la rencontre de leur visiteur avant de lui murmurer avec des airs de conspirateur :

— Elle se repose un peu, elle a failli faire un malaise il y a une heure. On regardait ses photos, tu peux jeter un œil si tu veux, on vous laisse.

Et Inès et lui déguerpirent, fermant la porte derrière eux.

CHAPITRE 19

Ji-Ho

Le bruit dans la cuisine eut raison du sommeil de Ji-Ho, qui soupira profondément avant d'ouvrir les yeux, démêla ses jambes de la couette et remarqua qu'il avait laissé son téléphone dans son lit la veille, ce qu'il ne faisait jamais. Sa soirée lui revint en mémoire d'un seul coup. Elle l'avait appelé, comme avant. Quand son téléphone avait sonné, il l'avait sorti de sa poche, perplexe : qui pouvait bien vouloir le joindre le soir du réveillon ? Son estomac avait fait un plongeon vers ses talons quand il avait vu le nom de Charlotte s'afficher. Il avait décroché, bien sûr. Il ne connaissait aucun monde, aucune réalité alternative où il n'aurait pas décroché en voyant son nom s'afficher. Enfin… À part l'année qui avait suivi son départ en Corée. Aujourd'hui encore, il ne comprenait pas très bien ce qui l'avait poussé à l'écarter de sa vie si soudainement : il le savait, pourtant, qu'elle aimait les filles. Il l'avait toujours connue comme ça, depuis leur rencontre au collège : elle frappait les abrutis, et elle aimait les filles. Un petit rire lui échappa : c'était un résumé assez fidèle de la personne qu'elle était à l'époque. Leur amitié avait après tout commencé quand elle avait refait le portrait d'une bande de petits malins racistes qui ne le laissaient jamais tranquille. Il était en France depuis trois ans, mais venait seulement d'arriver au village. Après l'intervention de Charlotte, Ji-Ho n'avait plus jamais été seul.

En ce soir du réveillon de Noël, Ji-Ho avait donc décroché sans hésiter, comme il aurait bu un verre d'eau ou respiré. Sa voix, assourdie par les larmes, lui avait aussitôt tordu l'estomac. Pas étonnant qu'elle ait évité aussi longtemps que possible de revenir pour les fêtes. Il avait suffi d'une semaine pour qu'elle soit déjà en pleurs… Ji-Ho ne savait pas bien ce qu'il aurait fait s'il s'était retrouvé face aux grands-parents de son amie, mais il était sûr d'une chose : il avait eu terriblement envie de leur dire leurs quatre vérités. Peut-être de les secouer un peu. De leur lancer leur méchanceté au visage, de leur montrer la noirceur de leur être. Il n'en aurait rien fait, il le savait, mais une part de lui aurait aimé être celui qui règle les choses pour la personne qu'il aime.

Qu'il aime…

Le jeune homme se passa une main encore lourde de sommeil sur le visage, s'assit dans son lit, but d'une traite son verre d'eau, et se leva pour tirer ses rideaux et ouvrir grand sa fenêtre, en espérant que le froid et les flocons de neige l'aideraient à s'éclaircir les idées. Malgré de profondes inspirations et diverses tentatives de penser à autre chose, rien n'y fit. Il avait mis le doigt sur les sentiments qu'il éprouvait pour Charlotte. Il avait beau s'être fui pendant dix ans à l'autre bout du monde, cela n'avait servi à rien. Il lui avait suffi de la revoir deux ou trois fois pour que tous ses sentiments remontent à la surface. Amplifiés. Différents, pourtant, il le sentait. Refermant la fenêtre, il se résolut à rejoindre ses parents dans la cuisine. Aujourd'hui, il faudrait qu'il aille la voir. S'assurer qu'elle se sente bien.

Une fois sur place, il trouva les enfants occupés à jouer dans la neige ; Jean sortit de son atelier pour le saluer. Son sourire faisait ressortir les rides autour de ses yeux – des rides de gentillesse.

— Joyeux Noël, monsieur Ferez.

— À toi aussi, Ji-Ho, mais je t'ai déjà dit de m'appeler Jean.

— C'est vrai…

— Charlotte doit être dans sa chambre, celle sous les combles, tu connais le chemin.

L'artisan lui fit un clin d'œil avant de retourner à son projet du moment. Ji-Ho se dirigea quant à lui vers la maison, où il fut accueilli par Sophie, qui lisait dans la cuisine pendant que les autres regardaient la télé. Celle-ci l'étreignit, ravie de le revoir après tout ce temps :

— Regarde-moi ça comme tu as grandi ! Et tu t'es épaissi aussi ! Je n'en reviens pas comme tu as changé, tu es devenu un vrai prince charmant, ma parole.

— Et toi, tu aimes toujours autant en rajouter, rit le jeune homme. Mais merci pour le compliment. Tu as l'air de te porter comme un charme.

— C'est le cas. Charlotte se repose, ma sœur s'est enfin décidée à poser des limites pour le bien de sa fille.

— J'ai su que le réveillon avait été mouvementé.

— Ce n'est rien de le dire… Mais au moins ils sont partis, maintenant. Tu peux monter, si tu veux. Je crois que Chris et ma fille sont encore avec elle.

Ji-Ho la remercia d'un signe de tête et la laissa lui donner une petite tape sur le bras en passant. Prétendre qu'il n'était pas soulagé d'apprendre le départ des grands-parents de Charlotte aurait été un mensonge. Pour une fois, le bon sens l'avait emporté. Il était temps. Une pointe d'inquiétude lui piquait toutefois le cœur : sa tante avait dit que Charlotte se reposait. Pourvu que tout cet énervement ne l'ait pas trop bouleversée… Finalement, il toqua à tout petits coups à la porte de la chambre, et Chris s'empressa de venir à sa rencontre pour lui expliquer que sa sœur avait fait un malaise, avant de débarrasser le plancher avec sa cousine pour les laisser seuls tous les deux, le tout avec un grand sourire aux lèvres. Chris, un, subtilité, zéro.

S'efforçant de ne pas trop penser à Charlotte qui dormait juste là, Ji-Ho tourna sur lui-même pour observer la pièce. Il y avait encore des posters de K-pop aux murs. Elle avait toujours son dessus-de-lit brodé de fleurs et son tapis blanc tout doux, sur lequel ils avaient passé des heures à utiliser son PC portable. Lui n'en avait pas eu à la maison avant ses seize ans. Le bois, du sol au plafond, avait un peu vieilli, mais donnait toujours un air chaleureux à la pièce. Sa lampe japonaise le fit sourire, ses rideaux zen aussi. Des albums photos étaient étalés sur le tapis, ouverts en grand. On y voyait les obsessions de la jeune femme, en touches de dentelle et couleurs douces. N'y tenant plus, il s'approcha d'elle, inquiet. Elle était pâle et avait les yeux cernés. Sa poitrine se soulevait à un rythme régulier. Quelques mèches violet pastel tombaient devant son visage ; il se pencha pour les remettre sur le côté de sa joue. Sentir le soyeux de sa peau au bout de ses doigts lui fit retenir son souffle, et il ramena le bout de ses doigts à ses propres lèvres, comme si cela pouvait lui permettre de garder un peu de cette douceur contre lui. Après quelques instants, ne voulant pas la réveiller, Ji-Ho s'assit sur le tapis à son chevet et attrapa un album au hasard. Il eut le temps d'en feuilleter plusieurs avant que la jeune femme ne commence à remuer. Dehors, le jour tombait.

Son souffle s'accrocha dans son sommeil, elle se mit à respirer plus vite et à s'agiter. Elle devait rêver. Le rêve semblait gagner en intensité à mesure qu'elle s'agitait et tentait de se débattre. Enfin, elle se redressa en poussant un cri étouffé, se forçant à enregistrer la réalité pour chasser le cauchemar. Hagards, ses yeux tombèrent sur Ji-Ho, qui commençait à se redresser sur le tapis, les sourcils froncés. Elle soupira, rassurée, et se laissa retomber dans ses oreillers, refermant momentanément les yeux.

— Salut…

— Salut. Comment tu te sens ?

— Fatiguée… Rassure-moi, ce n'est pas Chris qui t'a appelé en disant qu'il m'était arrivé un truc, si ?

— Non, s'amusa le jeune homme, j'avais déjà prévu de passer te voir.

— Ouf… Il en aurait été capable.

— C'est vrai.

Charlotte se frotta le visage précautionneusement, comme s'il risquait de partir en lambeaux. Ses gestes étaient rendus maladroits par le sommeil et par quelque chose d'autre : la douleur peut-être ? Elle poussa sur ses bras pour se redresser, avec tant d'efforts que Ji-Ho crut qu'elle n'y arriverait jamais. C'était comme si ses bras risquaient de lâcher à tout instant. Lui laissant le temps dont elle avait besoin, Ji-Ho, qui s'était relevé, observait son bureau, effaré par la quantité de copies qui s'y empilaient, corrigées ou non. Quand il se retourna vers elle, elle avait davantage pâli et respirait avec concentration pour émerger, ou pour éviter de perdre connaissance à nouveau, il ne savait pas trop. Il vint s'asseoir près d'elle :

— Et si tu me disais ce qui t'arrive ? Tu n'as pas l'air bien.

La jeune femme remonta ses genoux contre son ventre pour y appuyer ses bras. Même ce geste semblait difficile.

— Les… émotions fortes me fatiguent.

— Tu as l'air plus que fatiguée, là.

— Ma fatigue n'est pas une fatigue normale. Elle s'accompagne généralement de douleurs, et elle est… plus forte. Plus durable, aussi. C'est comme si elle pénétrait jusque dans mes os. Difficile de lui échapper.

— Tu devrais rester encore couchée…

— Tu as vu si mes grands-parents étaient partis ?

— Oui, c'est bon. C'est Sophie qui me l'a dit.

— Elle devait être contente de te revoir.

— Moi aussi j'étais content de la voir. Et de ne pas les voir, *eux*.

Le rire de Charlotte se mua en quinte de toux. Après quelques secondes d'amusement partagé, elle regarda les albums et une jolie teinte rose gagna ses joues pâles.

— Tu en penses quoi ? lui demanda-t-elle finalement, toute honte bue.

— J'aime beaucoup, on voit que tu as l'œil : la lumière, les émotions, tout ressort juste comme il faut. Tu devrais les exposer.

— Sophie aussi a dit ça.

— Tu n'es pas d'accord ?

— Je ne sais pas… Une part de moi est d'accord, mais l'autre n'a pas envie de se dévoiler comme ça, je ne suis pas encore prête, peut-être.

Ji-Ho hocha la tête en silence. Charlotte décida de se lever, se concentrant pour sortir ses jambes du lit et s'asseoir au bord du matelas. Ji-Ho avait l'impression de la voir donner des ordres manuellement à ses muscles. Son visage se crispa sous l'effort. Puis elle sembla s'affaisser et le jeune homme s'assombrit lorsqu'il comprit à quel point elle était épuisée. Il aurait voulu la prendre dans ses bras et lui dire de se reposer, qu'il s'occupait de tout. Il aurait voulu lui transmettre sa propre énergie pour qu'elle aille mieux. Il aurait voulu chasser pour toujours de son entourage les gens qui lui faisaient du mal. La jeune femme s'appuya contre son épaule sans l'avoir prémédité, aussitôt saisie par le réflexe de reculer puis de bégayer un chapelet de « pardon » et de « désolée ».

— Tu peux rester là un peu, la rassura-t-il, trop heureux de pouvoir lui être utile et de cacher à sa vue ses mâchoires crispées.

Elle hocha la tête pour le remercier, soulagée. Au bout d'un moment, elle sembla hésiter, puis elle prit son courage à deux mains :

— Tu veux bien m'offrir ton bras pour descendre ?

— Bien sûr.

La jeune femme poussa sur ses jambes, et il ne put s'empêcher de passer une main derrière elle pour la maintenir. Quand elle fut debout, elle prit son bras avec délicatesse, et ils descendirent après avoir fermé la porte à clé. Il pouvait sentir son cœur battre contre son bras, la sensation était étrange. Leur descente des deux étages fut lente, presque tendre. Une fois en bas, Charlotte tiqua et leva les yeux vers lui, amusée :

— Tu sens le *yuza*[1] ?

— Ah, oui, je teste une nouvelle recette de cheesecake !

---

1. Nom coréen de l'agrume que l'on appelle souvent « yuzu » en France, « yuzu » étant le terme japonais.

CHAPITRE 20

Charlotte

Toujours appuyée au bras de Ji-Ho, Charlotte l'imagina penché sur ses pâtisseries, avec son air concentré et son odeur étourdissante. Son cœur s'emballa dans sa poitrine. « On en mangerait… », manqua-t-elle de bredouiller. Ji-Ho éclata de rire, ce qui le fit se pencher vers elle, causant un grand émoi à la jeune femme. Puis un doute s'empara d'elle :

— *Oh my god…* Je l'ai dit à voix haute, c'est ça ?

— Oui. Mais j'apprécie le compliment.

Sophie choisit cet instant pour passer la tête par la porte de la cuisine et leur proposer du café et des sablés de Noël. Elle passait tellement de temps à préparer des thés, tisanes et biscuits de Noël chaque année que c'était devenu une blague chez les Ferez. Charlotte accepta sans hésiter, ravie de la diversion offerte par sa tante. Ji-Ho ne lâcha son bras qu'une fois qu'elle fut bien assise, et il s'installa près d'elle dans la cuisine, pendant que Sophie posait l'assiette de biscuits devant eux, bienveillante. Bienveillante et… un peu mutine, elle devait bien l'admettre. Autour d'eux, la maison clignotait, relativement tranquille, embaumant la cannelle et le clou de girofle. La jeune femme se perdit un instant dans la lumière des guirlandes, le regard vague. Ji-Ho ne la quittait pas des yeux, ses mains entourant sa tasse brûlante avec prudence. Il lui donnait l'impression de s'attendre à une catastrophe à tout moment. Sa tante les considéra un instant, les poings sur les hanches, puis elle s'éclipsa en souriant.

— Les photos pour le restaurant peuvent attendre, lança finalement le jeune homme d'un ton qui se voulait naturel. Après le Nouvel An, par exemple, si tu préfères.

— Je serai là après-demain, lui sourit Charlotte, désabusée et amusée à la fois. Ça ira mieux d'ici là. D'ailleurs, j'ai pas mal d'idées. Est-ce que tu penses faire des desserts ce jour-là ? J'aimerais en photographier. J'ai regardé la météo, on devrait avoir beau temps. Il me semble que vous vous vantez aussi de vous fournir en local pour certains ingrédients, ce serait une chouette idée de prendre quelques photos chez vos fournisseurs, ça ferait de la bonne pub pour tout le monde. Et pour le site, il faudrait que je sache quelles couleurs vous allez privilégier pour décider de la palette que j'utiliserai. J'ai eu du mal à me faire une idée juste avec votre page Facebook.

— Ton esprit ne s'arrête donc jamais ? répondit Ji-Ho, interloqué.

— Pas vraiment… rosit la jeune femme.

— Pour répondre à tes questions, je vais passer l'après-midi à faire de la pâtisserie le 27. J'ai déjà commencé à travailler sur le site, je pourrai te montrer ça, on sera plutôt sur du vert et du beige, je pense, avec un peu de gris anthracite. Et je dois justement aller voir mon fournisseur le 28, je l'appellerai pour lui parler de ton idée. Satisfaite ?

— Oui, sourit-elle de toutes ses dents avant de plonger dans son café.

Ji-Ho la dévisageait d'un air intrigué, comme s'il découvrait une nouvelle Charlotte.

L'instant d'après ou presque, les enfants rentrèrent de leur séance de bonhommes de neige épuisés, mais toujours aussi bruyants, et la mère de Charlotte ne tarda pas à les rejoindre dans la cuisine pour leur préparer un chocolat chaud. Ji-Ho lui souhaita un joyeux Noël et, maintenant que la cuisine était envahie d'enfants et d'invités, ils battirent tous deux en retraite sur le perron et s'installèrent sur le banc. Charlotte s'enveloppa dans un plaid attrapé en vitesse dans le hall, et lui en tendit une moitié. Ils tenaient encore leurs tasses fumantes. La jeune femme sembla hésiter un moment, puis elle se laissa aller contre lui, guettant discrètement sa réaction. Comme il faisait de même, elle cessa de se retenir et soupira en regardant la cour enneigée.

— Le calme de ta vie anglaise te manque ?

— Le calme, oui, mais je ne suis pas sûre qu'on puisse qualifier ma « vie anglaise » de calme, nuança-t-elle en penchant la tête en avant pour se cacher derrière ses cheveux. Je veux dire, tu as vu mon bureau… Je suis la plus jeune, j'ai tous les horaires pourris, et je me suis mis certains collègues à dos ce trimestre…

— Comment as-tu réussi cet exploit ? demanda-t-il avec la mine de quelqu'un qui considérait que ce n'était pas du tout un exploit pour elle.

— En parlant près de la machine à café.

— Waouh, tu t'améliores ! Tu me racontes ?

— Je parlais de mon ex-copine à une amie, et un collègue m'a entendue… *Game over.*

L'expression du jeune homme s'assombrit aussitôt. Charlotte reprit en grimaçant :

— Le problème, c'est qu'il en a parlé à d'autres collègues : le reste de l'année va être long. Et encore, ça, c'est seulement si je trouve autre chose pour l'an prochain. Quand je pense que j'étais folle de joie à l'idée d'enseigner là-bas… Maintenant, je me sens plus piégée qu'autre chose.

La jeune femme ferma les yeux un instant, soudain consciente que c'était la première fois qu'elle exprimait ses craintes et ses incertitudes à voix haute. Même avec Josh, elle était restée purement factuelle. Elle se demanda un bref instant si elle aurait dû lui parler du harcèlement dont elle avait été victime à la suite de son *outing* à la fac, mais sa gorge se noua si fort à cette pensée qu'elle n'aurait sans doute pas pu en parler même si elle l'avait voulu.

— Tu voudrais revenir en France ? demanda Ji-Ho d'une voix douce.

— Peut-être. En fait, je voudrais… Je ne sais pas. Avoir un poste en lien avec mes diplômes… Tu vas me dire qu'un poste à Oxford est sans aucun doute en lien avec mon doctorat, sauf qu'en réalité, il se passera des années avant que je puisse enseigner en études coréennes. Et en littérature française, je passe pour une spécialiste de seconde zone. Bref… Je dois bien avouer que je me sens coincée. Mais oui, si je peux, je reviendrai sans doute en France…

— Ça n'a pas l'air facile.

Charlotte haussa les épaules tout en commençant à frissonner. Aussitôt, Ji-Ho se découvrit et l'enveloppa soigneusement d'une deuxième épaisseur de plaid. Son parfum de *yuza* et de sucre emplit les narines de la jeune femme. Puis il se leva et annonça qu'il allait rentrer : on l'attendait pour le service du soir. Charlotte acquiesça et voulut le suivre. Trop vite. *Fichue fatigue.* La tête lui tourna et Ji-Ho posa ses mains chaudes sur ses bras pour l'aider à rétablir son équilibre. Il était là, tout proche. Si proche qu'elle n'aurait eu qu'à pencher la tête en avant pour la poser sur son torse. Une bouffée d'incendie flamba entre eux et ils se regardèrent sans savoir quoi se dire, le souffle court et la bouche entrouverte. Attente sous la neige. Cela ne dura qu'un instant, pourtant celui-ci leur parut une éternité, faite d'hésitation et d'attirance. Finalement, un bruit dans la maison les tira de cette torpeur nouvelle : ils s'étreignirent maladroitement, se souhaitèrent une bonne soirée, et Ji-Ho ne démarra que quand la jeune femme fut rentrée au chaud.

Le dos contre la porte fermée, Charlotte sentait son cœur battre plus vite que nécessaire. Forcément, ce fut le moment que Chris choisit pour passer la tête dans l'entrée depuis le salon, un sourire machiavélique sur les lèvres :

— Alors ? Il t'a embrassée ?

— Non, et efface ce sourire idiot de ton visage !

— Impossible, c'est ce qui fait tout mon charme !

— Ah ? Je croyais que c'était plutôt ton corps de rêve ?

— Aussi !

Charlotte leva les yeux au ciel, amusée malgré elle, et alla reposer les deux tasses vides à la cuisine, ce qui lui permit de se ressaisir. C'était sans doute la fatigue qui avait causé cet instant d'égarement. *Oui, la fatigue…* Quoi d'autre, sinon ? Après tout, c'était Ji-Ho, son ami, le compagnon de son adolescence. Son plus grand chagrin à ce jour, aussi, peut-être. Mais cela ne voulait rien dire, des tas d'amis se retrouvaient après une poignée d'années de distance sans que cela ait d'incidence particulière, et ni lui ni elle n'étaient plus les mêmes à présent. Tout en se débattant avec elle-même, la jeune femme pressait sa main sur son épaule gauche sans s'en apercevoir. Troublée.

Ce soir-là, son père étudia sa démarche tandis qu'elle mettait la table, et s'éclipsa sans mot dire. Il redescendit quelques minutes plus tard du grenier et déposa sa béquille à côté de la chaise où elle venait de se laisser tomber, de nouveau épuisée. Elle grimaça, mais le remercia tout de même : elle semblait en effet bien partie pour en avoir besoin durant les prochains jours…

En tête de train, un grand jeune homme métis au physique élancé et au sourire avenant descendait en regardant autour de lui, visiblement déjà dépaysé. Charlotte leva son bras pour attirer son attention, et il se dirigea aussitôt vers elle, portant sa valise à la main comme si elle ne pesait rien.

— Waouh ! Tu es juste trop belle ! On dirait que les pointes de tes cheveux ont trempé dans du glaçage pour cupcakes ! s'exclama-t-il en anglais.

La jeune femme éclata de rire à ce compliment et fit la bise à son ami avant de le présenter à Chris, qui semblait intimidé, pour une fois.

— *Josh, please meet Chris, my brother! Chris, Josh…*

— *Nice to meet you!* s'exclama Josh en tendant une main amicale à Chris, qui la serra en retour avec enthousiasme.

Josh, que son amie avait prévenu de son état, les suivit vers la voiture. Charlotte était encore un peu pâle, mais elle avançait bravement grâce à sa béquille, et se chargea de briser la glace entre les deux danseurs. Tout se passa comme elle l'avait prévu : dix minutes plus tard, alors qu'ils quittaient Aurillac sous une neige légère, les deux garçons débattaient déjà des qualités respectives de J-Hope et de Jimin[1]. Charlotte

1. Membres du groupe BTS réputés pour leur habileté de danseurs.

s'autorisa un sourire : l'anglais de Chris était haché, mais cela ne les empêchait pas de débattre âprement.

L'arrivée de Josh dans la famille Ferez se passa tout aussi bien, le charme du jeune homme compensant amplement la barrière de la langue. La soirée fut vivante et enjouée, mais aussi empreinte de tranquillité. Charlotte se surprit à trouver la compagnie de sa famille agréable. Il fallait dire que David était allé regarder un match chez des amis et ne rentrerait que le lendemain, sans compter qu'il n'y avait que ses grands-parents ou presque pour l'attaquer à la moindre occasion, leur absence changeait donc beaucoup de choses.

Il fut conclu que Josh et Chris dormiraient dans la même chambre, et qu'ils partiraient pour le village avec Inès et Charlotte le lendemain vers dix heures. En remontant, marche après marche, Charlotte envoya un message à Ji-Ho pour prendre de ses nouvelles et fixer le programme du lendemain. Elle se sentait nerveuse à l'idée de passer autant de temps avec lui. Sa réponse arriva quelques minutes plus tard alors qu'elle se mettait en pyjama.

Je ne t'autorise à venir que
si tu es vraiment rétablie.

Je le suis !

Elle mentait éhontément.

Tu as fait la sieste aujourd'hui ?

Oui m'man ! Ça ira si j'arrive
pour 10 h 10 environ ?

Oui, on pourra parler
du site avant le début du service,
comme ça. Je t'attendrai en bas.

Super. À demain alors !

Jalja[1].

Étrangement, elle qui se sentait jusqu'alors prête à sombrer dans un sommeil profond d'une minute à l'autre se retrouva à se tourner et se retourner dans son lit, tout à coup agitée. Ses pensées allaient à cent à l'heure ; elle se rappela tous les moments passés avec Ji-Ho depuis leurs « retrouvailles », cette explication à Aurillac, sous le porche de l'église, ces verres de soju, son aisance avec sa famille alors qu'elle-même avait tant de mal à y trouver sa propre place… Soudain, elle avait mal au ventre et la gorge sèche, envie de hurler et de se cacher en même temps.

Après une heure de tentatives infructueuses pour s'endormir, elle se releva afin de boire de l'eau et prendre l'air à sa fenêtre. Le froid de la nuit lui fouetta le visage. Elle ferma les yeux, laissant l'énervement retomber, puis, frissonnant, elle finit par se résoudre à refermer la fenêtre et à retourner se coucher.

Au bout d'une minute à peine, elle remuait à nouveau. Agacée, elle ralluma sa lampe, et la lumière se fit dans son esprit en même temps que dans sa chambre : était-elle en train de *tomber amoureuse* de Ji-Ho ? Une envie de rire la prit, qui remonta dans sa gorge, lui déclencha une quinte de toux et la força à s'essuyer les yeux. Dans quelle galère allait-elle encore se fourrer ? Non, elle devait se faire des idées, après tout, il était normal d'être perturbée après de telles retrouvailles, n'importe

1. « Bonne nuit. »

qui l'aurait été. Elle ne pouvait pas *tomber amoureuse* de lui alors que c'était précisément ce qui les avait éloignés. Ç'aurait été de la folie, de l'ironie du sort à son apogée.

— Waouh, tu verrais ta tête ! s'exclama Chris le lendemain matin.

— Moi aussi je t'aime.

— Sans rire, t'as dormi cette nuit ?

— Insomnie…

— Oooh…

— Arrête-toi là, je te vois venir avec tes gros sabots !

— En même temps… Tu es en vacances… Il n'y a donc qu'une seule chose qui puisse te tenir éveillée la nuit… Enfin… Qu'une seule *personne*…

— Chris, je n'ai pas assez dormi pour avoir cette conversation !

— D'accord, mais tu ne diras pas que je ne t'ai pas prévenue ! se dédouana son frère en attrapant un croissant dans la corbeille sur la table.

Josh, qui était déjà descendu et sirotait son café en discutant dans un anglais basique avec leur mère, les regarda d'un air curieux. Charlotte lui demanda s'il avait bien dormi et il acquiesça.

— J'ai trop hâte de voir le studio de ton frère ! Oh, et au cas où tu comptais y échapper, je veux voir tes albums photos, aussi !

— Je savais que tu allais demander.

— Et je veux vraiment ta couleur de cheveux.

— On t'emmènera chez Laura, elle connaît bien les cheveux crépus.

— *Great!*

Quand tout le monde fut prêt, y compris Inès qui avait eu du mal à se réveiller, la petite troupe prit la direction de la voiture. Josh portait le matériel photo de son amie (plusieurs objectifs et deux trépieds, la sacoche de l'appareil et son PC portable). Elle avait décidé de laisser sa béquille à la maison : elle interdit donc formellement à ses proches de la lui rapporter dans la journée, et fit mine d'ignorer Chris qui lui jetait un regard désabusé quant aux raisons de ce choix. Elle y parvint plutôt bien, n'étaient ses joues qui chauffèrent légèrement, traîtresses.

Enfin, le vieux Scénic démarra et on emprunta le chemin enneigé, direction le village.

Quand la voiture s'arrêta devant le restaurant des Park, tout le monde descendit, donnant envie à Charlotte de se cacher dans un trou. Quelques secondes plus tard, Ji-Ho ouvrait la porte pour les saluer.

— Sacré comité. Salut tout le monde !

— Tu connais ma famille, elle peut être un rien pot de colle. Et je te présente Josh, qui est arrivé hier.

Ji-Ho sourit et donna une franche poignée de main à Josh :

— Alors comme ça, tu es mon remplaçant ?

— Et toi, tu es le fameux Ji-Ho.

— « Fameux », je ne sais pas, mais c'est bien moi ! s'amusa-t-il.

Josh rit à son tour et transforma leur poignée de main en accolade amicale. Charlotte reprit son souffle – elle ne s'était pas rendu compte jusqu'alors qu'elle le retenait –, et eut un vertige en prenant conscience de combien cela comptait pour elle qu'ils s'entendent. De l'autre côté de la voiture, Chris lui fit un clin d'œil amusé, tandis que Josh montrait le sac qu'il tenait :

— Les affaires de Charlotte, je pose ça où ?

— À l'intérieur, près de mon ordi portable, s'il te plaît. Vous allez au studio ? demanda Ji-Ho à Chris, qui acquiesça en souriant. Dans ce cas, *ramyeon* à volonté à midi, ça vous tente ?

— Par-fait ! s'exclama Chris. Tu es le frère que je n'ai jamais eu !

Après une bataille de regards noirs (et hilares) entre lui et sa sœur, et une fois la voiture repartie avec ses occupants, Charlotte se retourna vers Ji-Ho, et crut que son cœur allait remonter dans sa gorge pour de bon tant sa beauté était à couper le souffle. Puis le froid mordant se rappela à son bon souvenir, et ils se dépêchèrent de rentrer au chaud avant qu'un rhume ne remplace son émerveillement, ce qui aurait quand même été beaucoup moins drôle.

CHAPITRE 21

Ji-Ho

— Mais c'est pas vrai !

— Quelque chose ne va pas, Ji-Ho ? lui demanda sa mère alors qu'il venait de se couper pour la troisième fois de la soirée. Oh, attends, je vais chercher la trousse de secours.

Le jeune homme entoura son pouce d'un torchon propre en pestant en coréen, furieux contre lui-même. Ça ne lui ressemblait pas d'être aussi distrait. Comme quoi, trop penser à quelqu'un pouvait être dangereux, littéralement.

Il ne parvenait pas à chasser les images de l'après-midi de son esprit. Les photos intimes prises par Charlotte, mais surtout sa fatigue. Il avait eu mal rien qu'en la regardant, et à présent, il n'arrivait pas à penser à autre chose. Il aurait tellement voulu l'aider. Tout ce qu'il avait pu faire, c'était lui prêter son bras pour descendre les marches. *Minable.*

Ji-Ho n'avait jamais vraiment eu de problèmes de confiance en lui, en tout cas pas depuis qu'il était adulte. Adolescent, avec le racisme anti-asiatique, ç'avait parfois été compliqué, mais en tant qu'adulte, il se percevait plutôt comme quelqu'un de sûr de lui, conscient de ses atouts et de ses limites. Pourtant, depuis qu'il avait revu Charlotte, il se sentait en permanence insuffisant. Il avait beau essayer de se convaincre qu'il n'était pas responsable de ce qui lui était arrivé, il ne pouvait pas s'empêcher de souhaiter tout régler, lui offrir un avenir serein et protégé. Il voulait être là pour elle. Et ça le bouffait, au point de l'empêcher de se concentrer sur son foutu couteau.

Le lendemain, alors que l'arrivée de son amie approchait, la nervosité de Ji-Ho ne cessait de croître. Il avait même failli casser la tasse préférée de sa mère, qui l'avait évacué de la cuisine dans un soupir accompagné d'un sourire. « C'est la venue de Charlotte qui te rend nerveux ? » avait-elle ri. Mal à l'aise, il s'était empressé de changer de sujet. Et à présent, elle était là. Maintenant que Charlotte et lui s'étaient mis d'accord sur quelques détails, elle prenait ses marques dans le restaurant, son appareil photo en main, ses cheveux lui tombant parfois devant les yeux – il tiqua lorsqu'il se rendit compte qu'il arrivait à prédire les occurrences de ce phénomène à la seconde près. Après une profonde inspiration, il s'efforça de se concentrer sur la préparation des samossas : il avait commencé à les plier à l'envers, comme un débutant… Mais si ses mains étaient actives, son esprit était toujours occupé par la jeune femme. Et parfois, lorsqu'il se déplaçait, leurs regards se croisaient. Ils se détournaient alors en vitesse l'un de l'autre, gênés d'avoir été surpris.

Charlotte

Au fil de la matinée, Charlotte réussit à prendre quelques beaux clichés du restaurant vide et de la cuisine : la préparation des makis et *gimbap*, les jolis origamis de serviettes qu'avait réalisés la serveuse Lilou en arrivant, le soleil dans la vitrine…

Elle passa aussi du temps avec Mi-Joo, qui émincait une quantité astronomique de légumes tout en papotant tranquillement. La lame affûtée de son couteau ne déviait jamais. On ne pouvait pas en dire autant du regard de Charlotte, qui ne cessait de glisser vers Ji-Ho, à l'îlot voisin. Elle avait beau faire d'intenses efforts, ses yeux finissaient toujours par revenir aux épaules et aux cheveux du jeune homme, cachés sous un bandana comme toujours quand il cuisinait. La chorégraphie de ses mouvements avait quelque chose d'hypnotique. De temps en temps, il se retournait pour entamer une tâche ou une autre, et leurs regards se croisaient. La jeune femme s'empressait alors de fixer un point ailleurs, soudainement timide.

Vers midi, Charlotte fit sortir la famille Park au complet ainsi que Lilou pour prendre une photo du personnel devant l'enseigne du restaurant. Enfin, le service commença et Charlotte se fit toute petite, capturant dans son objectif un plateau qui passait par là, un wok où Mi-Joo faisait sauter des légumes, des crevettes flambées, des assiettes dressées avant leur envoi en salle, passant parfois en mode rafale pour être certaine de capturer le bon instant. Puis elle retourna en salle, immortalisa les mains parfaites de Ji-Ho découpant du poisson cru, ainsi que les tablées magnifiquement servies, avec l'accord des clients. Certains demandèrent même à être pris en photo pour pouvoir poster le cliché sur Instagram.

Quand Josh, Chris et Inès arrivèrent, visiblement épuisés d'avoir dansé, Mi-Joo vint les installer et jeta un regard très éloquent à Charlotte : « Tu vas faire une pause et tu vas me faire le plaisir de manger mes *ramyeon* préparés avec amour. »

La jeune femme se glissa donc sagement sur la banquette à côté de sa cousine, et tous choisirent la garniture de leurs nouilles et le degré d'épices. Ce fut Ji-Ho qui leur apporta leurs bols bien garnis et qui les déposa devant eux sans en mettre une goutte à côté. Les trois autres, affamés, se jetèrent sur leurs baguettes en poussant des gémissements gourmands, mais Charlotte prit d'abord une photo de son bol après avoir agencé sa serviette, ses baguettes et son verre de soju, se levant pour avoir le bon angle.

— Quel professionnalisme ! rit Ji-Ho.

— Ne t'en fais pas, j'aurai l'air beaucoup moins professionnelle dans deux minutes.

Ji-Ho pouffa et resta quelques instants à la regarder poser son appareil photo en sécurité et s'emparer de ses longues baguettes en métal. Elle commença par goûter le tofu émincé aux épices, puis les feuilles d'épinard, menthe et shiso, avant de passer aux choses sérieuses en aspirant bruyamment une première salve de nouilles. Josh éclata de rire face à sa réaction lorsqu'elle découvrit, un peu tard, combien le plat était brûlant. Ji-Ho, qui la regardait toujours, la bouche entrouverte, s'aperçut qu'elle le guettait du coin de l'œil et se racla la gorge pour se donner une contenance :

— Alors ?

— Je pourrais me nourrir exclusivement de ces *ramyeon* jusqu'à la fin de mes jours… déclara-t-elle en se léchant les lèvres.

Dans un sourire amusé, Ji-Ho lui conseilla de garder de la place pour le dessert, car elle allait être sa goûteuse cet après-midi pour ses nouvelles créations, et s'en alla sans voir que la jeune femme avait plongé dans son bol de nouilles pour piquer un fard. Chris lui glissa, malicieux :

— Tu prendras bien un peu de chef en dessert…

— Abruti…
— Clairvoyant, plutôt, rectifia-t-il avec un petit air suffisant qui fit lever les yeux au ciel à sa sœur.

Quand les autres furent repartis au studio et que le service fut terminé, Ji-Ho vint boire un café avec Mi-Joo et Charlotte, qui avait sorti son ordinateur pour effectuer un premier tri parmi les photos du matin. Elle se chargea immédiatement de l'envoi des photos des clients après les avoir estampillées de sa griffe, puis elle fit une sauvegarde, proposant au passage de les montrer à Ji-Ho, qui se pencha par-dessus son épaule. Ses cheveux, qu'il avait détachés en fin de service, cascadèrent sur l'épaule de la jeune femme, frôlant presque sa joue, et elle sentit son ventre papillonner en frissons délicieux. Son parfum l'enveloppait d'un cocon sensuel qui la troublait plus qu'elle n'aurait su le dire. Heureusement qu'elle n'avait pas besoin de parler pour l'instant, car elle aurait sans doute prodigieusement bafouillé. Enfin, quand ils eurent fini de faire le tour des clichés du matin, Ji-Ho commenta calmement tout près de son oreille :
— C'est vraiment du bon travail, Cha… Tu nous rends un fier service.
Puis il se redressa, inconscient du trouble qu'il provoquait en elle. Là, il déclara qu'il allait se changer et qu'ensuite il préparerait des desserts pour le salon de thé. Mi-Joo, elle, s'éclipsa pour sa sieste de l'après-midi, et Charlotte se mit à travailler sur les retouches de ses photos en se disant qu'il faisait très chaud tout à coup.

Elle y était encore et commençait à sérieusement songer à investir dans une tablette graphique quand Ji-Ho ralluma la cuisine pour préparer le matériel dont il avait besoin, ouvrant la porte battante d'une jambe et lui lançant un « tu viens ? » guilleret, son visage illuminé par un sourire d'invite. Charlotte eut un petit rire suivi d'un pincement au cœur, et elle sauvegarda son travail avant de quitter sa chaise en s'étirant tant bien que mal. Il ne relâcha la porte qu'une fois qu'elle fut entrée, ce qui la força à le frôler pour se faufiler entre le cadre de la porte et son torse musclé. Elle n'en menait pas large.

— Première règle quand on entre dans une cuisine ? lança-t-il.

— Se laver les mains. Je prendrai peut-être mon appareil plus tard ?

— Il vaudrait mieux, oui.

Elle remonta donc les manches de son pull noir, s'attacha les cheveux et se lava soigneusement les mains. Puis Ji-Ho s'approcha d'elle dans son dos, lui passa un tablier autour du cou et entoura sa taille de ses bras pour attraper la ceinture et la lui nouer avec adresse. Sentant le buste du jeune homme contre son dos, une furieuse envie de se laisser aller contre lui la saisit. Elle la réfréna en se concentrant sur ce qui se trouvait sur le plan de travail. Quand il eut fini, Ji-Ho posa ses mains sur ses épaules. Charlotte expira sans parvenir à contrôler son souffle. Allait-elle tenir bon jusqu'au soir sans s'enfuir en courant ? *Ne sois pas stupide, de toute façon, tu n'es pas en état de courir…*

— Alors ? demanda-t-elle plutôt. Il y a quoi au programme ?

— Des cookies, des muffins et des cheesecakes. Je vais commencer par les cookies, j'en ferai une plus grande quantité afin de les réutiliser en fonds de cheesecakes.

— Okay, qu'est-ce que je peux faire ?

— Mmh… Peser les ingrédients pour les cookies et les mettre dans ce saladier ?

— Ça marche !

Charlotte s'y attela sans attendre, tandis que Ji-Ho s'activait autour d'elle. Bientôt, l'odeur du beurre et du sucre la ramena à leurs années collège, quand ils expérimentaient de nouvelles recettes de cookies ensemble, parfois tard le soir, tout en regardant un épisode de leur série préférée du moment. Parfois, M. Park passait goûter la pâte pendant la pause pub de son propre programme. Il était rare que le saladier de pâte survive jusqu'à la deuxième fournée, avec eux trois dessus. Mi-Joo se contentait généralement de leur dire qu'ils allaient avoir mal au ventre. Elle se trompait rarement sur ce point.

La jeune femme eut le temps de commencer à travailler la pâte à la spatule pendant que Ji-Ho préparait la garniture pour les autres recettes. La cuisine sentait bon le *yuza*, la cacahuète et le matcha, mais aussi la vanille, le chocolat et la framboise. Le mélange des saveurs était presque enivrant. Quand elle eut fini, il prépara la plaque de cuisson et s'occupa de séparer la pâte pour y incorporer les différents parfums, puis il forma et enfourna les cookies. Il revint ensuite vers Charlotte, souriant, et se pencha vers elle, ce à quoi son estomac réagit en faisant un looping. Tendant la main vers son épaule, il épousseta la farine qui s'y trouvait :

— Tu es vraiment incorrigible.

Charlotte se sentit rougir et se força à sourire, la gorge soudain nouée. Alors il sembla remarquer son trouble, et son rire mourut dans un souffle. Il cilla et recula en se raclant la gorge.

— Je vais préparer l'appareil des muffins, tu veux peser les ingrédients et me les passer ?

La jeune femme hocha la tête et se mit au travail sans attendre. Tout plutôt que réfléchir à ses réactions. Ou à son cœur qui cognait durement contre sa poitrine à chaque fois qu'il l'approchait.

Vers quinze heures, les muffins refroidissaient sur des grilles dans leurs petites caissettes de papier et les cookies étaient déjà arrangés dans une corbeille doublée de tissu coloré. L'appareil des cheesecakes était au point et Ji-Ho s'apprêtait à répartir le tout dans les moules. Mi-Joo venait de descendre pour ouvrir le salon de thé, Charlotte la suivit donc pour photographier les présentoirs à pâtisseries et les petites assiettes colorées qu'elle dressait pour les clients. Elle en profita aussi pour prendre en photo la terrasse, pleine de monde et de soleil. Puis elle retourna en cuisine, où Ji-Ho était occupé à mettre les cheesecakes au frais. Elle voulut l'aider à débarrasser, mais il lui dit de s'asseoir et de le laisser faire. Son assurance était si séduisante qu'il lui fallut un moment pour s'en remettre, le cœur en roue libre dans sa poitrine.

Quand il eut presque fini, il lui proposa de goûter quelque chose, et il lui tendit une spatule encore nappée de l'appareil de son dernier cheesecake vegan en date, *yuza* et citron vert. Il s'approcha d'elle pour garder une main sous la spatule afin qu'elle ne se tache pas, et il l'incita du regard à goûter. Ils étaient si proches qu'elle pouvait sentir ses cuisses contre ses genoux. Certaines auraient tué pour recevoir un regard pareil, songea la jeune femme, vaguement amusée, avant de goûter ce qu'il lui proposait, fermant les yeux pour mieux se concentrer sur les parfums qui explosaient sur ses papilles, inspirant pour les développer encore plus. C'était frais, sucré et acidulé.

Parfaitement équilibré. Un peu de vanille aurait rendu le tout divin. Elle rouvrit les yeux et leva la tête vers lui pour le lui dire, mais son souffle se bloqua dans sa gorge. Il s'était encore rapproché d'elle. Une lueur ardente s'était emparée de ses yeux. Il tendit une main tremblante vers les lèvres de la jeune femme et y essuya une traînée de crème de son pouce. Pouce dont elle suivit le trajet jusqu'à sa bouche en apnée. Quand il le porta à ses lèvres et le lécha sans la quitter des yeux, elle crut qu'elle allait comprendre comment on pouvait s'évanouir d'émotion. Elle se lécha les lèvres comme par réflexe. Pitié, que quelqu'un vienne rapidement les interrompre, sinon elle ne répondrait plus de rien…

Finalement, Ji-Ho lui reprit la spatule des mains et, semblant s'arracher à son regard avec regret, alla la reposer dans le plat et s'appuyer contre le plan de travail, ses bras tendus derrière lui comme s'il essayait de se retenir à la table. Charlotte, elle, était occupée à se rappeler comment on faisait pour respirer.

— Alors ? demanda-t-il d'une voix troublée. Tu en penses quoi ?

— Je… C'est… Euh… C'est parfait, et je me demandais ce que ça donnerait avec un peu de vanille.

— Je savais que tu dirais ça, sourit-il, l'air défait. Les Français mettent de la vanille partout.

— Parce que c'est bon.

Elle descendit alors du tabouret et voulut défaire le nœud de son tablier, mais la journée avait été longue et ses bras peinèrent à remonter assez haut pour attraper le ruban. Ji-Ho se redressa et vint l'aider. Charlotte se tourna pour lui faciliter la tâche et ils restèrent silencieux alors que ses doigts déroulaient le ruban autour de sa taille et la débarrassaient du tablier, ses bras l'entourant à nouveau, juste assez pour qu'elle sente la chaleur de son étreinte, mais trop loin pour que c'en soit vraiment une.

— On devrait faire une vraie pause, suggéra-t-il. Sinon, le service du soir sera trop éprouvant. Tu devrais t'allonger un peu, tu as l'air épuisée.

Ji-Ho

La jeune femme hocha vaguement la tête en réponse, l'air un peu sonné. Finissant de ranger, Ji-Ho prit d'autorité son matériel de photo sur la table dans le coin, avant de lui faire signe qu'il la suivait en posant le bout de ses doigts dans le creux de son dos. Elle frémit à son contact, et il se retint de l'attirer à lui. Quelques marches plus tard, ils étaient dans l'appartement familial. Quelques secondes de plus, et ils étaient dans sa chambre. Ji-Ho se débarrassa de son pull, et son cœur se réchauffa quand il sentit le regard de la jeune femme sur sa peau, là où son tee-shirt avait remonté.

— Je t'en prie, allonge-toi, lui fit-il avec un geste ample, en essayant d'avoir l'air naturel.

Ce fut seulement à ce moment-là qu'elle remarqua qu'il avait troqué son vieux lit jumeau pour un lit deux places plus que confortable. Son expression gênée valait de l'or.

— Tu en as probablement plus besoin que moi, marmonna-t-elle en regardant ailleurs.

Il haussa un sourcil désabusé, un sourire au bord des lèvres :

— Tu tiens à peine debout, allonge-toi avant de t'effondrer. Moi, ça va, je me mettrai dans le fauteuil, je n'ai pas besoin de dormir.

Pour souligner ses propos, il fit le tour du lit, détacha ses boucles violettes avec délicatesse, la prit par les avant-bras pour la faire reculer jusqu'à ce que l'arrière de ses jambes bute contre le matelas… Elle s'abandonna à ses gestes en rougissant et le laissa l'asseoir sur le bord du lit avec un air tranquille. Derrière son sourire confiant, un muscle sur sa mâchoire tressautait. Il devait fournir un effort considérable pour ne pas lui proposer de lui faire tout ce qu'il avait envie de lui faire à cet instant. Il s'agenouilla devant elle pour lui retirer ses claquettes, maison coréenne obligeait, et Charlotte piqua un fard. Ji-Ho releva les yeux vers elle à cet instant et leurs souffles se figèrent. À son tour, il détacha ses propres cheveux d'un geste lent et maîtrisé, sans la lâcher des yeux. Sous le regard de Charlotte, le jeune homme eut l'impression que son sang se changeait en lave et allait faire fondre sa peau.

Tout se bouscula alors en lui pour se confondre en un brouillard de sensations : les battements de son cœur, sa lèvre, mordue sans y prêter attention, la douceur de l'instant, et, teintant tout le reste d'un goût piquant, l'urgence, fondue dans une décision. Ji-Ho emprisonna son visage entre ses mains avec douceur, se redressant sur ses genoux pour se rapprocher d'elle. Charlotte dut songer qu'il était trop tard pour fuir, car elle porta son visage à la rencontre du sien. Leurs lèvres se rencontrèrent avec hésitation et retenue. Une retenue qui leur brûlait les veines et mettait leurs cœurs et leurs corps au supplice. Une retenue qui les faisait trembler d'impatience et de désir contenus. Puis la retenue de Ji-Ho s'évapora sous l'effet de sa passion, entraînant dans son sillage celle de la jeune femme, qui laissa échapper un gémissement quand ses doigts descendirent le long de son cou et que leurs langues se rencontrèrent dans un ballet lent et brûlant.

Ils se séparèrent comme des ados pris en faute, haletants, avant de céder et de s'embrasser passionnément, leurs mains explorant le dos et les hanches de l'autre, leurs lèvres parlant un langage nouveau dans leur relation, leurs souffles se mêlant, s'accrochant, se heurtant. Ji-Ho finit par allonger Charlotte sur le lit pour l'embrasser plus à son aise, glissant ses mains sous son pull et son débardeur pour caresser son ventre et sa taille.

Après quelques minutes, ils entendirent la porte d'entrée s'ouvrir et se refermer dans l'appartement, et ils se séparèrent presque à regret, avant de se mettre à rire comme des gamins, couchés bras contre bras en travers du lit.

— Tu l'as changé quand ? demanda-t-elle.

— Le lit ? Hier…

— Joli timing…

Charlotte sourit et ferma les yeux : sa fatigue la rattrapait. Ji-Ho lui glissa :

— Repose-toi, tu en as besoin. Je ne serai pas loin.

Et il déposa un baiser sur sa tempe avant de déplier la couette pour elle et de quitter la pièce.

CHAPITRE 22

Charlotte

CHARLOTTE AURAIT PU SE DÉSINTÉGRER DE FÉBRILITÉ, ET POURTANT ELLE DORMIT DEUX HEURES. À son réveil, elle garda les yeux fermés quelques instants, puis leur baiser lui revint en mémoire et elle rabattit la couette sur son visage, sentant ses joues chauffer et un sourire d'adolescente étirer ses lèvres. Elle avait envie de trépigner et de crier de frustration en même temps. Puis elle pensa à regarder autour d'elle et constata que Ji-Ho n'était plus dans la chambre. Elle se décida alors à se lever, et trouva un mot sur la table de chevet : *Tu peux rester là jusqu'à ce que ton frère arrive, si tu veux. Repose-toi, je suis en bas.*

La jeune femme songea à la réplique grivoise que Chris ne manquerait pas de lâcher s'il la voyait descendre de chez Ji-Ho. En glissant ses pieds dans les claquettes des invités, elle se rendit compte qu'une joie somme toute très niaise étirait ses lèvres et s'efforça de l'effacer de son visage, avec un succès tout relatif. Donc… Elle et Ji-Ho… Ji-Ho et elle…

Charlotte croisa M. Park, qui regardait le journal télévisé, et il la salua sur un ton chaleureux, comme à son habitude.

— Ji-Ho m'a dit que tu avais eu besoin de dormir un peu, tu te sens mieux ? lui demanda-t-il en coréen.

— Oui, ça m'a fait du bien, merci, confirma-t-elle, un peu gênée.

— Ta couleur de cheveux me rappelle tes années lycée.

— Ça a fait le même effet à ma famille.

— Ça se passe un peu mieux chez toi, ces jours-ci ?

— Oui… Mes grands-parents sont partis et ma mère fait des efforts.

— Je suis content pour toi.

Charlotte le remercia, touchée, et lui souhaita une bonne soirée avant de rejoindre le restaurant. Avec un peu de chance, son frère ne serait pas encore arrivé.

Quand elle arriva au restaurant, Charlotte constata deux choses : ils avaient beaucoup de monde ce soir, et son frère était déjà là. Il avait même amené Laura… Pour la discrétion, elle repasserait. Elle récupéra donc son matériel derrière le bar l'air de rien et prit quelques photos ; la rencontre de la nuit et des lumières tamisées serait du plus bel effet. Elle sortit même pour ajouter à sa collection quelques clichés depuis l'extérieur. En rentrant, elle se retrouva nez à nez avec Ji-Ho, qui croisa les bras dans une tentative de sévérité affichée qui ne trompait personne :

— Tu as du mal avec le mot « repos », n'est-ce pas ?

— Il paraît.

— Tu as les photos que tu voulais ?

— Oui.

— Alors va t'installer et choisis ce que tu veux manger ce soir, je te l'offre.

— Je peux payer mon dîner, tu sais.

— Comme tu veux, en revanche le dessert est pour moi, j'insiste.

— Fort bien.

— Au fait. J'ai eu mon fournisseur au téléphone, elle veut bien, pour les photos... Est-ce que tu serais assez en forme pour venir avec moi demain ? Je pars après le service du midi, je peux venir te chercher. Par contre, c'est à deux heures d'ici.

— Oui, sans souci ! Envoie-moi un message en te mettant en route demain.

— Ça marche, merci.

Et il retourna en cuisine, et elle rejoignit la table de ses proches. Laura lui fit une place près d'elle sur la banquette, tout sourire, l'accueillant avec une étreinte enthousiaste. Charlotte remarqua que Josh arborait des boucles bleu pastel au lieu de caramel et que les cheveux décolorés en souffrance d'Inès étaient désormais roses et en bien meilleur état. Elle les complimenta avant de s'emparer de la carte : son estomac commençait à gargouiller, et elle opta pour quelques *gimbap* et du *doenjang jjigae*, une soupe à base de pâte de soja fermentée.

Inès s'était découvert une passion pour le boys band Stray Kids, dont ils avaient travaillé une chorégraphie tout l'après-midi, et ils commençaient à planifier des *events* pour lancer le studio. Laura voulait coller des affiches partout, Josh pensait que danser dans un lieu public restait encore le mieux pour de la bonne pub, et Charlotte renchérit avec son idée de portes ouvertes et cours gratuits afin de pousser les gens à s'inscrire. Chris finit par lever les bras pour demander grâce, ravi par leur enthousiasme :

— Je vous annonce que nous allons faire tout ça à la fois. Charlotte, tu veux bien m'aider avec la com' ce soir ?

— Bien sûr !

— Super ! Et maintenant… Raconte-nous ton après-midi !

Le sourire machiavélique de son frère fit pouffer Josh et Laura, et la jeune femme ne put s'empêcher de lâcher un petit rictus face à leurs airs gourmands, avant de lever les yeux au ciel.

— Je ne parlerai pas, même sous la torture.

— Je finirai par savoir, sœurette, et tu le sais.

— Je sais, riposta-t-elle en prenant calmement un *gimbap* entre ses baguettes.

Chris attendit trente secondes, puis il s'exclama, au supplice :

— Alleeeez, quoi ! Tu me fais mourir d'impatience, là !

— On dirait que c'est toi qu'on torture, rit Josh.

— C'est le cas, et si je meurs d'impatience, tu auras ma mort sur la conscience, dramatisa Chris en regardant sa sœur avec un air de chiot battu.

— Je devrais réussir à vivre avec ça…

Chris poussa un cri indigné et se rabattit sur son plat, aussi grognon qu'affamé. Inès était hilare, et Laura regardait son amie avec un sourire indéchiffrable. Charlotte était presque certaine qu'elle avait compris, et cela ne l'étonna pas.

Quand le dessert arriva, Ji-Ho déposa devant elle une part de cheesecake vegan *yuza*-citron vert, nappé d'une sauce au chocolat blanc. Leurs yeux se rencontrèrent un instant, et Charlotte sut qu'il était en train de se souvenir du moment où il lui avait demandé de goûter la crème plus tôt dans l'après-midi. Son bas-ventre se contracta et elle sentit ses joues chauffer, aussi s'empressa-t-elle de plonger le nez dans son verre, sinon c'était sa tête qu'elle allait avoir besoin de plonger dans la neige.

— Tu me diras ce que tu en penses, sourit-il en partant.

La jeune femme crut d'abord qu'il voulait parler du résultat avec la base et la sauce chocolat, puis elle goûta son dessert et, après quelques bouchées, sourit en fermant les yeux : elle ignorait quand il avait trouvé le temps de s'en occuper, mais il en avait préparé un nouveau avec de la vanille. C'était délicieux.

Quand ils furent sur le point de partir, Ji-Ho sortit de cuisine pour venir voir Charlotte, qui se mit un peu à l'écart des autres.

— Alors ?

— Park Ji-Ho, quand as-tu trouvé le temps d'en faire un avec de la vanille ? demanda-t-elle en coréen, faussement outrée.

— J'en avais fait un avant, parce que je savais qu'en goûtant l'autre, tu allais me dire ça.

— Espèce de petit cachottier !

— Et donc ?

— Les deux sont vraiment délicieux… Mais c'est vrai que si tu rajoutes une sauce au chocolat blanc, la vanille est de trop. Elle serait plus indiquée avec un coulis au citron vert, je pense.

— Oh… Depuis quand admets-tu que tu as tort ?

— J'admets avoir tort uniquement sous conditions. Tu ne m'avais pas dit que tu comptais associer ton dessert à du chocolat blanc, je te signale.

Ji-Ho rit en croisant les bras, puis son expression sembla basculer vers quelque chose d'un peu plus trouble.

— Au sujet de tout à l'heure… commença-t-il, soudain fasciné par ses chaussures. Je…

Une pensée pour Chris qui les espionnait sans aucune discrétion, et Charlotte sut que s'ils abordaient ce sujet ici, même en coréen, elle en entendrait parler jusqu'à Noël prochain. Elle se raidit et jeta un regard désolé à Ji-Ho :

— Je pense que ce serait mieux d'en parler dans un endroit plus… privé ? Demain par exemple ? On aura tout le temps, non ?

— Je… Euh, oui, bien sûr ! répondit Ji-Ho en se redressant, encaissant le coup sans broncher.

— Super, merci. Je vais finir de travailler sur les photos pour demain, bonne soirée !

— Bonne soirée…

Et Charlotte s'éclipsa en vitesse, ses joues encore en feu. Une fois dans la voiture, elle soupira et se traita mentalement d'idiote. Avec une réponse pareille, il allait s'attendre à un refus monumental, alors qu'en vérité, elle ne savait juste pas du tout où elle en était. Et elle allait passer au moins cinq heures avec lui demain… *Bravo, tu as le chic pour te mettre dans les ennuis*, songea-t-elle avec la voix de sa mère, ce qui lui arracha un frisson. Bien entendu, elle n'aurait aucun moyen d'esquiver le raz-de-marée de questions intimes sous lequel Chris et Josh l'enseveliraient dès qu'ils se mettraient à travailler sur la communication pour le studio. Quelle merveilleuse soirée en perspective !

CHAPITRE 23

Charlotte

ENTRE RETOUCHES SUR LES PHOTOS DU RESTAURANT ET DOUCEUR DU SAPIN QUI CLIGNOTAIT, la matinée du lendemain s'écoula tranquillement. Manon la rejoignit après le départ des enfants pour le ski et s'installa auprès d'elle dans un soupir soulagé.

— Enfin un peu de calme !

Un moment passa, puis sa sœur reprit :

— Ça a été avec Chris, hier soir ? Il n'a pas été trop… Tu sais, trop égal à lui-même ?

— J'ai envisagé une ou deux fois d'aller dormir dans la grange pour avoir la paix, mais comme tu as pu le constater, je ne l'ai pas fait, plaisanta Charlotte.

Manon jeta un œil par-dessus son épaule et finit par commenter une photo de Ji-Ho :

— Tu as un regard particulier quand tu le photographies. Déjà à l'époque, tes photos de lui étaient toujours différentes de celles des autres.

— Je le connais depuis plus longtemps, grommela Charlotte, agacée que tout le monde lise en elle comme dans un livre ouvert alors qu'elle-même ne parvenait pas à y voir clair.

— Même. Mais je dois avouer… Qu'il est devenu sacrément canon !

Charlotte sentit ses joues chauffer avec une telle intensité qu'elle songea qu'elle devait avoir atteint un état proche de la fusion. Manon se mit à glousser :

— Je vois que nous sommes d'accord ! Aurais-tu des détails particuliers à porter à ma chaste attention de sœur aimante ? Pendant que nous sommes absolument seules dans cette maison de gens partis skier ?

Sa sœur pouvait être terriblement persuasive quand elle s'y mettait. Charlotte s'entendit alors commencer à parler presque malgré elle :

— Ses abdos sont aussi musclés que ses épaules…

— Oh ! En même temps, ça ne m'étonne pas. C'est pour ça que c'est fou qu'il n'ait pas dégagé ce gros lourd de Matthias avant toi, il aurait dû en être largement capable !

— Tu sais bien que j'ai toujours cogné plus vite que lui.

— C'est pas faux. Et donc… Tu as vu ses abdos ? Il s'est passé un truc entre vous ?

La CIA est arrivée.

— Son tee-shirt est juste remonté quand il a ôté son pull hier.

— Mais bien sûr. Et c'est pour ça que tu es rouge comme une tomate.

— Bon, d'accord, on s'est *peut-être* embrassés.

— Comment ça, « peut-être » ? Vous vous êtes embrassés ou vous ne vous êtes pas embrassés ?

— On s'est embrassés… souffla Charlotte aussi doucement que possible et en fermant les yeux, catastrophée par ce qu'elle venait d'avouer.

— Et tu en avais envie ?

— Oui… gémit Charlotte en enfouissant sa tête dans ses bras.

Et la tempête qui avait fait rage dans sa tête toute la nuit se réveilla. Elle soupira, le cœur lourd et la migraine qui commençait à pulser derrière son œil droit. Sa sœur comprit que quelque chose n'allait pas et se releva tant bien que mal pour s'asseoir au bord du canapé, passant un bras réconfortant autour de ses épaules crispées.

— Qu'est-ce qui ne va pas, Charlotte ?

— Je ne peux pas…

— Tu ne peux pas quoi ?

— Tout ça… C'est trop…

— Il va falloir que tu sois un peu plus précise, ma biche, si tu veux que je t'aide.

— Il a été le meilleur des amis pendant six ans… Sa famille m'a accueillie sans hésiter. Si tu savais combien de fois ils m'ont empêchée de fuguer…

Manon se figea brièvement, puis commença à lui frotter le haut du dos avec douceur, peinée par ses aveux. Près d'elle, Charlotte semblait chercher son souffle et ses mots au milieu des sanglots qui menaçaient.

— Je n'aimais pas les garçons… Comment aurais-je pu faire autrement ? Je lui ai dit que je ne l'aimais pas en sachant que ça allait ruiner notre amitié… Et rien n'était plus faux ! Je ne l'aimais juste pas *comme ça*, je ne voulais pas le perdre… Et maintenant il est là, je suis là, j'aime aussi les garçons, et on s'est embrassés… Ça ressemble à une mauvaise blague.

Manon eut un petit sourire triste, et s'assit par terre à côté d'elle pour la prendre dans ses bras, la berçant tandis que Charlotte se mettait à pleurer. Après quelques minutes, Manon lui tendit un mouchoir et recommença à lui frotter le dos :

— Tu as l'impression que ce n'est pas juste ?

Sa sœur fit « oui » de la tête en se mouchant.

— Pas juste pour qui ? Pour lui ou pour toi ?

— Pour personne, fit-elle d'une voix altérée.

— Pourquoi ? Si ça finit bien…

— Mais pourquoi toute cette souffrance avant d'en arriver là ? Bordel, il est littéralement parti à l'autre bout du monde sans laisser d'adresse…

Elle renifla puis attrapa un deuxième mouchoir sur la table basse, et se moucha en se sentant un peu bête.

— Est-ce que c'est une question d'ego ou une question de sentiments ? releva finalement sa sœur, toujours aussi fine.

— Je n'en sais rien, répondit Charlotte en essayant de ne pas voir que sa sœur avait raison.

— Est-ce que tu l'aimes ?

— Je commence à penser que oui.

— Alors pourquoi ne pas simplement profiter ? Il t'a laissé entendre qu'il regrettait ce baiser ?

— Non… Mais…

— Mais quoi ?

— Mais c'est moi qui suis loin, maintenant. Je repars pour Oxford dans une semaine ! Et si ça ne marchait pas ? Je ne veux pas le perdre une deuxième fois…

— Et tu serais prête à le rejeter à nouveau juste pour ne pas souffrir ? sourit sa sœur en penchant la tête pour qu'elle la regarde dans les yeux. Juste pour ne pas *peut-être* souffrir ?

— Non…

— Alors qu'est-ce que tu attends ?

— Je suis terrifiée…

Manon eut un petit rire compatissant et la serra à nouveau contre elle.

— Bienvenue au club, ma belle. Le grand amour, ça fait toujours un peu flipper. Il va falloir être courageuse et aller de l'avant. Haut les cœurs !

À cette dernière expression, Charlotte pouffa, et sa sœur sut qu'elle avait réussi à lui remonter le moral.

— Maintenant, aide-moi à me relever, pesta Manon. Si je reste plus longtemps par terre, je risque bien d'y rester coincée.

Attendrie et hilare, Charlotte prit son courage à deux mains pour se relever elle-même, avant de tendre une main secourable à sa sœur.

À quatorze heures trente, le téléphone de Charlotte vibra : Ji-Ho était en route. Rangeant aussitôt son matériel dans son sac à dos, elle passa dans la salle de bains pour se donner des couleurs avec du maquillage, attrapa ses affaires et... s'arrêta un instant dans l'entrée. Son regard s'était posé sur sa béquille, et son expression était songeuse.

Sa sœur la considéra avec curiosité avant de comprendre :

— Tu n'es pas encore prête à ce qu'il te voie avec ça ?

Charlotte pencha la tête et fit une moue pour confirmer.

— C'est toi qui vois ! Mais dépêche-toi, sinon il risque de toquer et de la voir. Et il devinera que c'est la tienne.

Charlotte soupira et déposa un baiser sur la joue de sa sœur pour la remercier. En refermant la porte derrière elle sans sa béquille, elle se demanda ce qu'il risquait de deviner d'autre. Était-elle vraiment prête pour cela ? À cette pensée, son ventre se noua d'angoisse alors que son cœur s'emballait joyeusement.

CHAPITRE 24

Ji-Ho

SON TÉLÉPHONE SE MIT À VIBRER COMME UN FORCENÉ, et Ji-Ho poussa un grognement, tentant de se souvenir de son nom et de l'endroit du monde où il se trouvait. Quand il fut à peu près sûr des circonstances essentielles de son existence sur Terre à ce moment précis, il chercha son portable à tâtons sur sa table de chevet, et décrocha d'un glissement du pouce, encore plus endormi qu'éveillé.

— Mmh ?

— *Yeobuseyo*[1] *?* fit une voix amusée.

— *Ah chincha…* pesta Ji-Ho en enfouissant son visage dans son oreiller. Tu sais quelle heure il est en France ?

— Si j'en crois ta voix, je dirais que je t'ai réveillé, rit son ami. Comment vas-tu ?

— Pas trop mal… Et toi ?

— Je vais être papa.

L'annonce eut le mérite d'achever de réveiller le jeune homme.

— Merde… réagit-il avec un temps de retard.

Son ami d'enfance éclata de rire au bout du fil, et les lèvres de Ji-Ho s'étirèrent enfin.

1. « Allô » en coréen.

— C'est Hwa-Young qui doit être contente… Félicitations, mon vieux. La naissance est prévue pour quand ?

— Mi-juin, on aimerait que tu sois le parrain.

— Woah… Tu sais que je ne compte pas revenir durablement en Corée dans les prochaines années, hein ?

— On le sait, mais il faut que ce soit toi. Qui d'autre, mon pote ?

— Ouais… Bon, c'est d'accord, Min-Jae, je serai le parrain de ton enfant…

— Je suis heureux que tu acceptes. Bon, et maintenant, parle-moi de toi ! Quatre mois que tu es reparti, et tu oublies déjà de donner des signes de vie… Pourquoi ça ne m'étonne pas, sérieux ? Le restau de tes parents tourne bien ?

— Oui, ça va, on a pris nos marques, la station de ski ramène pas mal de clientèle avec les vacances scolaires, et la vente à emporter aussi. On est en train de repenser le site internet avec…

Ji-Ho s'interrompit au beau milieu de sa phrase, et laissa son attention se perdre vers la lueur de la lune qui perçait ses rideaux. Au bout du fil, son ami l'appela, vérifiant qu'il était encore en ligne. Puis Ji-Ho sentit qu'un énorme sourire étirait ses lèvres et ferma les yeux, pressentant la question qui ne se fit pas attendre :

— Comment elle s'appelle ?

— Min-Jae… grogna Ji-Ho.

— Ah non, tu ne me feras pas croire qu'un beau Coréen est venu s'installer dans ton bled paumé et qu'il s'appelle comme moi… Allez, un nom !

— Charlotte, finit-il par souffler.

Il y eut un silence au bout du fil, puis un grand éclat de rire incrédule :

— Non ! Elle est revenue ? Je croyais qu'elle était en Angleterre ? Merde, mec, elle aimait pas les filles ? Me dis pas que tu es retombé dans ton vieux travers…

— Maintenant, elle est bi… On s'est embrassés hier, et elle n'a pas voulu qu'on s'explique tout de suite… Son frère était dans les parages.

— Tu flippes ?

— Tu n'as pas idée d'à quel point…

— Ji-Ho, je te rappelle que c'est moi qui t'ai hébergé à ton retour en Corée. J'en ai une idée plutôt précise, crois-moi. Bon, quand est-ce que tu la revois ?

— Demain, elle m'accompagne chez mes producteurs pour prendre des photos pour le site. On a deux heures de route.

— Tu sais ce qu'il te reste à faire. Ça va aller, j'en suis sûr ! Eh, amène-la avec toi quand tu viendras rencontrer le bébé, je suis curieux de la connaître.

Ji-Ho pouffa, puis salua Min-Jae et raccrocha, se laissant ensuite retomber sur son oreiller. Le sommeil était bien loin à présent, et son esprit fourmillait des souvenirs de la veille. Il se mordit les lèvres, laissant ses rêves de ces derniers temps l'envahir. Si seulement…

Le lendemain, le réveil trouva Ji-Ho fatigué et inquiet. Il espérait que Charlotte n'allait pas annuler ou essayer de minimiser ce qui s'était passé entre eux. Il ne voulait pas qu'elle prenne peur, sans nier ce qu'il ressentait pour elle pour autant. Pourvu qu'ils se laissent une chance… Pas au nom de leur amitié adolescente, mais au nom de l'attirance qu'ils ressentaient l'un pour l'autre à présent qu'ils s'étaient retrouvés. Il ne souhaitait rien davantage que de prendre soin d'elle. Il était fini, le temps où il aurait envisagé de prendre la fuite. Pour s'occuper l'esprit et éviter de tourner en rond, il entreprit de vérifier que ses parents ne manqueraient de rien au cas où il ne rentrerait pas à temps ce soir-là : il fit un peu de makis et de sushis, car ses parents n'avaient jamais appris à en préparer, ainsi que des nouilles fraîches, et nota sur le calepin qu'ils utilisaient avec sa mère qu'il faudrait bientôt refaire du kimchi. Au début du service de midi, il se sentait bien mieux.

Quand Ji-Ho se gara devant la porte des Ferez, Charlotte sortit presque aussitôt. Elle lui sourit, les traits tirés, et se hissa dans la voiture avec son sac à dos. Ils se regardèrent un peu gênés, et elle finit par se pencher pour lui faire la bise. Le cœur du jeune homme battait à toute vitesse dans sa poitrine. Comme le malaise persistait, il mit le contact, ajusta le son de la musique, du Stray Kids, et Charlotte eut un petit sourire : elle ne semblait pas surprise qu'il aime ce groupe. Il lui jeta un regard en coin, et remarqua d'une voix qu'il voulait légère, mais qui sortit un peu rauque :

— Tu t'es maquillée ?

— Oui…

— Ça te va bien.

— Merci.

Elle rosit un peu, et le résultat, avec son rouge à lèvres, en fut si charmant que Ji-Ho dut se morigéner et faire un effort pour se concentrer sur le chemin de campagne. Le silence s'installa à nouveau, et ils ne le rompirent que dix minutes plus tard, pour parler d'autre chose que de ce qui leur brûlait les lèvres : du restaurant, du studio de Chris… De tout et de rien, mais surtout pas de leurs cœurs, surtout pas de leur baiser. La conversation finit par revenir à la K-pop :

— Tu en écoutes toujours, toi ? lui demanda Ji-Ho.

— Oui ! Je n'imagine pas m'en lasser un jour. C'est tellement varié, parfois même dans un seul morceau, et ça se renouvelle tellement vite !

— C'est vrai ! En Corée, je baignais dedans, c'était chouette.

— Tu aimes d'autres groupes que Stray Kids, ou tu es du genre fan exclusif ?

— J'aime bien Omega X aussi, et BTS. Et toi ? Ton top 3 ?

— Mon préféré, c'est un girls band : MAMAMOO ! Elles sont justes géniales, et Moonbyul, la rappeuse, fait aussi des morceaux en pensant à la communauté LGBT+… Et chez les garçons, Onewe et BTS. En même temps… BTS, quoi !

— C'est vrai, rit Ji-Ho. Ils se donnent vraiment à fond.

— Et ils font un super travail de sensibilisation autour de l'estime de soi.

Dernier mérite de BTS, et pas des moindres : plus aucune trace de gêne entre elle et lui, à présent. Un vrai miracle de Noël…

Sur la route, Ji-Ho expliqua à la jeune femme qu'ils se rendaient dans une ferme assez reculée, qui les fournissait en oignons, ail, piment et safran. Ils repartiraient avec le coffre plein. L'entreprise était tenue par une femme dotée d'une forte poigne, qui était seule avec son épouse la plupart du temps, et qui n'embauchait du monde qu'en été. Il l'avait découverte sur le marché du village, mais comme elle ne s'y rendait pas toutes les semaines en hiver…

Quelque part sur le trajet, la voix grave et douce de Ji-Ho finit par aider Charlotte à s'endormir. Quand il s'en aperçut, il eut un sourire attendri, bras posé sur le volant : cette fois, il n'y aurait pas d'échappatoire possible. Peu importe comment cette histoire tournerait, il se jura d'aller jusqu'au bout de sa chance. Il savait, pourtant, il le sentait, que cette fois, celui qui risquait de fuir ne serait sans doute pas le même – ou plutôt *la* même.

Y avait-il un espoir ?

Dans quel merdier était-il en train de se fourrer ?

Quand ils arrivèrent à la ferme, il neigeait déjà depuis quelque temps. Ji-Ho se gara sous un auvent et on vint à leur rencontre. Le jeune homme fit le tour de la voiture et ouvrit la portière de Charlotte pour lui tendre la main. Comme elle venait de se réveiller, il se doutait qu'elle ne serait pas trop sûre sur ses jambes. Elle sembla hésiter puis parvenir aux mêmes conclusions que lui, et prit sa main pour descendre, manquant de glisser du marchepied – il la rattrapa. Soudain plaquée contre lui, elle eut le souffle coupé. Ji-Ho n'en menait pas large non plus. Il attendit qu'elle ait repris ses esprits pour s'écarter d'elle, gardant une main dans son dos au cas où. Elle balbutia un « merci » et se retourna pour prendre ses affaires, espérant sans doute lui dissimuler la rougeur de ses joues, mais ce détail ne lui avait pas échappé, et il en avait le cœur en bataille.

Enfin, il lui présenta les propriétaires, Louisa et Phyllis, qui les invitèrent à boire une tasse de café. Charlotte prit une photo de la ferme pendant qu'il faisait encore jour, puis elle les rejoignit sans tarder, sympathisant aussitôt avec elles et évoquant les étés où elle travaillait en tant que saisonnière pour payer ses études. Encore une chose qu'il ignorait d'elle. Après un bon café, Louisa se chargea de montrer l'atelier et la boutique à Charlotte, qui se mit au travail avec bonne humeur, pendant que Phyllis et Ji-Ho allaient charger la voiture avec la commande du jour. Entre deux cagettes, le jeune homme aperçut même la jeune photographe qui profitait du dernier rayon de soleil de la journée pour capturer la devanture qui brillait de mille feux. *Le calme avant la tempête*, songea le jeune homme en fixant les montagnes au loin. Les nuages étaient sombres et menaçants. Un vent léger leur amenait des relents de neige et de froid.

— Vous feriez mieux de ne pas trop tarder, conseilla Phyllis, qui regardait dans la même direction que lui.

— Oui, je n'aimerais pas être sur la route quand ça craquera…

— Bonne nouvelle, elles ont l'air d'avoir fini avec les photos, remarqua la cultivatrice en désignant les deux femmes qui marchaient vers eux en discutant.

Charlotte semblait à l'aise ici, bien qu'elle n'ait rencontré Louisa que deux heures plus tôt. Compétence professionnelle ? Peut-être que se trouver en compagnie d'un couple lesbien était aussi plus simple pour elle… Moins de risques, être elle-même devait être plus facile comme ça. Et quand elle marcha vers lui et que ses lèvres s'étirèrent, jamais il ne l'avait trouvée plus belle. Elle était le rayon de soleil dans la tourmente nuageuse qui s'annonçait à l'horizon. Serait-elle aussi le soleil dans sa tourmente intérieure ?

CHAPITRE 25

Charlotte

TRENTE MINUTES APRÈS LEUR DÉPART, le gros de la tempête était sur eux et Charlotte consultait la météo locale sur son téléphone, inquiète. Elle sentait que Ji-Ho était tendu à côté d'elle, et malgré les chaînes qu'il avait équipées avant de partir, la voiture avait parfois des pertes d'adhérence. Elle retint son souffle face à la carte : ils étaient en plein dans la zone en rouge. Il y avait une alerte pour le vent, la neige et les avalanches…

— Ji-Ho ?
— Oui ?
— On devrait s'arrêter quelque part… Au prochain village.
— On est encore loin de chez nous, protesta-t-il.
— Oui, mais la météo va encore empirer pendant une heure, c'est dangereux. Le risque d'avalanche est élevé…
— Bon… D'accord.

Le prochain village était encore à quelques kilomètres, et ils restèrent tous deux parfaitement silencieux, les yeux rivés sur la route. Ils avaient même coupé la musique pour s'assurer d'être aux aguets en cas de problème.

À environ un kilomètre du village, le 4 × 4 dérapa sur une nappe de neige fraîche plus épaisse que prévu et Ji-Ho perdit le contrôle du véhicule. Tout devint flou et Charlotte poussa un cri de peur en se cramponnant à la portière. La voiture s'encastra brusquement dans le tas de neige du bas-côté. Leurs ceintures les empêchèrent de heurter le tableau de bord ; ils restèrent immobiles alors que des nappes de neige tombaient sur la voiture depuis les pins sous lesquels ils se trouvaient à présent. Puis Charlotte poussa un gémissement et porta une main à son torse en grimaçant. Ji-Ho réagit aussitôt :

— Tu es blessée ? Où as-tu mal ?

— Je… Je crois que ça va… C'est juste la ceinture…

Le jeune homme vérifia que la voiture ne risquait plus de bouger, puis il les détacha et décrocha son téléphone. Dehors, le vent sifflait dans les arbres de manière inquiétante. La gendarmerie décrocha et Ji-Ho expliqua leur cas.

— Le service de dépannage est interrompu pour ce soir, ils ont déjà trop de boulot en plaine, et ce serait trop dangereux de monter. Vous êtes à combien du prochain village ?

— À un kilomètre de Montmarzic. La route est impraticable, la neige était trop épaisse.

— Des blessés ?

— Non, ça a l'air d'aller.

— Écoutez, je vais prévenir que cette zone est impraticable ; vous, de votre côté, ralliez le village à pied, le risque d'avalanche dans votre zone est en train de baisser ; en suivant la route protégée, vous devriez y arriver sans encombre. Rappelez-moi quand vous serez arrivés à l'auberge, que je sache que je n'ai pas besoin d'envoyer des équipes à votre recherche.

— D'accord.

En raccrochant, Ji-Ho frappa du tranchant de la main sur son volant, frustré.

— *Sshibal*[1] !

Charlotte le regarda avec inquiétude. Elle se massait toujours le plexus, sans aucun effet.

— Il faut qu'on descende à pied, c'est ça ?

— Oui… Je suis désolé.

— Ce n'est pas ta faute.

— Si, je n'aurais pas dû t'emmener avec moi ! s'énerva le jeune homme.

Charlotte eut un mouvement de recul, détournant les yeux pour ravaler les larmes qui y avaient bêtement perlé. Il était si rare que Ji-Ho perde son sang-froid qu'elle avait été prise par surprise. Jugeant préférable de lui laisser le temps de se calmer, elle ouvrit la portière tant bien que mal dans le tas de neige et se faufila dehors avec ses affaires. Une fois la congère escaladée jusqu'à se retrouver sur la route, elle entreprit de mettre son sac sur son dos en serrant bien les sangles, remonta son écharpe et ferma son manteau jusqu'en haut, puis elle resserra ses lacets. Ji-Ho finit par descendre de voiture à son tour. Il avisa rapidement les dégâts, estima qu'il ne pouvait rien faire de plus, et verrouilla le véhicule avant de rejoindre la jeune femme. Celle-ci se mit en route sans tarder, préférant ne pas trop faire confiance à la météo : un risque d'avalanche réduit n'était pas un risque zéro, et le vent était de plus en plus fort. Le jeune homme lui emboîta le pas, le front barré par l'inquiétude.

La route descendait en lacets jusqu'au village. Étant donné la distance à laquelle ils se trouvaient, il devait leur rester

1. Juron coréen très grossier, qui serait l'équivalent du « *fuck* » anglais ou du « putain » français.

deux lacets à prendre. Le goudron était entièrement recouvert de neige que le vent déplaçait en congères larges et profondes. Charlotte faisait de son mieux pour avancer : elle avait souvent de la neige jusqu'aux genoux, car la tempête s'abattait sur eux sans discontinuer, et son pantalon était trempé, la glaçant jusqu'aux os. Ji-Ho ne cessait de lui jeter des regards inquiets : elle était consciente d'avancer mâchoires serrées, poings crispés, mais il ne lui restait pas assez d'énergie pour le rassurer. Ils devaient s'éclairer avec leurs téléphones portables, il faisait nuit noire à présent ; sans gants, leurs mains étaient transies de froid. Pour continuer à avancer, Charlotte se concentrait sur ses pas, l'un après l'autre, et son esprit n'était qu'une litanie d'encouragements las. Cependant, au milieu du dernier lacet, la jeune femme sentit ses pieds s'emmêler sur une irrégularité de la route, et elle s'effondra dans la neige, s'y enfonçant jusqu'à la taille en jurant. Son compagnon, qui la précédait d'une dizaine de pas, revint vers elle aussi vite qu'il le put.

— Ça va… trouva-t-elle la force de dire en grelottant. J'ai juste trébuché.

— Je vais t'aider à te relever.

Il ne lui avait pas demandé si elle se sentait de se relever toute seule, et elle lui en sut gré. Elle le laissa glisser ses bras sous ses aisselles pour la prendre à bras-le-corps et la remettre sur pied. S'il n'avait pas été là, elle aurait sûrement fondu en larmes. Le reste du trajet s'écoula plus lentement, Ji-Ho soutenant Charlotte. Elle avait mal partout, bien que Ji-Ho l'ait soulagée de son sac à dos, et ses poumons lui semblaient en feu. Enfin, le village fut en vue. Ji-Ho refusa alors de la laisser continuer à s'épuiser, et malgré ses protestations, il passa un bras dans son dos et un autre sous ses genoux pour la porter jusqu'au village.

La jeune femme se serra contre lui et se concentra sur ses dents qui claquaient, incapable de penser à quoi que ce soit d'autre. Le simple fait de garder les yeux ouverts était un combat qu'elle était un peu plus en passe de perdre à chaque instant.

CHAPITRE 26

Ji-Ho

RAREMENT JI-HO EUT-IL À CE POINT HÂTE DE VOIR UNE RANDONNÉE S'ACHEVER. Il pouvait sentir Charlotte glisser de plus en plus vite vers l'inconscience, et lui-même était proche de céder à la panique. Il la serra un peu plus fort contre lui, son cœur battant la chamade sous son manteau. Le souffle court, il aperçut enfin l'enseigne de l'auberge. L'horloge du clocher indiquait dix-neuf heures. Il s'appuya contre la porte pour entrer : jamais le bruit d'une clochette ne lui avait semblé aussi accueillant.

Alors qu'il s'essuyait les pieds dans le sas vitré, le gérant et son employée se précipitèrent vers eux.

— Vous avez besoin qu'on appelle les secours ? demanda l'homme grisonnant.

— Non, ça ira, grommela Charlotte en revenant petit à petit à elle.

— Venez, installez votre dame ici, on va vous apporter des couvertures et du café.

— Merci, soupira Ji-Ho, sentant sa peur doucement commencer à refluer.

Il déposa Charlotte sur un siège de bar et la serveuse l'entoura de deux couvertures dans la minute qui suivit, après l'avoir débarrassée de son manteau humide. On lui mit une tasse de café brûlant dans les mains, puis on s'inquiéta du jeune homme, qui était resté figé à regarder les soins qu'on prodiguait à son amie. Un rapide regard dans le miroir derrière le bar lui apprit qu'il était livide. On aurait dit qu'il avait vu un revenant. Ji-Ho s'ébroua et s'efforça de chasser les larmes de soulagement qui menaçaient de déborder de ses yeux. Après quelques inspirations saccadées, il accepta d'enlever son manteau et de boire un café. À ses côtés, Charlotte était encore amorphe, son regard perdu dans la vapeur qui montait de sa tasse. Quand il fut certain que tout irait bien pour elle, Ji-Ho s'éloigna et prévint la gendarmerie qu'ils étaient arrivés au village.

— Seulement maintenant ? s'étonna le gendarme. Vous aviez mal estimé la distance ?

— Mon amie est handicapée, tout le monde n'a pas la chance de pouvoir marcher à six kilomètres/heure, répondit sèchement Ji-Ho. Elle a bien failli faire un malaise…

Le cœur du jeune homme se froissa dans sa poitrine : combien de fois avait-elle reçu des remarques de ce genre depuis le début de sa maladie ? Les gens se permettaient vraiment n'importe quoi. Au bout du fil, le gendarme garda le silence un instant, avant de reprendre, gêné :

— Je suis désolé… Bon, euh… Vous avez pu avoir une chambre ?

— Oui, c'est bon.

— Tant mieux… Bon rétablissement à votre amie.

Quand Ji-Ho revint vers Charlotte, elle était encore très pâle et tremblait de la tête aux pieds, mais son corps semblait déjà plus alerte. Serrant ses plaids autour d'elle, elle s'était retournée vers la salle, où elle regardait les décorations de Noël en bois et tissu et le sapin qui clignotait. Devant elle, le gérant avait posé une assiette de petits sablés de Noël en forme de sapins. Une envie irrépressible de la prendre dans ses bras l'envahit, c'était comme avoir un lion qui rugissait dans sa poitrine. Dans cette pièce aux couleurs de Noël, ses cheveux violets et son nez rose lui donnaient des airs de lutin.

Quand il eut fini son mug de café, Ji-Ho proposa bientôt à Charlotte de rejoindre leur chambre pour qu'elle puisse se reposer, lui tendant un bras pour l'aider à descendre de son tabouret. Elle fronça les sourcils derrière ses mèches violine trempées, visiblement énervée.

— Je ne suis pas une putain de princesse…

Son grognement à peine achevé, la jeune femme eut un étourdissement et commença à glisser dangereusement de son tabouret. Ji-Ho la rattrapa et la cala contre son torse, entre ses bras chauds. Elle s'agrippa à son pull le temps que l'étourdissement passe, respirant par à-coups.

— Non, tu n'es pas une princesse, tu es une putain de guerrière, souffla-t-il en appuyant sa joue sur sa tête. Ton combat, ce n'est pas contre moi que tu dois le mener, mais contre la maladie, ta fierté n'a pas à se sentir blessée par mon soutien… Aujourd'hui c'est moi qui t'assiste, demain ce sera toi qui m'aideras… C'est la vie.

Et il la manœuvra de manière à pouvoir la porter à nouveau. La serveuse battit des cils et s'empressa de leur montrer le chemin jusqu'à leur chambre, les joues roses d'assister à une telle démonstration de tendresse. Ji-Ho porta Charlotte dans les escaliers, jusqu'à la chambre, puis, une fois qu'ils furent seuls et que la porte fut refermée, il alla l'asseoir sur le lit. On leur monterait le repas dans une petite heure ; en attendant, elle devait se réchauffer, et cela commençait par se débarrasser de ses vêtements trempés et gelés.

Charlotte détailla la chambre, décoration boisée et voilages blancs, puis le regarda lui, hagarde. Il avait posé son manteau sur la chaise en arrivant, et elle tremblait encore au creux de ses plaids. Dans un soupir, elle admit qu'il avait sans doute raison, leva les mains pour retirer sa veste à capuche, peina un peu, mais tint bon et réussit. Là, elle se pencha pour tirer sur ses lacets trempés, et retira ses chaussures en utilisant ses pieds. Ses chaussettes étaient trempées aussi, et il lui fallut se plier en deux pour les ôter en grimaçant. Puis elle considéra son pantalon, blasée, et laissa tomber l'idée de l'ôter : elle s'allongea sans prévenir, se frottant le visage en soupirant.

— Il faut qu'on prévienne… marmonna-t-elle.

— Je m'en occupe.

Ji-Ho appela donc ses parents, puis le père de Charlotte, et expliqua brièvement la situation. Quand il eut raccroché, Charlotte était toujours étendue sur le lit, le bas de son tee-shirt laissant voir la peau au-dessus de son nombril. Son regard s'était perdu dans les nœuds du bois du plafond. Elle tremblait toujours, mais il avait du mal à savoir si c'était de froid ou de fatigue. Le jeune homme vint s'asseoir à côté d'elle au bord du lit, inquiet, et s'appuya sur son bras posé derrière lui pour la regarder.

— Tu es encore trempée, remarqua-t-il.

— Tant pis.

— Tu as froid…

La jeune femme avait esquissé un infime mouvement, comme une amorce de haussement d'épaules. Elle contempla le mur opposé, sans vraiment avoir tourné la tête, qu'elle avait plutôt laissée pencher du côté où elle menaçait de tomber.

— Qu'est-ce que je peux faire ? demanda enfin Ji-Ho, désemparé.

— Laisse-moi dormir.

— Pas dans tes vêtements trempés. Allez, je t'aide, s'il faut.

En tâchant de se déshabiller, Charlotte grimaça : le tissu mouillé de son pantalon collait à sa peau. Ji-Ho bredouilla :

— Tu ferais mieux de tenir ta… hum…

Ils rosirent tous deux, et Charlotte tint fermement son boxer en place tandis que le jeune homme la débarrassait de son pantalon en trois tractions énergiques, avant de mettre l'odieux vêtement à sécher près du radiateur qu'il poussa à fond. Là, il ouvrit les draps de l'autre côté du lit et installa Charlotte dans le bon sens en la tenant par les genoux. Puis il joignit ses forces aux siennes pour ôter son tee-shirt, humide lui aussi, et la couvrit jusque sous le menton. Elle ferma alors les yeux et ne les rouvrit plus de l'heure qui suivit.

Ji-Ho étendit son tee-shirt, puis il s'assit au bord du lit, témoin silencieux de son sommeil. Non seulement ils n'avaient pas parlé de leur baiser de la veille, mais en plus son expédition avait viré au marasme et il était responsable de l'état dans lequel elle se trouvait. L'espace d'un instant, il se demanda s'il avait la moindre chance de la conquérir un jour, puis il se morigéna intérieurement. Le moment était mal choisi pour penser à ça.

Réveillée quand on toqua à la porte pour apporter le dîner, Charlotte inspira brusquement, comme en sursaut, et s'assit péniblement dans le lit. Ji-Ho lui laissa le temps d'émerger avant de lui déposer son plateau sur les genoux. Ils mangèrent en silence la soupe de courge brûlante et les tartines gratinées qu'on leur avait apportées, puis Charlotte, encore en sous-vêtements sous les draps, alla s'enfermer dans la salle de bains. Elle y resta de longues minutes, laissant le jet d'eau brûlante la réchauffer en profondeur et dénouer ses muscles, et en ressortit enveloppée dans un drap de bain encore sec. Sa peau avait rosi sous la chaleur de l'eau. Ji-Ho avait éteint la lumière pendant qu'elle se douchait, et seule la faible lueur de la lune éclairait la pièce. Elle marcha tranquillement jusqu'au lit, se tournant vers Ji-Ho, qui guettait l'avancée de la tempête en soulevant un coin du rideau de la chambre.

— Il neige encore ?

— Oui… Inutile d'espérer repartir avant demain matin.

— J'espère qu'on pourra repartir demain, maugréa-t-elle. J'ai des copies à corriger…

Ji-Ho laissa retomber le rideau et la dévisagea en haussant un sourcil amusé.

— Tu arrives encore à penser à ça à la fin d'une journée pareille ?

— Déformation professionnelle.

— Dis plutôt que tu es folle… la taquina-t-il.

— Il y a peut-être de ça aussi. Mais tes denrées ne vont pas se perdre, par ce froid ?

— Ça devrait aller. Ne t'inquiète pas pour ça.

Le jeune homme se détacha les cheveux et vint s'asseoir du côté opposé du lit, s'allongeant en travers du dessus-de-lit tricoté. Charlotte l'observa, et lorsqu'il fit de même, leurs regards s'accrochèrent pour ne plus se lâcher. Leurs visages n'étaient plus si loin l'un de l'autre à présent. La lumière de la lune les nimbait d'un éclat surréel.

— Ji-Ho… souffla la jeune femme, comme incapable de s'en empêcher.

Il eut un sourire doux qui lui fit chavirer le cœur.

— Je suis désolée de t'avoir laissé en plan hier soir… Quand tu voulais parler…

— Chris était dans les parages, j'ai compris, ne t'inquiète pas, l'interrompit-il avec un amusement un peu forcé. Je sais qu'il te rend dingue quand il commence à poser des questions.

— Ça ne l'a pas empêché d'en poser toute la soirée, cela dit… grimaça-t-elle.

Ji-Ho éclata de rire, la main sur le ventre, avant de lui adresser une moue désolée. Un silence inconfortable s'installa, puis Charlotte prit son courage à deux mains et murmura :

— Tu sais… Je suis morte de trouille…

Ji-Ho la considéra avec un peu de surprise : ce n'était pas habituel, pour elle, d'exprimer ses émotions. Puis il se redressa sur ses coudes et recula jusqu'à être assis face à elle. Charlotte cilla en le voyant si près, et ses yeux s'attardèrent un instant sur sa pomme d'Adam, avant de remonter sur ses lèvres. Le jeune homme attendit qu'elle se fixe dans son regard, pencha la tête vers la gauche et demanda :

— De quoi as-tu peur ?

Charlotte sentit sa voix mourir dans sa gorge, et elle rassembla tout le courage qu'elle put trouver avant de répondre :

— De ce qui pourrait arriver…

— En bien ou en mal ? sourit-il, commençant à comprendre.

— Surtout en mal…

— Mais un peu en bien aussi ?

Charlotte grimaça et hocha la tête, gênée.

— Tu dois vraiment flipper, pour l'admettre.

— Tu vas te moquer de moi, je n'aurais pas dû te le dire… grommela la jeune femme en détournant la tête.

Alors elle sentit deux grandes mains chaudes se poser sur ses joues et faire pivoter son visage.

— Non. Je ne plaisanterai jamais avec tes sentiments.

Charlotte sentit son bas-ventre se tordre, ses yeux la brûler, et la panique l'envahir. Elle battit des paupières pour chasser les larmes qui menaçaient, et Ji-Ho se mordit la lèvre. Puis ses yeux glissèrent plus bas, et elle sut qu'ils ne résisteraient pas longtemps à la tentation de s'embrasser. Le souffle lui manquait soudain. Une seconde plus tard, leurs lèvres se rencontraient et ils échangeaient un baiser tendre et passionné qui les laissa pantelants. Leurs lèvres se séparèrent un instant, puis ils échangèrent un regard un peu brouillé par le désir, et ils s'enlacèrent pour mieux s'embrasser. La serviette dont Charlotte s'était entourée ne tarda pas à glisser au sol, et elle se retrouva en sous-vêtements dans les bras brûlants de Ji-Ho. La sensation de sa peau nue et fraîche contre le tissu de ses vêtements la grisa. Quelques baisers plus tard, sans qu'aucun d'eux comprenne très bien comment cela s'était produit, la jeune femme était assise à califourchon sur lui, et il la serrait contre lui tout en continuant de la dévorer de baisers, la tête penchée en arrière pour se mettre à la hauteur de son visage. Les cheveux violets de la jeune femme formaient un rideau qui les séparait du reste du monde.

Ses mains sur elle, sur ses hanches, sur ses cuisses allaient la rendre folle. Ses pensées avaient la plus grande peine du monde à s'organiser de manière cohérente, et elle ne savait plus très bien où ils étaient. Quand les mains de Ji-Ho commencèrent à englober ses fesses, puis à remonter sur ses seins, elle laissa échapper un gémissement de désir qui les surprit tous deux. Ils cessèrent de s'embrasser pour se regarder, le souffle court et le visage rosi. Charlotte avait passé ses bras autour du cou du jeune homme, et elle resta comme ça, les bras tendus, très (trop ?) consciente de l'état de sa culotte et de l'excitation de Ji-Ho sous son jean. Une main sur sa hanche et un bras dans son dos, il semblait lutter pour se contenir et prendre le temps de l'admirer. Car il n'y avait pas que du désir dans son regard, comprit-elle. Et cela la bouleversa plus qu'elle n'aurait su le dire. Elle battit des paupières, et le jeune homme vint prendre sa joue en coupe dans sa paume.

— Cha…

— Oui ?

— Je ne te laisserai pas t'échapper, cette fois… Je veux que tu sois mienne, et je veux t'appartenir pour le reste de mes jours…

Une larme d'émotion coula le long de la joue de la jeune femme, avant de se perdre le long de sa mâchoire. Elle frémit, son cœur battant la chamade, incapable de décider si elle aimait sa déclaration ou non, avant de l'embrasser fougueusement, si fougueusement qu'ils furent emportés et se retrouvèrent allongés sur le lit, essoufflés et fébriles. Elle replia ses jambes plus confortablement et reprit là où ils s'étaient arrêtés. Les mains de Ji-Ho ne tardèrent pas à remonter sur ses seins, et quelques minutes plus tard, à la débarrasser de sa brassière. Il se redressa sous elle pour venir embrasser sa poitrine, ce qui lui fit étouffer un gémissement et se cambrer sous les caresses. Ses doigts, courant le long du tatouage qui ornait ses côtes, une branche de végétaux, s'attardèrent sur l'épaisse cicatrice que l'encre dissimulait. Ji-Ho se figea alors, son regard étincelant de colère.

— Pas maintenant… souffla la jeune femme.

La lumière de la lune rendait sa peau laiteuse. Ji-Ho ferma les yeux et la laissa, d'un baiser, le ramener au moment présent, lui ôter son tee-shirt et ouvrir son jean. Vaincu, il ondula des hanches sous elle pour finir de s'en débarrasser tout seul. Cela causa un émoi certain à la jeune femme. Ji-Ho l'attira contre lui avant d'inverser leurs positions, la déposant dans les draps sous lui pour pouvoir la caresser plus à son aise, lui écartant les cuisses d'une main, s'extasiant de la douceur de sa peau là où passaient ses doigts. Il traça les contours de la carpe koï tatouée sur sa hanche, en profitant pour lui retirer son sous-vêtement et lui mordiller la cuisse. Puis ses doigts s'aventurèrent plus haut, et Charlotte dut bientôt agripper les draps et se mordre la lèvre.

Le boxer du jeune homme ne fut bientôt plus qu'un souvenir, et Charlotte le caressa tout en l'embrassant, avant d'aller dénicher un préservatif dans son sac, suscitant un soupir soulagé chez son partenaire.

Une minute plus tard, il lui caressait la joue et entrait en elle avec douceur et retenue, et leurs gémissements contenus emplirent bientôt la pièce alors qu'ils s'oubliaient l'un en l'autre tout en s'étreignant avec force. Les jambes de la jeune femme commencèrent à trembler de plus en plus fort, et ses spasmes eurent tôt fait de venir à bout du jeune homme, qui gémit son nom contre sa tempe, et se laissa aller à son tour, les emportant dans la jouissance en même temps.

Quand il revint s'allonger contre son flanc, elle semblait avoir perdu contact avec le réel. Il l'admira, perdue dans les méandres du plaisir, pendant quelques minutes, les yeux totalement incapables de se concentrer sur quoi que ce soit. Ses jambes tremblaient encore, aussi Ji-Ho les couvrit-il de la couette avant de la serrer contre lui. Charlotte, épuisée mais comblée, enfouit son visage contre son torse et se blottit contre lui avant de sombrer dans un sommeil sans rêves.

— Bon, on va monter, si vous pouviez nous indiquer le chemin jusqu'à votre voiture… demanda le gendarme en désignant le dépanneur et son camion d'un signe de tête.

Ji-Ho opina et les suivit, laissant Charlotte avec son thé et son téléphone à la table du petit-déjeuner. Celle-ci tentait de dissiper le nuage de pensées désordonnées qui parasitaient son esprit en humant la vapeur parfumée qui montait de son mug, en vain. Son corps retenait encore les derniers échos de leur nuit de plaisir et son esprit ne savait plus que penser. Non qu'elle n'ait pas aimé, bien au contraire, mais elle ne pouvait s'empêcher de repenser à sa déclaration, à sa volonté de la faire sienne et de se faire sien…

Et elle avait le trouillomètre à zéro.

Malgré sa longue conversation avec sa sœur et sa quasi-certitude d'être amoureuse de lui, elle n'arrivait pas à songer à tout cela calmement. Dans quelques jours, elle devrait repartir pour Oxford, où ses perspectives de carrière et de bonheur étaient pour le moins limitées, malgré tout le temps et toute l'énergie qu'elle y avait consacrés. Elle songea au fait qu'il s'était installé ici, qu'il avait son restaurant dans le village où vivait sa famille à elle, qui pouvait se montrer si envahissante.

À la pensée de revenir habiter là où elle avait grandi, une bouffée d'angoisse l'empêcha momentanément de respirer. Elle pensa à ce qu'il ignorait encore de sa santé, à sa béquille, aux détails de son agression. Elle eut peur que sa bisexualité soit seulement passagère, peur de ne pas pouvoir lui donner tout ce à quoi il pourrait aspirer. Peur qu'il veuille se marier, avoir des enfants, alors qu'elle avait déjà du mal à s'occuper d'elle-même. Tout se mélangeait dans sa tête et elle n'avait qu'une envie. Fuir.

Ji-Ho

Quand Ji-Ho fut redescendu au village et la voiture en état de les ramener à bon port, ils se mirent en route. Le jeune homme remarqua rapidement que Charlotte était anxieuse, et il mit de la musique pour détendre l'atmosphère. Il ne la brusqua pas, désireux de lui laisser le temps de se faire à l'idée de leur couple, de la laisser venir à lui. Il dut toutefois se rendre à l'évidence une fois à destination : cela allait prendre plus de temps que prévu. Elle n'avait pas desserré les dents et les jambes de tout le trajet, et à présent qu'ils étaient devant la ferme familiale, elle ne parvenait toujours pas à le regarder dans les yeux. Son cœur se serra : il n'aurait pas dû se laisser aller à son désir cette nuit, ils étaient allés trop vite, et à présent elle tentait de se dérober. Elle n'en avait peut-être pas eu envie autant que lui ? Elle n'avait peut-être pas aimé ? Dans le fond, avait-elle connu assez d'hommes pour être sûre d'être bi ?

— Bon… On s'appelle ? demanda-t-il, une boule dans la gorge.

— Oui, sourit-elle.

Elle se hissa sur la pointe des pieds pour l'embrasser sur la joue et s'engouffra à l'intérieur de la maison, les yeux rivés au sol. Ji-Ho sentit un abîme s'ouvrir sous ses pieds alors que son cœur sombrait dans l'appréhension. Elle repartait le 5 janvier. Ne lui restait plus qu'à prier pour qu'elle n'emporte pas son cœur à lui dans ses bagages sans lui laisser le sien en échange.

CHAPITRE 27

Charlotte

CHARLOTTE S'ÉTAIT EMPRESSÉE DE REGAGNER SA CHAMBRE aussi discrètement que possible une fois rentrée. Ils venaient de finir de déjeuner et elle ne tenait pas à subir la moindre question. Elle n'arrivait déjà pas à répondre à celles qu'elle se posait elle-même, alors celles des autres… Se laissant tomber sur son lit, épuisée, elle songea un instant à appeler Josh, avant de se rappeler qu'il se trouvait deux étages plus bas. Sauf qu'il y avait un problème : impossible de se confier à lui maintenant qu'il s'entendait aussi bien avec son frère… Une part d'elle-même, la plus égoïste, songea qu'elle aurait mieux fait de ne pas l'inviter : elle aurait au moins pu repartir par le premier train, alors qu'à présent elle était encore coincée ici quelques jours. Fuir… Elle venait de passer une nuit superbe avec l'homme qui faisait battre son cœur, et tout ce qu'elle envisageait impliquait de s'éloigner le plus possible. Un comble quand on savait à quel point elle lui en avait voulu pour son départ précipité en Corée du Sud… Un rire amer la secoua au moment où son frère entrait dans sa chambre, suivi de près par Josh.

— Je t'ai déjà dit à quel point tu pouvais être flippante ? lança-t-il en posant ses mains sur ses hanches.

— Au moins une fois par semaine depuis une vingtaine d'années.

— Eh bien je vais le dire encore une fois, tu me fais flipper : c'était quoi ce rire démoniaque ?

— Un truc appelé l'ironie du sort.

— Ai-je vraiment besoin de te demander de tout me raconter ? soupira Chris en s'allongeant à son tour sur son lit. Tu viens de passer la nuit dans une chambre d'hôtel avec Ji-Ho… Il s'est forcément passé quelque chose !

— Il ne s'est absolument rien… Atchoum ! Et m… ince…

Un deuxième, puis un troisième éternuement suivirent. Charlotte attrapa un mouchoir et croisa les doigts pour que son frère oublie sa question. Vœu pieux…

— Ne fais pas semblant de t'être enrhumée pour éviter de répondre !

— Je ne suis pas… marmonna-t-elle, avant d'éternuer à nouveau. Enrhumée…

— Vous avez dormi dans le même lit ?

— Oui… Mais il ne s'est rien…

— C'est ça ! À d'autres, sœurette !

La jeune femme soupira, blasée. Finalement, elle opta pour la ruse :

— Pourquoi je me fatigue ? De toute façon, tu as déjà une idée très précise de la nuit que j'ai passée.

— Exactement ! s'exclama son frère, avant de tiquer. Eh… Attends une minute, je rêve ou tu viens de me prendre à mon propre piège ?

Charlotte éclata de rire avant d'échanger un regard amusé avec son ami Josh, qui n'avait pas l'air dupe, mais trouvait tout de même la scène très drôle. Finalement, elle bâilla et ajouta :

— Écoute, on a d'abord marché quelques kilomètres dans la neige et la tempête, avant d'arriver à cet hôtel, et je n'avais pas ma béquille, donc j'étais plus fatiguée qu'autre chose. Et je le suis encore. Alors si vous pouviez me laisser dormir…

La voyant bâiller à nouveau, Josh l'embrassa sur la tête et entraîna son frère hors de sa chambre en souriant. Charlotte ne se détendit pas pour autant. Il lui avait été bien trop simple de se débarrasser des questions gênantes de son frère. Bien plus simple que de réussir à démêler ses sentiments et ses peurs… Et ça, ce n'était pas, mais alors pas du tout bon signe !

Quand l'heure du dîner approcha, Charlotte risqua un orteil en dehors de sa chambre. Comme Chris n'était nulle part en vue, elle s'enhardit et rallia la cuisine, où elle piocha un morceau de pain dans le petit panier en osier avant de rejoindre le salon. Les cris de David, qui s'énervait après les enfants surexcités, promettaient une soirée agitée. Ça lui permettrait peut-être d'échapper aux questions de son si envahissant frère adoré. Elle s'était résolue à reprendre sa béquille, car les courbatures de sa folle virée montagnarde lui rendaient la marche difficile. Son corps n'était cependant pas le seul à protester plus ou moins bruyamment. Plus elle tentait de se projeter dans les jours à venir, dans sa relation avec Ji-Ho, moins elle y parvenait, et cela lui donnait la migraine. Il lui semblait avoir laissé une part importante de sa tranquillité d'esprit entre les draps de l'auberge.

Le lendemain, assise sur le canapé devant *Scooby-Doo* avec ses neveux et nièces, Charlotte savourait un moment au goût d'enfance retrouvée. Elle se laissa glisser dans cette nostalgie, l'esprit troublé, essayant de penser à autre chose qu'à son portable éteint dans sa poche. De temps en temps, elle se massait machinalement le plexus, avant de grimacer à cause de l'énorme hématome qui y avait fleuri dans la nuit qui avait suivi l'accident, là où passait la ceinture de sécurité. Elle avait presque réussi à chasser les souvenirs récents de son esprit quand sa tante lui apporta une tasse de café brûlant : son odeur la renvoya immédiatement au mug qu'on lui avait mis entre les mains à leur arrivée à l'auberge, à la chaleur des bras de Ji-Ho, à son cœur qui battait la chamade contre sa joue et à ses mots. « Une putain de guerrière », avait-il affirmé avec fougue. Alors c'était ainsi qu'il la voyait ? En cet instant, elle se donnait plutôt l'impression d'être une déserteuse… Pourtant, quand elle lui avait avoué à quel point elle avait peur de ce qui pourrait advenir d'eux, de leur relation, il n'avait pas ri. Il ne l'avait pas non plus regardée avec moins de tendresse. Cette lueur dans ses yeux de jais l'avait hantée toute la nuit. L'admiration. L'amour, peut-être. Il avait été si doux et si passionné…

— Charlotte, tu m'écoutes ?

La jeune femme s'ébroua : elle n'avait même pas entendu que Sophie lui parlait.

— Pardon. Tu disais ?

— J'ai eu le docteur au téléphone, tu as rendez-vous à onze heures. Ne me regarde pas comme ça, tu iras, un point c'est tout. Il faut qu'il voie cet hématome : tu pourrais avoir une côte cassée. Sans parler de ton état de fatigue. Oui, je sais, c'est une maladie chronique, tu me l'as déjà expliqué, ça ne veut pas dire qu'il n'y ait rien qu'on puisse faire.

Charlotte se laissa convaincre : elle n'avait de toute façon pas assez d'énergie pour résister à la détermination de sa tante. Elle avait déjà du mal à marcher sans béquille, alors s'essayer à la lutte… Elle quitta donc la tiédeur du canapé pour enfiler des vêtements chauds et se fit conduire par son frère jusqu'au cabinet médical du village. À peine furent-ils arrivés que Chris reçut un appel urgent de Manon, qui avait des contractions avec presque deux mois d'avance. Il fit la moue, embrassa Charlotte sur la joue, et lança tout en partant déjà : « J'appelle Ji-Ho pour qu'il vienne te récupérer ! » La jeune femme n'avait pas eu le temps de trouver quoi répliquer que la porte s'était déjà refermée sur lui dans un tintement de clochette. Elle soupira, consulta son téléphone par réflexe avant de se rappeler qu'elle ne l'avait pas rallumé, puis croisa les bras pour juguler son stress. Elle ne savait pas si elle préférait que sa sœur ait vraiment des contractions ou que Chris ait menti à dessein, inventant cette histoire de risque d'accouchement pour l'obliger à revoir Ji-Ho… Dans un soupir, elle se traita d'idiote : tout coup tordu de Chris valait mieux qu'un neveu prématuré de deux mois, tout de même.

Le médecin de la famille Ferez était un vieux médecin de campagne comme on n'en faisait plus, qui se déplaçait même de nuit si nécessaire, même quand il neigeait. Il les suivait tous depuis leur naissance ou leur arrivée au village, et se souvenait de l'historique de tous ses patients sans avoir à ouvrir leur dossier. Une force de la nature. Quand le Dr Pascal arriva dans la salle d'attente, il s'arrêta un temps dans l'embrasure de la porte, attendri : le violet des cheveux de Charlotte avait l'air de l'amuser sans le surprendre. Sa béquille, en revanche, lui fit froncer les sourcils.

— Alors Charlotte, que t'arrive-t-il ? commença-t-il une fois qu'elle fut installée. Toi qui n'étais presque jamais malade…

— Je me suis rattrapée depuis.

— Oui, j'ai appris pour ta fibromyalgie… Tu as besoin d'une béquille en ce moment ?

— Je suis terriblement fatiguée dernièrement.

— Depuis combien de temps ?

— Quelques semaines, je dirais. Ça s'est installé graduellement. Mais je n'ai repris la béquille que depuis quelques jours.

— Quelque chose de particulier à signaler ces derniers jours ?

La jeune femme se sentit rosir.

— La voiture de mon ami a fait une sortie de route pendant la tempête, et nous avons dû rallier le village le plus proche à pied… D'ailleurs, j'ai un gros bleu.

— Ça a dû consumer le reste de tes forces. Nous allons essayer d'y remédier, et tu vas me montrer ton hématome. À quand remonte ta dernière prise de sang ?

— Au diagnostic, grommela-t-elle en ôtant son pull et son tee-shirt. Il y a à peu près cinq ans…

— Ton médecin ne t'en a pas prescrit depuis ?

— Celui de Paris disait que c'était dans ma tête, et je n'en ai presque pas vu depuis mon arrivée à Oxford.

— Allons, ce n'est pas sérieux, fit-il dans sa barbe en examinant le sternum de la jeune femme, où une rosace de la taille d'un pamplemousse étalait ses nuances de bleu et violet, et en palpant ses côtes. Bon, tu n'as rien de cassé. Tu vas aller chez l'infirmière demain matin pour un bilan, et tu reviendras ici quand tu auras tes résultats. En attendant, repose-toi, tes cernes sont inquiétants.

Et Charlotte de se rhabiller et quitter la salle de consultation avec son ordonnance, s'appuyant lourdement sur sa béquille.

Trop tard pour la cacher, alors qu'ils en finissent une bonne fois pour toutes avec cette question.

— Ah, Ji-Ho, mon garçon ! Toujours en forme, jeune homme ? s'exclama le médecin.

Charlotte sentit son souffle se bloquer dans sa poitrine, et elle releva doucement la tête : Ji-Ho était là, ses cheveux lâchés encore humides sur ses épaules : il avait dû se dépêcher pour venir. Il échangea quelques mots avec le médecin, inconscient du trouble qu'il causait à la jeune femme. Il était vraiment trop beau pour être réel, et pourtant. Puis il vit la béquille, son visage se ferma, et Charlotte se rembrunit.

— Tu es blessée ? C'est à cause de l'accident ?

— Non, c'est rien…

— Si c'est ma faute, tu dois me le dire…

Toujours accoudé dans l'embrasure de sa porte, le médecin les observait avec un sourire bienveillant : il n'avait pas dû lui falloir longtemps pour deviner que Ji-Ho était l'ami dont elle avait parlé. C'était lui qui avait ausculté la main de Charlotte quand elle avait refait le portrait de quelques crétins racistes du collège. Malgré l'état de sa patiente et le pli furieux entre ses sourcils, le docteur ne s'était ni fâché ni moqué. Sans doute avait-il senti alors son lien si particulier vis-à-vis de Ji-Ho. Charlotte s'en rendait compte maintenant : cette main blessée valait toutes les déclarations du monde. Ses sentiments à l'égard de Ji-Ho étaient différents à l'époque, mais ils n'en étaient pas moins forts.

Voyant que l'expression bornée de la jeune femme perdurait, le médecin intervint avec douceur :

— Dans certains cas, ce n'est pas une blessure qui rend la béquille nécessaire. La fatigue peut être tout aussi retorse.

— Je l'utilisais déjà avant l'accident, avoua enfin Charlotte en fuyant le regard du jeune homme. Bon. Puisque Chris t'a appelé… On y va ?

Dans son dos, elle entendit le docteur réprimer un rire. Il devait trouver le stratagème de Chris divertissant…

CHAPITRE 28

Ji-Ho

Allongé dans son lit, les mains posées à plat sur son ventre pour essayer de respirer calmement, Ji-Ho essayait de dormir. Enfin, s'il voulait être parfaitement honnête avec lui-même, il avait abandonné l'idée de dormir quelques heures plus tôt déjà… Charlotte n'avait pas répondu à ses messages (deux), pas plus qu'elle n'avait décroché quand il l'avait appelée (une fois, il n'était pas un stalker, merci bien). La nuit dernière tournait en boucle dans sa tête, de concert avec l'impression d'avoir tout foiré. Il pourrait vivre sans plus jamais lui faire l'amour, ce serait triste, mais il le pourrait. Vivre sans elle, en revanche… Il avait déjà essayé, et on ne pouvait pas dire que ç'avait été une énorme réussite. Non, il ne pourrait pas vivre sans elle. Il refusait de s'y résoudre. De retrouver ce vide dévorant dans sa poitrine. Mais alors comment la convaincre de lui laisser sa chance ? Il l'avait bien perçue, l'envie de fuir qui s'était emparée d'elle dès que le jour s'était levé. Et son agenda n'était pas là pour le rassurer : elle repartait dans quelques jours, dans un autre pays, et ne savait pas quand elle reviendrait. Si elle revenait un jour…

Le jeune homme enfouit son visage dans son oreiller pour étouffer un cri de frustration. Ses cheveux s'emmêlèrent encore un peu plus, et leur douceur sur sa joue lui rappela celle de la peau de Charlotte. Il se mordit la lèvre, luttant contre l'envie d'aller toquer à sa porte en pleine nuit, se refusant à l'appeler deux, trois, dix fois, alors que son cœur ne demandait que ça.

À un moment, un calme résigné envahit Ji-Ho : tant pis, il se débrouillerait pour obtenir un visa et la rejoindre en Angleterre… S'il fallait en arriver là pour qu'elle accepte de regarder leurs sentiments en face, il le ferait. Il avait vécu dans deux pays déjà, il pouvait bien en ajouter un troisième à la liste, embaucher quelqu'un pour aider sa mère à tenir le restaurant, et faire ses valises. Tout plutôt que la perdre. Dans sa tête, il la revoyait se hâter de rentrer chez elle, et le contraste était tel avec la femme qui l'avait supplié de lui donner plus de plaisir, cambrée dans ses bras, que son cerveau n'arrivait pas à s'en détacher. Sans doute avait-elle besoin de prendre un peu de recul, mais comment savoir combien de temps il lui faudrait ? Comment sentir le moment où la temporisation basculerait dans une fuite peut-être déjà amorcée ? Charlotte était comme l'eau glacée d'une cascade : vivifiante, lumineuse. Et fuyante.

Le jeune homme avait fini par s'endormir à l'aube, épuisé par ses doutes. Quand il avait enfin réussi à émerger, il s'était débarrassé de ses vêtements froissés d'insomnie et était entré sous le jet d'eau brûlante en grognant de satisfaction. La chaleur l'aida à dénouer ses muscles et à s'éclaircir les idées, et il se détendit tellement qu'il faillit bien ne pas entendre son téléphone sonner. Coupant aussitôt le jet, il se précipita pour décrocher, sans prendre le temps de regarder qui appelait.

— Allô Ji-Ho ? fit une voix enjouée.

— Chris ? réagit l'intéressé en fronçant les sourcils.

— Charlotte est chez le médecin, j'ai dû la laisser en plan là-bas, Manon a des contractions, je l'emmène à Aurillac. Tu pourrais aller la récupérer ? Charlotte, pas Manon, hein. Elle avait rendez-vous il y a deux minutes.

Le cerveau de Ji-Ho trébucha sur cette demande inopinée avant de basculer dans l'inquiétude.

— C'est à cause de l'accident ? Elle était blessée ?

— Elle tient à peine debout depuis des jours. Allez, je te laisse, je suis pressé, merci du coup de main !

Ji-Ho n'eut même pas le temps de répondre : Chris avait déjà raccroché, l'air beaucoup trop content de lui. Onze heures quatre. Le jeune homme retourna se rincer en vitesse, s'habilla avec ce qui lui tomba sous la main, et lança une vague explication à sa mère en passant, avant de se dépêcher de rejoindre le cabinet médical, les cheveux encore trempés – le froid neigeux acheva de le réveiller plus sûrement que le reste. Les mots « tient à peine debout » tournaient en boucle dans sa tête.

Quand il entra dans la salle d'attente, il n'y avait personne, et il put prendre le temps de se ressaisir : il ne voulait pas avoir l'air complètement ahuri ou paniqué. Enfin, Charlotte sortit du bureau du médecin. Le cœur de Ji-Ho manqua un battement. Une. Béquille. *Sshibal*… Le teint pâle, elle s'appuyait sur la béquille comme si celle-ci l'empêchait de s'effondrer. Poli par réflexe, il échangea quelques mots avec le médecin, mais ses yeux ne quittaient pas la jeune femme. Il l'interrogea :

— Tu étais blessée ? C'est à cause de l'accident ?

— Non, c'est rien…

— Si c'est ma faute, tu dois me le dire… gronda-t-il, furieux contre lui-même.

Le médecin lui parla de fatigue, mais cela n'apaisa pas sa fureur : si elle était trop fatiguée pour marcher, c'était sa faute. À cause de lui, elle avait dû marcher dans la neige, et son incapacité à résister au désir fou qui l'avait submergé l'avait empêchée de se reposer suffisamment. Quel crétin égoïste il faisait ! Tout à ses reproches intérieurs, il sortit du cabinet à ses côtés, marchant sans un mot vers le restaurant, sous les flocons qui tourbillonnaient autour d'eux. Après quelques mètres en côte, la jeune femme s'arrêta, essoufflée, se renfrognant quand elle sentit son regard sur elle. Le jeune homme inspira profondément pour se donner du courage, et il vint la prendre dans ses bras. La surprise empêcha Charlotte de répondre : après s'être tendue, elle se laissa aller, et il crut même l'entendre soupirer d'aise. Il rompit leur étreinte quand elle commença à trembler contre lui. S'apercevant que la neige avait gagné en intensité, il épousseta ses cheveux ainsi que les longueurs pastel de la jeune femme, qui commenta avec ironie :

— *La Tempête*, le retour…

— Si tu le veux bien, on va aller chez moi. Je préférerais éviter de te faire crapahuter dans la neige deux fois à deux jours d'intervalle, surtout dans ton état…

Charlotte eut un petit rire amusé, et s'accrocha au bras qu'il lui tendait pour reprendre l'ascension de la côte glissante.

— Tu utilises cette béquille depuis longtemps ? demanda-t-il l'air de rien, essayant de calmer le sang qui bouillait dans ses veines.

— Mon père me l'a redescendue du grenier le 25. Je l'avais surtout utilisée après l'agression. La première année de fibromyalgie a été… vraiment éprouvante.

— Je vois… Pourquoi tu ne l'as pas prise ces derniers jours ? Tu avais peur que je me moque ? s'inquiéta-t-il sur un ton plus blessé que badin.

— Mais non, voyons. C'est juste que… Assumer d'être diminuée, ce n'est pas toujours simple. Surtout avec, disons, les gens qui m'ont connue avant. C'est vrai, je fais pâle figure à côté de toi, tu t'es vu ?

La jeune femme avait rosi en disant cela, ce que Ji-Ho trouva adorable. Il décida de jouer la carte de l'humour :

— Ce matin, pas trop, je suis sorti précipitamment, alors je n'ai pas eu le temps de m'attarder devant le miroir…

Charlotte lui donna une bourrade en riant, et il reprit :

— Comment tu me vois, pour avoir peur de me montrer ta béquille ?

— Grand et musclé… Sûr de toi. En forme, quoi.

— Cha… Tu n'as pas à rougir de toi-même. Merde, tu as un doctorat, au cas où tu l'aurais oublié ! C'est plutôt moi qui devrais rougir ! Et puis, tu es magnifique, avec ou sans béquille, ça n'y changera rien.

Il vit à son regard qu'elle était émue, et la laissa méditer ces émotions un moment. Quand ils atteignirent enfin le restaurant, ils étaient plus bonhommes de neige qu'humains. Après avoir aidé sa compagne à se débarrasser de la neige, Ji-Ho monta à ses côtés jusque chez lui, où sa mère ne put s'empêcher de s'inquiéter pour Charlotte. Celle-ci la regarda s'activer avec un sourire amusé, mais accepta sans rechigner ses attentions. Quelques minutes plus tard, la jeune femme était débarrassée de son manteau et installée dans le canapé avec une bonne tasse d'infusion d'agrumes au miel. Le jeune homme fronça le nez quand il sentit l'odeur amère qui montait de la casserole : il avait toujours eu cette tisane traditionnelle pour malades en horreur. Il vint toutefois embrasser Charlotte sur la tempe et lui promit de remonter dès qu'il aurait fini son service.

Elle était là, avec lui, les choses finiraient par s'arranger, il en était certain.

CHAPITRE 29

Charlotte

CHARLOTTE PUT DORMIR SUR LE CANAPÉ jusqu'à l'heure du déjeuner, où M. Park l'invita à le rejoindre autour d'un grand plat de lasagnes au kimchi. Le nom du plat lui tira une moue curieuse, mais une fois qu'elle l'eut goûté, elle ne put retenir son indignation.

— Comment se fait-il que je n'aie jamais entendu parler d'un plat aussi bon avant aujourd'hui ? protesta-t-elle en coréen.

Hilare, M. Park veilla à ce qu'elle mange bien, lui proposant même de se resservir :

— Tu ne priveras personne, Mi-Joo et moi partons chez ma sœur cet après-midi, elle vit en plaine et le temps et les routes sont bien dégagés près de chez elle. Nous n'aurons pas trop de mal à y aller.

— J'espère pour vous. Toute cette neige me fait frissonner rien que d'y penser.

— Nous serons prudents, ne t'inquiète pas, nous n'avons pas de col à passer pour y aller et il n'a pas reneigé depuis une heure.

Charlotte lui sourit, puis elle sortit son téléphone pour regarder si Manon ou Chris lui avaient répondu, pendant qu'il débarrassait et retournait à son *drama* du moment. Elle avait une notification : Manon.

Besoin de repos, apparemment...
On se demande pourquoi ! Ils me gardent
en observation, Chris en profite
pour faire visiter Aurillac à Josh,
ils ne rentrent pas ce soir.

Charlotte pianota sur son écran :

De toute façon, vu la neige
qu'ils annoncent,
ce n'est pas plus mal...
REPOSE-TOI !

TOI AUSSI ! Au fait,
qu'a dit le doc ?

Rien de cassé,
repos et prise de sang...

Chris a l'air de t'avoir tendu
un joli traquenard,
tu es chez Ji-Ho du coup ?

Oui, il neigeait trop
quand je suis sortie du cabinet.
Et les parents de Ji-Ho s'en vont
cet après-midi !

Pour le repos,
on repassera, alors... ;P

Tu es encore plus irrécupérable
que Chris... Et je pèse mes mots !

Je suis enceinte de sept mois et demi,
avec quatre enfants, et coincée
dans un lit d'hôpital, ce serait criminel
de vouloir m'empêcher de rêver !

Charlotte lui renvoya un petit cœur, avant d'aller s'installer devant le *drama L'empire du sourire* avec M. Park, qui se fit un plaisir de lui expliquer qui était qui.

La porte d'entrée s'était refermée derrière les parents de Ji-Ho une bonne heure plus tôt, mais lui n'était toujours pas remonté. Dans le salon, Charlotte faisait les cent pas, nerveuse. La neige recommença à tourbillonner au-dehors, ayant tôt fait de recouvrir la route. Le jeune homme l'avait-il remarqué ? Était-il inquiet pour ses parents ? Ou gêné qu'elle soit là ? Peut-être vaudrait-il mieux qu'elle cherche à rentrer chez elle ? Un regard par la fenêtre suffit à l'en dissuader : on n'y voyait pas à deux mètres... Indécise, elle se rassit sur le canapé, puis se releva, transie de froid.

Peut-être pourrait-elle emprunter une veste à Ji-Ho ? Elle se dirigea vers sa chambre avec l'impression d'être une enfant sur le point de faire une bêtise, et poussa la porte du bout des doigts. Dans la pénombre du jour tombant, les draps défaits semblaient lui ouvrir les bras. L'envie de s'y blottir et de s'entourer de l'odeur du jeune homme la traversa, mais elle résista : que dirait-il s'il la trouvait là à son retour ? Au lieu de se rouler dans son odeur, elle se contenta donc de prendre la veste à capuche posée sur le fauteuil et de l'enfiler, amusée par la longueur des manches qui lui cachaient entièrement les mains. Alors qu'elle allait quitter la pièce, une pile de photos posées sur le bureau attira son attention. Une tignasse rose ébouriffée, surtout, l'empêcha de simplement passer son chemin.

Sur le papier glacé, la même photo que celle qu'elle avait retrouvée dans son propre bureau quelques jours plus tôt : Ji-Ho et elle, le sourire jusqu'aux oreilles, dans les jardins du château de Versailles. Leur amitié d'alors lui fit monter les larmes aux yeux. La peur, mesquine, jamais loin ces jours-ci, noua sa gorge et fit trembler l'image dans ses mains. Pourrait-elle réellement jeter aux orties tous ces souvenirs retrouvés et reprendre sa vie comme si de rien n'était ? Dix ans à essayer de l'oublier, et voilà où elle en était… Où serait-elle dans dix ans de plus ? Où voulait-elle être ?

Les souvenirs défilaient avec les photos : les soirées autour d'un feu de camp, les déguisements d'Halloween et de carnaval, leurs premières chorégraphies de K-pop, *Gangnam Style* en tête… La dernière photo de la pile était différente. Ji-Ho, déjà en terminale, y était assis par terre contre un banc ; derrière lui se tenait sa copine, la seule que Charlotte lui ait connue à l'époque. Elle lui caressait les cheveux, ses beaux cheveux de jais, alors bien plus courts. La photo avait été prise de nuit, par quelqu'un qui se tenait de l'autre côté du feu de camp. Quelques chamallows grillés dépassaient dans le cadre. Un peu plus loin, à droite du jeune couple, une ado aux cheveux bleus coiffés en deux petits chignons hauts les dévorait du regard. Les bras croisés sur ses genoux remontés, elle semblait triste, et ses yeux brillaient si fort qu'on aurait dit qu'elle retenait ses larmes. Sa bouche se réduisait à une ligne mince et ses jointures étaient blanchies tant elle les serrait sur les manches sombres de sa veste. C'était un beau cliché. Pris sur le vif, pour révéler des sentiments à vif. Les siens. Au dos de la photo, elle reconnut l'écriture en pattes de mouche de Ji-Ho, qui y avait inscrit « Charlotte – *Huimang* ». « Espoir. » Elle eut l'impression que son cœur se froissait dans sa poitrine.

La photo devint floue, et la jeune femme la reposa en tremblant, quittant la pièce puis l'appartement sans attendre.

Ses pensées s'entrechoquant dans sa tête, elle descendit l'escalier, les mains noyées dans les manches trop longues pour elle, entra dans le restaurant, désert à cette heure, chercha la lumière à travers ses larmes, et se dirigea vers la cuisine. Ji-Ho hachait des légumes pour le service du soir. L'entendant arriver, il releva la tête, surpris, et son visage blêmit quand il la vit. Il eut tout juste le temps de poser son couteau et d'ouvrir les bras pour que la jeune femme s'y jette. Une fois blottie contre lui, en larmes et toute tremblante, Charlotte ne bougea plus.

— Qu'est-ce qui t'arrive ? Eh, Cha… Parle-moi…

— Je ne veux pas tout faire foirer… Je t'aime… J'ai vu la photo où je te regarde…

Charlotte essayait de s'expliquer, mais les mots qui sortaient de sa bouche partaient dans tous les sens. Finalement, elle se tut et se contenta de s'agripper à Ji-Ho comme si sa vie en dépendait. Celui-ci la garda un peu tout contre lui, puis il la repoussa gentiment.

— J'ai fini pour l'instant, remontons.

La jeune femme se laissa guider jusqu'à l'appartement, apaisée par la main chaude de Ji-Ho dans la sienne. C'était agréable… Charlotte sentit les larmes monter à nouveau alors qu'il remettait délicatement une mèche de cheveux derrière son oreille.

— Je n'ai jamais voulu te rejeter, tu sais…

— Charlotte, arrête. Il est hors de question que tu te blâmes de t'être découverte bisexuelle plus tard. Je suis là, tu es là, si ça se trouve, ça n'aurait pas marché si on s'était mis ensemble au lycée… Qui sait ? Les choses sont ce qu'elles sont. Je savais que tu étais lesbienne quand je t'ai avoué mes sentiments.

— Mais tu espérais…

— C'est le propre de l'être humain, non ?

Charlotte se tut, presque jalouse de la philosophie tranquille de son ami. C'était donc si simple que ça ? Alors pourquoi avait-elle l'impression que sa vie entière tremblait sur ses fondations ?

Dehors, la tempête de neige faisait écho à ses pensées troublées. Mais Ji-Ho avait la solution idéale aux deux problèmes. Les yeux brillants de malice, il lui tendit un livre coréen et une bière.

— Pourquoi ne profiterais-tu pas d'un moment de détente pendant que je vais ranger la cuisine ? Je reviens très vite, ce n'est pas comme si on allait pouvoir ouvrir ce soir.

Dans l'appartement, la porte d'entrée s'ouvrit et se referma, et la haute silhouette de Ji-Ho s'encadra bientôt dans l'embrasure de la porte du salon.

Sous le charme de son sourire qui lui fit chavirer le cœur, elle se retrouva à balbutier :

— Tu… Tu as fini ton boulot ?

— Oui. Je me suis un peu avancé pour demain, je suis tout à toi maintenant.

Il vint s'asseoir auprès d'elle. Le canapé s'enfonça sous son poids, faisant glisser la jeune femme tout contre lui. Il leva une main tendre pour remettre une mèche violette derrière ses oreilles. Elle appuya son front contre son épaule, et sans éprouver le besoin d'épiloguer, ils se contentèrent de profiter de la présence de l'autre en silence. Après un temps, Ji-Ho déclara qu'elle devait manger quelque chose, et alla se mettre aux fourneaux pendant qu'elle finissait son chapitre. Puis elle le rejoignit, se jucha sur un siège haut et s'appuya sur ses coudes, le menton dans la main.

Le jeune cuistot était en train d'émincer des légumes et du poulet, et de faire cuire des pâtes. Il ajouta ensuite du kimchi dans la poêle, où il crépita avec le reste des ingrédients, emplissant la cuisine d'une agréable odeur piquante. Tout son corps ondulait quand il faisait sauter le contenu de la poêle d'un geste assuré, et Charlotte se dit qu'elle pourrait très bien le regarder cuisiner pour eux tous les jours de sa vie, sans jamais s'en lasser.

Elle devait avoir une drôle d'expression, car le jeune homme posa son torchon sur son épaule et vint s'accouder face à elle avec un air mutin :

— Un baiser pour tes pensées…

— J'aime bien te regarder cuisiner.

— Ah oui ? Et pourquoi ça ?

— Ton sérieux est super sexy, admit-elle en ayant soudain l'air de ne plus savoir où se mettre.

Ji-Ho se pencha vers elle pour l'embrasser, et tendit une main pour venir agripper ses cheveux en haut de sa nuque, avant de jouer avec sa lèvre inférieure. Charlotte sourit dans son baiser, et elle attrapa l'élastique du jeune homme pour détacher ses cheveux. Ses longues mèches soyeuses retombèrent de part et d'autre de son visage.

— C'est beaucoup mieux comme ça.

— Tu ne m'avais pas dit que tu aimais mes cheveux, grogna-t-il avant de l'embrasser à nouveau.

— Je les adore. S'il te plaît, ne les coupe jamais.

— Même si je deviens chauve ?

Charlotte pouffa et un grésillement dans la poêle les rappela au moment présent. Il alla remuer son plat, puis sortit des assiettes, égoutta les pâtes et dressa les plats, surmontant le tout d'un peu de parmesan qu'il râpa lui-même. Enfin, il déposa les assiettes devant eux sur le bar, fit mine de rejeter ses cheveux en arrière comme dans une pub pour de la laque.

— Tu as besoin d'autre chose ?

— Que tu viennes t'asseoir près de moi.

— À tes ordres !

Une conversation confortable s'installa au fil des bouchées. Manger avec quelqu'un en discutant n'avait jamais semblé aussi naturel, aussi normal. Charlotte se surprit à rêver à ce que pourrait être le quotidien avec lui, à une vie à deux… Bien sûr, ils ne pourraient pas toujours manger ensemble, à moins qu'elle ne dîne avec lui au restaurant avant le service, mais ils pourraient avoir de bons moments ensemble tous les jours… Ce serait si doux… Si agréable… Puis la réalité de son retour prochain la frappa de plein fouet, et elle se rembrunit.

CHAPITRE 30

Ji-Ho

— Je trouve ça génial que les membres de BTS se lancent dans des carrières solo en parallèle, même si j'étais moyennement heureuse quand Jin a été le premier à partir pour son service militaire. Au fond, comme ça, chaque membre devient un peu plus unique à nos yeux... Pardon, est-ce que c'est malpoli de critiquer le service militaire ?

— Ça dépend avec qui, ici tu peux, mais avec ma famille en Corée, il vaudrait mieux éviter, par exemple. Et donc... Jusqu'ici, de qui tu préfères les albums solo ?

— Ceux de Jimin sont super sympas, mais ceux qui me touchent le plus, ce sont ceux de RM. Et toi ?

— J-Hope, sans hésiter. Il est tellement virtuose !

Charlotte acquiesça, mais quelque chose clochait. Un instant, ils mangeaient tranquillement tout en commentant l'évolution de BTS, et l'instant d'après, tout son corps s'était fermé. Il ignorait quelle était la pensée qui avait provoqué cette réaction, mais il aurait payé cher pour qu'elle n'ait jamais effleuré son esprit. Il lui laissa un peu de temps pour revenir au moment présent, mais elle semblait avoir perdu le fil qui la reliait à lui, aussi lui effleura-t-il la tempe du dos de son index, et son regard, de hagard qu'il était, put s'ancrer à nouveau dans ses yeux. Elle lui sourit timidement, gênée d'avoir été surprise dans son tourbillon intérieur, et il l'embrassa pour lui faire oublier la pensée qui l'avait éloignée de lui.

Dans la soirée, Ji-Ho lui fit couler un bain chaud pour soulager un peu ses douleurs musculaires. Lentement, il l'aida à retirer ses vêtements, soucieux de ne pas ajouter aux courbatures, et la soutint le temps qu'elle s'installe dans la baignoire. Pudiquement, elle avait tenté de cacher son intimité, et il l'avait laissée faire. Ils iraient à son rythme, quel qu'il soit. Le bain sembla lui faire du bien, et elle en ressortit plus détendue. Enroulée dans un grand drap de bain sombre, elle vint s'allonger près de lui sur son lit et jeta un œil sur son écran de portable.

— À qui tu parles ?

— À Min-Jae. Il ne s'est pas encore remis de la dernière échographie de sa femme.

— Ton ami d'enfance en Corée ? Il va être papa ? C'est génial !

— Oui, oui et… oui, mais il faut déjà qu'il arrête de stresser. Ensuite, il pourra se réjouir.

— Ce n'est pas facile de fonder une famille en Corée, si ? Il travaille dans quoi ?

— Un job de bureau, avec d'assez bonnes garanties, mais bon… Oui, c'est parfois assez imprévisible. Même si ça m'étonnerait qu'on retraverse une crise économique comme celle de mon enfance dans les années à venir. En plus, sa femme est traductrice, donc elle pourra continuer à travailler à distance.

— Tu iras rencontrer le bébé ?

— Oui, sans doute cet été. Il m'a demandé d'être son parrain.

Le sourire ému de Charlotte lui noua l'estomac sans qu'il sache trop pourquoi.

— Je me demande comment tu es avec les bébés.

— Il paraît qu'ils m'aiment bien, fit-il, gêné, en se frottant la nuque. Mes cousines aimaient bien me confier leurs enfants, quand j'étais près de Busan.

— Je suis triste d'avoir raté ça !

— Tu pourrais peut-être te rattraper cet été… Si tu en as envie.

Le jeune homme pesta intérieurement quand il sentit ses joues chauffer : il n'allait pas s'y mettre… D'accord, Charlotte était adorable quand elle rougissait, mais s'il pouvait éviter d'en faire autant, il apprécierait, merci bien. Celle-ci le considérait avec un air amusé et un peu songeur, où persistait un fond de tristesse. Finalement, elle haussa les épaules :

— Peut-être… Ce serait sympa…

Puis sa serviette commença à glisser autour de son buste, et la température monta de quelques degrés dans la chambre. Elle jeta un regard empli de désir au jeune homme, qui s'humecta les lèvres pour se donner une contenance, avant d'effleurer son décolleté du bout de ses doigts, et n'y tenant plus, il se pencha sur elle pour l'embrasser tendrement. Charlotte lui rendit son baiser tout en passant ses bras autour de son cou pour jouer avec ses cheveux toujours détachés.

Ce fut le moment que choisit Ji-Ho pour la repousser doucement, le souffle haché et la conscience coupable :

— Tu es fatiguée, on ne devrait pas…

Charlotte le dévisagea un instant, sidérée. Puis elle haussa les épaules et déclara platement :

— Je ne vais quand même pas me priver des trucs les plus intéressants parce que je suis fatiguée… Bonjour l'angoisse !

Puis elle le détailla avec un petit rictus :

— À moins que tu n'en aies pas envie ?

Ces mots achevèrent de le séduire, et il s'empara de ses lèvres à nouveau. Sa serviette ne tarda pas à se défaire complètement, et il put savourer la chaleur de sa peau contre la sienne, ses frissons, son souffle entrecoupé de débuts de gémissements contenus. Il se donna alors pour mission de la pousser à se laisser aller, et il se mit à parsemer son cou et ses épaules de baisers, ses doigts jouant avec sa poitrine, descendant sur son ventre moelleux et ses côtes, toujours émerveillé par la douceur de sa peau et par le contraste entre la pâleur de son teint et l'encre noire de ses tatouages. Elle sombra bientôt dans les méandres du plaisir, ses grands yeux bleus fixés sur lui. Quand elle voulut lui rendre la pareille, il effleura ses lèvres du bout de ses doigts :

— Chut… Laisse-moi te faire du bien… Je veux te dorloter ce soir…

Et il conclut sa supplique d'un baiser à l'intérieur de sa cuisse, là où la peau était la plus fine. Charlotte laissa sa tête retomber en arrière en soupirant, et s'abandonna à ses tendres caresses sans plus protester.

Dans l'appartement silencieux, alors que ses parents étaient chez la sœur de son père, Ji-Ho observait Charlotte assoupie à ses côtés, incapable quant à lui de trouver le sommeil. Elle avait les lèvres gonflées de ses baisers, et la lumière du clair de lune la rendait encore plus pâle que d'habitude. Il repensa aux légendes coréennes de dangereux fantômes de jeunes femmes, comme la Cheonyeo Gwishin, une vierge tuée avant d'avoir pu devenir une épouse et qui cherchait à se venger après sa mort. Elle était souvent représentée avec de longs cheveux lui tombant devant les yeux, une peau très pâle, les lèvres rouges et un hanbok blanc, tenue traditionnelle du deuil. Cela lui tira un sourire : si c'était Charlotte, il serait ravi de tomber dans ses filets…

Petit à petit, ses pensées prirent un tournant plus… familial. Il songea que sa tante française apprécierait sans doute Charlotte, elle qui avait été adoptée juste après la guerre de Corée par un couple français et qui leur avait ouvert la voie de la France, une fois qu'ils avaient renoué. En Corée, les filles passaient toujours après les garçons : sa tante Évelyne, consciente que c'était à cela qu'elle avait dû son abandon, à ça et à sa pauvreté, était devenue assistante sociale, pour essayer d'aider les filles et les femmes qui en avaient besoin. C'était elle qui avait téléphoné à son frère : un soir de décembre, en pleine crise économique, alors que son père avait récemment perdu son emploi, il avait suffi qu'il décroche pour retrouver sa grande sœur, perdue depuis plus de quarante ans. La nouvelle avait provoqué un véritable raz-de-marée chez les Park. Son grand-père n'avait jamais accepté son retour, on ne s'expliquait pas bien pourquoi. Ji-Ho, lui, avait été ravi de rencontrer cette nouvelle tante. Et aujourd'hui, il lui semblait qu'il aimerait beaucoup lui présenter Charlotte. Deux féministes comme elles ne pourraient que s'entendre. Pour le reste de sa famille, il ne savait pas trop… L'idée de les revoir après avoir à nouveau abandonné la Corée du Sud pour la France lui était douloureuse. Ce n'était pas vraiment du chagrin, pour ce qu'il arrivait à en savoir, plutôt de l'appréhension. Comme s'il avait peur d'avoir perdu sa place au sein de la famille. Comme s'il n'en avait jamais vraiment fait partie, qu'on ne l'avait accepté que comme une pièce rapportée parce qu'il pouvait rendre service.

Et avec son père qui ne parlait jamais d'eux, c'était compliqué de deviner s'il s'imaginait tout ça ou non…

Insensiblement, ses pensées avaient dérivé vers ce lieu obscur où il avait évité de se rendre depuis son retour et où respirer devenait un acte conscient, difficile même. Le jeune homme se détourna et tenta de se lever discrètement pour ne pas réveiller Charlotte, mais elle commença à remuer dans les draps.

— Ji-Ho ? *Kenchana ?*

Son regard ensommeillé le transperça et, honteux d'être vu dans un tel état, Ji-Ho quitta la pièce pour tenter d'éloigner d'elle son souffle rauque. Il ne voulait pas qu'elle le voie ainsi et qu'elle pense qu'il n'était pas capable de prendre soin d'elle.

Alors qu'il se laissait tomber sur le canapé du salon en respirant de plus en plus vite, deux petits pieds nus s'arrêtèrent devant lui, et la main chaude de Charlotte se posa sur sa joue.

— Ji-Ho… Merde, tu fais une crise d'angoisse ?

Il enfouit son visage dans ses mains, perdu dans le brouillard de l'angoisse. La main chaude effleura son épaule, remonta sur sa nuque, dans ses cheveux… Le canapé s'affaissa à son côté alors que la jeune femme se lovait contre son dos, l'étreignant avec force, le berçant de sa voix douce en coréen. Son parfum l'enveloppa, et petit à petit, la chaleur de son corps s'infiltra dans sa douleur glacée.

— Je suis là. Tu n'es pas seul, Ji-Ho. Je ne sais pas ce qui te pèse, mais on en parlera plus tard, pour l'instant, contente-toi d'inspirer et d'expirer… Suis ma respiration…

Et petit à petit, respirer lui coûta de moins en moins, et se calquer sur la houle de ses inspirations fut de plus en plus facile. Sa tête se vida. Il put rouvrir les yeux et sécher les larmes qui s'y étaient accumulées. Charlotte ne desserra pas son étreinte immédiatement. Elle attendit qu'il puisse parler.

— Je suis désolé, croassa-t-il.

— Excuses refusées, tu n'as pas à être désolé d'avoir des angoisses, *my dear*...

— Mais j'ai une vie facile, protesta-t-il. Je n'ai pas de maladie ou de handicap, j'ai des parents formidables, des amis...

— Et de l'anxiété, Ji-Ho. Et ça peut arriver à tout le monde. Je t'en prie, ne te jette pas la pierre pour quelque chose que tu ne peux pas contrôler...

Charlotte déposa un baiser sur sa tempe et l'attira dans ses bras, installant sa tête contre sa poitrine et calant sa joue à elle sur ses cheveux. Elle le berça longtemps, jusqu'à ce qu'il ait oublié ce qui avait déclenché cette crise, en lui parlant de leur voyage en Corée du Sud l'été prochain, de ce qu'ils feraient ensemble, de Min-Jae, qu'elle avait toujours voulu rencontrer...

Elle semblait... heureuse. Désireuse de construire quelque chose avec lui, une histoire, des projets. Dans la claire pénombre de cette nuit enneigée, le jeune homme s'autorisa à céder à un sentiment qu'il n'avait plus éprouvé depuis longtemps : l'espoir.

CHAPITRE 31

Charlotte

La tempête de neige s'était prolongée. Chris et Josh avaient fini par s'organiser pour passer le réveillon à l'hôpital avec Manon, alors que Charlotte se préparait à le passer bien au chaud avec Ji-Ho, qui avait décidé de ne maintenir que le service traiteur et le service du midi pour les clients qui avaient confirmé leur venue. Ses parents ne reviendraient pas avant quelques jours, et tout le village tournait au ralenti. Ce matin, elle s'était réveillée dans ses bras et n'avait pas éprouvé le besoin de mettre de la distance entre elle et leur amour. Elle s'y était sentie bien et avait enfoui son nez dans son cou pour plonger tout entière dans son odeur.

Ils avaient un peu traîné au lit, puis s'étaient motivés à sortir afin de se rendre au cabinet infirmier pour la prise de sang, malgré les traits encore tirés du jeune homme. Les trottoirs avaient beau avoir été déneigés, ce court trajet leur avait quand même demandé une bonne dose de talent en patinage… Au moins, la prise de sang était faite : les résultats lui parviendraient par mail avant son retour en Angleterre. Une fois à nouveau au restaurant, elle se retrouva seule pendant qu'il assurait le service réduit du midi, et elle en profita pour lire un peu. Le reste de la journée se passa à peu près dans le même état d'esprit : entre sieste, préparation de repas, lecture en coréen, et nouvelle sieste. Elle avait l'impression que plus elle dormait, plus elle se découvrait fatiguée : c'était comme si elle avait ouvert sa boîte de Pandore personnelle, et que toute la fatigue accumulée ces derniers mois lui revenait en pleine face. Et pourtant… Cette journée suspendue lui faisait le plus grand bien. La présence de Ji-Ho l'apaisait. Ses bras autour d'elle lui apportaient une sécurité et une tendresse dont elle ignorait jusqu'alors qu'elle avait besoin. C'était si doux… Elle aurait voulu que cette journée dure toujours.

Ils fêtèrent le passage à la nouvelle année tranquillement blottis sous un plaid sur le canapé, devant un bon film, avec une assiette de cookies comme ils en faisaient quand ils étaient adolescents. La recette du bonheur.

Dehors, la nouvelle année commençait sous un manteau immaculé. Dans les rues, quelques rares courageux (ou propriétaires de chiens) s'aventuraient dans l'épaisse couche de neige. Il fallut quelques heures avant que la déneigeuse ne revienne, et Charlotte les passa pelotonnée sur le rebord de fenêtre, plongée dans le livre que Ji-Ho lui avait prêté. Déjà, elle s'était attachée à ces personnages un peu décalés qui avaient du mal à apprivoiser leurs émotions, et elle n'avait pu s'empêcher de commencer à prendre des notes sur des feuilles volantes. Cela faisait longtemps qu'elle n'avait pas eu une telle bouffée d'enthousiasme pour un livre, ou que trouver un nouvel axe de recherche ne l'avait pas autant emballée. Dans la chambre illuminée par la neige, Ji-Ho s'était rendormi, apaisé lui aussi depuis sa crise de l'autre nuit, et un calme assourdi par la neige semblait régner partout. Charlotte soupira d'aise : elle aurait aimé vivre plus de moments comme ça. Mais ses sourcils ne tardèrent pas à se froncer : le retour approchait, et à Oxford, les rumeurs sur son compte circulaient toujours... Combien de temps avant qu'on n'annule son prochain colloque ? Avant la prochaine agression ? La jeune femme resserra son plaid autour de ses épaules et s'intima de penser de manière plus positive. Juste à cet instant, Ji-Ho se retourna dans son lit, ouvrant des yeux ensommeillés pour la regarder, et Charlotte fondit aussitôt d'attendrissement, oublieuse de ses soucis.

— C'est quoi, ce sac de pharmacie ? demanda sa mère, sourcils froncés.

— Bonne année, maman, sourit Charlotte en l'embrassant sur la joue. C'est l'ordonnance du médecin.

— Ton année n'a pas l'air de très bien commencer...

À ces mots, Charlotte se tourna vers Ji-Ho, qui discutait avec Chris et Josh, et elle ne put s'empêcher de glousser : au contraire, elle trouvait que cette année commençait très bien.

— Ce sont essentiellement des vitamines et des choses pour la douleur, rien de grave. Votre réveillon s'est bien passé ?

— Aucun de mes enfants n'était là... Mais bon, nous n'étions ni malades ni à l'hôpital, alors on ne va pas se plaindre.

La jeune femme se composa un sourire contrit à l'intention de sa mère, avant de se laisser tenter par une part de brioche et d'aller prendre des nouvelles de sa sœur, qui se plaignait des consignes du médecin depuis le canapé. Un bon mois au lit l'attendait, si elle voulait éviter une naissance prématurée. Ji-Ho l'écoutait avec sérieux, charmant comme toujours. Les jumelles, quant à elles, semblaient avoir déjà adopté ce nouvel ami de la famille (la faute aux clips de K-pop ou à ses bonnes manières, elle n'aurait su le dire).

Quand ils furent presque tous attablés avec une tasse de café fumant dans les mains, Charlotte se laissa porter par la conversation des oncles et tantes encore présents, le regard attiré par les mimiques qu'échangeaient Chris et Josh en pensant que personne ne les remarquait. Ji-Ho répondait aux uns et aux autres, d'un calme imperturbable, réfrénant parfois, elle le sentait à la crispation dans sa nuque, un réflexe de politesse, celui de s'incliner légèrement. Attendrie, elle posa une main sur sa cuisse. Autour de la table, Sophie et la tante Ghislaine poussèrent un « moooh… » de concert, déclenchant les rires de l'assemblée.

— Nos invités repartent presque tous demain, Jean a du travail et Chris aussi… Et David est déjà retourné au travail aujourd'hui. Il va falloir occuper les enfants, glissa la mère de Charlotte l'air de rien.

Celle-ci serra les dents : dans le genre subtil… À ses côtés, Ji-Ho lui tapota les doigts, conscient que cette façon détournée de demander un service l'agaçait.

— L'après-midi, je ne travaille pas, peut-être que Charlotte et moi pourrions les emmener voir le spectacle de marionnettes de Noël au village, proposa-t-il sans croiser les yeux de Charlotte, certain qu'un seul de ses regards aurait suffi à le trucider s'il s'y était risqué.

— Proposition acceptée ! s'exclama Manon depuis le salon d'une voix forte, faisant rire tout le monde.

Charlotte se résigna : pour être honnête, elle préférait passer du temps avec les enfants qu'avec sa mère, qui basculait toujours en mode tornade ménagère après le départ des invités… Ce serait l'occasion de se rapprocher de ses neveux et de sa filleule, Lily. Prendre le temps de les voir grandir, un peu.

CHAPITRE 32

Ji-Ho

DEBOUT DEVANT SON MIROIR, Ji-Ho vérifiait qu'aucune mèche ne dépassait de son bun. Aujourd'hui, il avait opté pour une chemise d'un beau vert, décidé à impressionner Charlotte d'une nouvelle façon. Il voulait être à son avantage auprès de sa famille, et puis, avec son travail, il n'avait pas l'occasion de porter des chemises tous les jours.

Quand Min-Jae lui téléphona, il s'esclaffa aussitôt :

— Waouh ! Tu l'emmènes dans un restaurant trois étoiles pour la demander en mariage ?

— Parce que tu crois franchement que je serais capable de confier la responsabilité d'un tel repas à quelqu'un d'autre ? railla Ji-Ho. Je te rappelle qu'elle a du mal avec l'engagement, la demander en mariage serait sans doute la pire chose à faire.

— Ne l'écoute pas, il dit n'importe quoi, comme toujours ! s'exclama une voix féminine hors champ, dont la propriétaire apparut l'instant d'après à l'écran. Ooh, tu lui sors le grand jeu à ce que je vois !

— Salut Hwa-Young, comment se passe ta grossesse ?

— Super, je ne vomis plus ! Mais alors qu'est-ce que j'ai faim ! C'est dommage que tu ne sois plus là pour nous nourrir !

— Je suis sûr que la mère de Min-Jae et la tienne vous gavent de kimchi et autres plats exquis.

— M'en parle pas… Alors ? Tu as prévu quoi ?

— On va emmener son neveu et ses trois nièces voir un spectacle de marionnettes.

— Mais tu es fou ?! s'apitoya Min-Jae.

— J'aime quand un homme sait ce qu'il veut ! le coupa sa femme. Je suis sûre qu'ils vont t'adorer, or aucune tata ne résiste à un homme que ses neveux adorent, crois-moi.

Derrière elle, Min-Jae fit une mimique en se désignant lui-même, et Ji-Ho sentit le fou rire poindre. Comme toujours, sa femme lui donna une fausse petite tape sur la tête en jurant « *ah chincha…* ». Finalement, ils lui souhaitèrent bonne chance, et il put terminer de se préparer. Quand il sortit de sa chambre après avoir envoyé une photo de sa tenue à sa mère, elle l'appela à son tour, hilare :

— N'oublie pas la bague, mon chéri.

— Vous êtes tous aussi prévisibles… Min-Jae vient de me faire la même remarque.

— Je ne savais même pas que tu avais une chemise, renchérit son père qui venait d'arriver devant le téléphone, attiré par le rire de sa femme.

Ji-Ho sourit : ils étaient impitoyables… Mais qu'est-ce qu'il était heureux de les avoir dans sa vie ! Lorsqu'il se gara dans la cour des Ferez, leurs rires réchauffaient encore son cœur, maintenant à distance le trac qui commençait à monter.

Quand Charlotte ouvrit la porte, on entendait la chanson de *La Reine des neiges* depuis le salon, et Manon qui criait aux jumelles de mettre leurs chaussures, faute de pouvoir les obliger à le faire elle-même. Charlotte était toute décoiffée, et Ji-Ho ne put s'empêcher de l'attirer dans ses bras pour l'embrasser. Elle se laissa faire avec une mine ravie, s'agrippant à son manteau pour ne pas perdre l'équilibre, refermant la porte derrière elle de son autre main pour leur offrir un dernier moment de tranquillité. Mais le bruit de l'intérieur ne tarda pas à les rattraper, et ils se séparèrent à regret.

— Je te kidnapperais bien, mais je ne suis pas sûr que Manon apprécierait… plaisanta-t-il.

— Elle te tuerait sans doute.

— Dans ce cas, peut-être ce soir, après les avoir ramenés ?

— Je pourrais me laisser tenter…

Une ou deux galères d'habillement plus tard, Manon leur fit promettre de ne pas trop gâter les enfants, et ils partirent avec la voiture familiale, où les sièges auto étaient déjà installés. Pour Ji-Ho, voir Charlotte conduire était une première, mais il n'eut pas trop le loisir de l'observer, car Lily avait décidé de lui faire passer un interrogatoire : elle était effrayante, du haut de ses quatre ans.

— T'es qui toi ?

— Je m'appelle Ji-Ho.

— Oui mais t'es qui ?

— Sois polie, Lily ! la rappela à l'ordre sa tante. Ji-Ho est mon ami.

— Ton ami ou ton amoureux ? gloussa Maria.

— Et pourquoi je ne pourrais pas être les deux ?

Cela eut le mérite de les rendre songeuses, et d'offrir à leurs accompagnateurs quelques instants de répit. Assis avec les adultes à l'avant, Théo finit par oser intervenir :

— Moi, j'aimerais bien que ma meilleure amie soit mon amoureuse…

Charlotte eut un beau sourire et ébouriffa les cheveux de son neveu sans quitter la route des yeux.

— Figure-toi que quand j'étais adolescente, je ne trouvais pas que c'était une très bonne idée. Heureusement pour Ji-Ho, j'ai changé d'avis depuis…

L'intéressé se tourna vers la jeune femme, ravi de voir que ses yeux, qui fixaient toujours la route, s'étaient teintés d'une toute nouvelle émotion.

— Tatie, tu es toute rouge ! s'exclama Maria, dont le cri fut bientôt repris en chœur par sa jumelle et par Lily.

Charlotte fit un clin d'œil à Ji-Ho, et le cœur de celui-ci chavira.

Le spectacle de marionnettes se jouait ce samedi pour la dernière fois : Lola avoua au jeune homme, alors qu'il l'aidait à descendre de voiture, qu'elle aurait été très triste de ne pas pouvoir le voir. Il lui glissa alors à l'oreille :

— Heureusement que le père Noël savait que tu ne voulais pas le manquer, c'est pour ça qu'il a demandé à ta tante de t'y emmener.

À ces mots, les yeux de la petite fille pétillèrent et, sans prévenir, elle lui fit un câlin.

— T'es bête de dire que c'est elle alors que c'est toi qui as proposé.

Dans la petite pièce de la mairie qui avait été prêtée aux artistes, une constellation de coussins verts et rouges avaient été installés par terre, devant la scène en bois, sur laquelle étaient peints tout un tas de petits lutins du père Noël. Sur les murs était accroché l'ensemble le plus disparate et pailleté de guirlandes de Noël qu'il avait jamais vu. Autour d'eux, quelques enfants du village étaient déjà là avec leurs parents, ainsi qu'une poignée de touristes. Ji-Ho trouva un endroit tranquille, aida Lily à enlever son bonnet et son manteau, et se tourna vers Charlotte. Celle-ci le regardait avec des yeux brillants, la main posée sur son épaule douloureuse.

Charlotte

Apercevant les coussins au sol, Charlotte grimaça : ça n'allait pas être une partie de plaisir de s'asseoir là-dessus. Comme si Ji-Ho avait lu dans ses pensées, il retira son manteau et le plia soigneusement pour le déposer au sol, avant d'ajouter un coussin rouge par-dessus. Théo le regardait faire, n'osant pas s'asseoir, puis il demanda au jeune homme :

— C'est pour que tatie n'ait pas mal ?

— Oui, mais chut… C'est un secret, lui glissa Ji-Ho avec un clin d'œil malicieux qui réchauffa instantanément le cœur de la jeune femme.

— D'accord, chuchota Théo.

Ce duo était si touchant que Charlotte accepta d'entrer dans leur jeu et de faire comme si elle n'avait rien remarqué. Elle vérifia que les filles étaient bien installées, rassembla leurs manteaux, écharpes et bonnets dans un coin, et salua de la tête une ou deux personnes qu'elle connaissait dans la salle.

Enfin, Ji-Ho s'approcha d'elle pour lui offrir son bras :

— Tu ne vas quand même pas m'inviter à danser ? plaisanta-t-elle.

— Je pourrais, mais ce n'est sans doute pas le moment, sourit-il. Viens, asseyons-nous.

Et il l'aida à s'asseoir, tandis qu'elle penchait la tête en avant pour que ses cheveux cachent son visage aux enfants : elle n'aimait pas quand ils la voyaient grimacer de douleur. Ji-Ho sembla comprendre, comme toujours, et il attendit patiemment qu'elle soit bien installée. Puis il accueillit son retour parmi eux d'un sourire, et se cala derrière elle pour la prendre tranquillement dans ses bras.

— Je ne savais pas que tu faisais aussi fauteuil.

— Seulement pour toi, lui glissa-t-il à l'oreille.

Devant eux, les enfants semblaient ne se douter de rien : il faut dire que le spectacle venait de commencer. Clochettes et grelots retentirent derrière la scénette, jusqu'à l'apparition de la marionnette d'un père Noël sans son bonnet.

— Ho ho ho ! Bonjour les enfants !

Il y eut quelques bonjours timides dans la salle. La marionnette fit semblant de n'avoir rien entendu, jusqu'à obtenir un nombre satisfaisant de « bonjour père Noël ! », y compris parmi les adultes. Charlotte se prêta au jeu de bon cœur, mais remarqua que Ji-Ho n'était pas totalement à l'aise. Enfin, la mère Noël entra en scène et le père Noël lui demanda si elle n'avait pas vu son bonnet : il en avait absolument besoin pour partir en tournée, car c'était un bonnet magique. S'ensuivirent tout un tas de péripéties impliquant tantôt la mère Noël, les lutins, les rennes, et surtout, les enfants, jusqu'à ce que le père Noël, guidé par les cris des petits, retrouve son bonnet au sommet du sapin.

Plongée dans la pénombre, entourée des bras chauds de Ji-Ho, Charlotte se laissa aller à oublier le présent pour replonger dans les souvenirs heureux des Noëls de son enfance. Les sourires de ses neveux valaient tout l'or du monde, surtout celui de Théo, qui commençait à être trop grand pour ce genre de spectacles, mais qui participait avec enthousiasme malgré sa timidité, pour que ses petites sœurs passent un moment magique. Les cris des enfants et leurs rires avaient quelque chose de rafraîchissant. La jeune femme avait craint que le fait que Noël était déjà passé affadisse un peu le spectacle, mais il n'en était rien. Attendrie, elle ébouriffa les cheveux de Théo et lui glissa à l'oreille un « merci, super grand frère » qui lui tira un sourire jusqu'aux oreilles.

— Et maintenant, je peux te kidnapper ? murmura Ji-Ho à l'intention de Charlotte lorsque le spectacle toucha à son terme.

La jeune femme se tortilla pour échapper à ses lèvres qui la chatouillaient, avant de lui lancer un regard de braise face auquel il s'humecta les lèvres par réflexe. Puis les cris des enfants rompirent l'instant, et il l'aida à se relever et à rhabiller Lily. L'air froid de l'extérieur acheva de leur éclaircir les idées, ce qui ne les empêcha pas d'échanger une moue complice. Charlotte prit le temps d'inspirer profondément avant de lui tendre une main timide, qu'il prit sans hésiter et serra tendrement.

Alors que les adultes du village qui les connaissaient les dépassaient en souriant, Ji-Ho se tourna vers les enfants et demanda :

— Qui veut un chocolat chaud ?

La réponse ne se fit pas attendre, et ils prirent la direction du restaurant du jeune homme sans tarder. Une fois qu'ils furent attablés en terrasse avec un chocolat chaud nappé de chantilly et de petits vermicelles colorés, Lily jaugea le jeune homme du regard et déclara :

— OK, tu as le droit d'être l'amoureux de tatie C'arlotte.
— Merci beaucoup, Lily, répondit-il, pince-sans-rire.

Quand ils rentrèrent à la maison ce soir-là, peu avant le début du service de Ji-Ho, Charlotte était songeuse : cet après-midi avait été magique et avait préservé l'atmosphère des fêtes un peu plus longtemps, mais avait aussi soulevé certaines questions dans son esprit. Et si Ji-Ho voulait des enfants ? Il avait été génial avec ses neveux, elle comprenait que ses cousines aient apprécié de lui confier leurs enfants quand il était en Corée. Mais serait-elle capable de lui donner ce qu'il voudrait ? Elle ne savait déjà pas elle-même à quoi elle aspirait…

— À quoi tu penses ? lui demanda-t-il alors qu'elle le raccompagnait à sa voiture.

— À rien, lâcha-t-elle par réflexe.

— Tu es fatiguée ?

— Oui…

L'excuse par excellence de ces cinq dernières années. Cesserait-elle un jour d'être fatiguée ? Et quand cesserait-elle de se cacher derrière sa fatigue ?

— Je dois y aller, souffla Ji-Ho. Mais si tu as besoin de quoi que ce soit, même de parler de rien, appelle-moi ou passe me voir. Mes parents ne rentrent que demain soir.

— Ouais, pas de souci, toi aussi, écris-moi si tu as besoin de parler, approuva-t-elle en l'embrassant avant qu'il ne démarre.

Pas de panique… Pas la peine de tout foutre en l'air pour une petite question… Cette sortie était géniale…

Ji-Ho

Ç'avait été amusant d'accompagner Charlotte à ce spectacle pour enfants. Elle avait une bonne alchimie avec eux. Pourtant, il n'aurait pas su dire pourquoi, mais il avait senti qu'elle s'était éloignée de lui au moment de lui dire au revoir. À quoi pouvait-elle bien penser ? Elle n'avait pas seulement l'air fatiguée, il y avait autre chose, il le sentait. Elle avait beau se la jouer dure, il avait toujours senti quand quelque chose n'allait pas. C'était comme ça.

Le service du soir fut compliqué ce jour-là : Lilou était encore tenue par la loi de quitter à vingt heures, et ses parents n'étaient pas là. Il faudrait bientôt qu'il songe à embaucher quelqu'un de plus, ne serait-ce qu'à temps partiel, pour le service du soir… Entre les nombreux aller-retours qu'il dut faire entre la salle et la cuisine, et ce que Charlotte lui avait caché, son humeur s'assombrit progressivement au fur et à mesure de la soirée. Si elle s'éloignait avant même d'être repartie à Oxford, ils couraient droit au désastre… S'il avait eu la force de revenir, c'était aussi parce qu'il ne pensait pas la retrouver ici, ou en tout cas pas renouer avec elle à ce point : vivre ici après l'avoir perdue une seconde fois, ce serait une autre paire de manches.

Pile au moment où il commençait à avoir envie de tout faire péter et de renvoyer les derniers clients chez eux, la sonnette retentit : Charlotte. Elle lui fit un petit signe de la main après avoir retiré son bonnet, le rejoignit derrière le bar et attrapa un tablier propre sous le comptoir. Comme il l'interrogeait du regard, elle lui répondit :

— Ben quoi ? Tu as l'air dans la merde, non ?

— Mais… Et ta hanche ?

— Je me suis reposée, ça ira. Dis-moi ce que je peux faire, chef. Et ne me ménage pas.

À ces mots, une chaleur intense envahit la poitrine du jeune homme : si elle savait ce que ses ordres lui donnaient envie de lui faire… Au lieu de quoi, il bafouilla quelques demandes, et la jeune femme l'embrassa sur la joue avant de s'activer. Tables à débarrasser, carte des desserts à distribuer, doggy bags à préparer… Très vite, la situation redevint gérable, et l'angoisse dans la poitrine de Ji-Ho se fit plus discrète : elle était là, ça ne pouvait pas aller si mal, si ?

Di-ling ! Les derniers clients franchirent la porte. *Tac.* Il verrouilla sa caisse enregistreuse et la prépara pour la monter à l'étage. *Boum boum boum.* Ne pas penser à Charlotte qui nettoyait les dernières tables juste en face de lui. Son pull court lavande remontait dans son dos quand elle se penchait, et ses cheveux suivaient le mouvement. Ji-Ho ferma les yeux et se mordit les lèvres : difficile de ne pas la rejoindre là, maintenant… Alors il s'occupa les mains à défaut de s'occuper l'esprit. Il descendit le volet de fer devant la vitrine, acheva de laver les verres, lança le lave-vaisselle et passa la serpillière dans la cuisine. *Elle doit être épuisée, en plus.*

Quand Ji-Ho revint dans la salle, toutes les tables étaient brillantes de propreté. La jeune femme avait éteint les lumières pour ne laisser que les petites guirlandes, et elle l'attendait perchée sur un haut tabouret, appuyée sur le bar derrière elle. Ses boucles violettes retombaient sur l'épaule que son pull dénudait, mettant en valeur son décolleté. Quand elle leva les yeux vers lui sous ses longs cils, son sang ne fit qu'un tour, et il la rejoignit en trois grandes enjambées. Aussitôt, ses mains furent sur son corps et dans ses cheveux, ses lèvres contre les siennes, leurs souffles emmêlés. Charlotte poussa un soupir fébrile :

— J'en ai envie depuis des heures… Je ne pouvais plus attendre pour te voir…

— Ne reste pas loin de moi quand c'est comme ça…

Entre eux, le français et le coréen se mêlaient en une nouvelle langue hybride, aux couleurs de leur amour. Dans la pénombre douce du restaurant, Ji-Ho retira son haut à la jeune femme, désireux de sentir sa peau sous ses doigts, sa fièvre contre la sienne. Elle se redressa et fit remonter son tee-shirt sur son ventre, suivant la lisière du tissu blanc dans une litanie de baisers, cartographiant le creux de son abdomen, ses clavicules, son cou, et laissant derrière elle des traînées de feu. Dans l'esprit de Ji-Ho, tout s'embrouillait, et il ne tarda pas à repousser la jeune femme pour la plaquer contre le bar, tête rejetée en arrière et buste cambré, et à se pencher sur elle. Un sourire félin étira ses lèvres quand il parvint à lui arracher un gémissement, et il effleura sa lèvre inférieure du pouce avec lenteur, savourant le désir qui s'allumait dans ses yeux. Quand leurs baisers reprirent, il sut qu'ils ne jouaient plus, mais qu'ils avaient à présent un besoin viscéral de cette jouissance partagée.

Ji-Ho fit descendre la pulpe de ses doigts le long de son plexus, suivit la ligne de duvet clair sur son ventre, et glissa ses doigts dans son pantalon, inquisiteur et doux à la fois, guettant la moindre de ses réactions de ses yeux entrouverts. Quand elle se cambra sous son toucher, il sourit, et s'empressa de satisfaire sa supplique silencieuse. Il ne s'arrêta que quand elle fut incapable de tenir par elle-même sur le tabouret : alors, et alors seulement, il lui enleva son pantalon et son sous-vêtement. Il la regarda tirer un préservatif de sa poche avec un sourire qui faillit lui faire perdre le contrôle de lui-même, et il alla l'allonger sur la table la plus proche, incapable de se contenir plus longtemps. Un cri de plaisir leur échappa à tous deux quand il se fondit en elle, et ils s'oublièrent dans les bras l'un de l'autre avec une frénésie nouvelle, les yeux dans les yeux, un seul souffle, un seul désir, un seul amour.

— Et si tu me disais ce qui te contrariait, tout à l'heure ? souffla Ji-Ho à l'oreille de la jeune femme qu'il tenait enlacée dans son lit.

— J'avais peur de ne pas pouvoir t'offrir ce dont tu avais besoin… répondit-elle sans rouvrir les yeux.

— Ce dont j'avais besoin ? Et de quoi j'ai besoin, d'après toi ?

— Justement, je ne sais pas. J'ai eu peur que tu veuilles te marier et avoir des enfants rapidement.

— Charlotte, ce dont j'ai besoin, c'est de notre amour. Le reste… Le reste, on le découvrira au jour le jour. Pour l'instant, je ne sais pas non plus ce dont j'ai besoin. Peut-être qu'un jour on se mariera, peut-être qu'on aura un ou des enfants… Ou peut-être pas. Je te promets qu'on en parlera si cette envie apparaît. Mais pour l'instant, ce n'est pas le cas, sans compter la question de mes angoisses que je dois encore régler, alors ne panique pas. Toi et moi, ça va être magique.

La jeune femme eut l'air rassurée, et elle se laissa embrasser en souriant. Un silence confortable s'installa alors qu'ils suivaient tous deux le cours de leurs pensées, puis Charlotte reprit :

— Tu vas me manquer…

— On s'appellera et on s'écrira. Je viendrai te voir. On pourra se retrouver à Paris même, si tu veux.

— Ça va quand même être long…

— Je sais… Atrocement. Mais on va y arriver.

Tout irait pour le mieux. Ça se sentait dans son regard : elle n'avait plus peur.

Charlotte

Le jour J était arrivé. Charlotte avait donc repris le train, son départ lui pesant sur le cœur comme les nuages sur la terre avant un gros orage. Josh et elle avaient voyagé avec sa tante Sophie et Inès jusqu'à Paris, puis ils avaient pris l'Eurostar à la gare du Nord. La jeune femme passa le trajet jusqu'à Londres avec de la musique dans les oreilles, pour éviter les conversations gênantes. Josh semblait dans la lune et jouait avec ses boucles d'oreilles et ses bagues. Ils se séparèrent dans le métro londonien tandis qu'elle rejoignait la gare de Marylebone pour prendre son train pour Oxford. Une heure de trajet et un taxi plus tard, la jeune femme montait les marches menant à son logement, peinant à jongler entre sa béquille et sa valise. Une fois chez elle, elle se laissa tomber sur son canapé miteux, renonça à éviter le ressort maudit, et écrivit à son frère et à Ji-Ho pour leur annoncer qu'elle était arrivée à bon port. Quand elle reposa son téléphone, elle s'allongea sur le divan et attendit que le vague à l'âme cesse de la submerger.

CHAPITRE 33

Charlotte

Le retour à sa vie professionnelle fut encore plus difficile que le retour à Oxford. Entre corrections de copies tardives et préparation de cours, Charlotte était moyennement enthousiaste : ce trimestre, elle aurait presque uniquement des TD de méthodologie… Seul un cours de littérature jeunesse venait égayer le tout, et elle attendait avec hâte de pouvoir le commencer. Elle avait prévu toute une bibliographie qui lui donnait le sourire rien que d'y penser. Et puis, les jours passant, tout s'était apaisé : certains étudiants semblaient contents de l'avoir en cours, et d'autres l'avaient complimentée sur sa nouvelle coiffure. Quelques-uns s'étaient même inquiétés de la voir marcher avec une béquille.

Si tout s'était relativement bien passé, c'était pour une raison bien précise qu'elle avait découverte dès son arrivée dans sa boîte mail : le service de lutte contre les discriminations lui avait répondu, et avait procédé à un rappel à la loi auprès de ses collègues, du doyen et des étudiants, sans la nommer directement afin de la protéger. L'étudiant qui l'avait insultée avait même été transféré dans un autre groupe de TD pour qu'elle n'ait plus à le croiser, et il avait reçu un avertissement. Tout cela avait considérablement éclairci son horizon.

Une part d'elle était encore inquiète des répercussions que tout cela pourrait avoir, mais l'autre moitié s'était autorisée à souffler. À reprendre espoir.

Pour profiter de l'élan qui avait accompagné cette actualité, Charlotte avait entamé sa rééducation chez un kiné. Elle prenait et donnait plus souvent des nouvelles, comme elle l'avait promis à sa famille avant de partir, et Ji-Ho l'appelait deux fois par semaine. Les premiers jours, la jeune femme y avait vraiment cru. Ça allait marcher. Le soir, elle griffonnait furieusement des notes dans un carnet tout neuf en parallèle de ses lectures, son esprit fourmillant d'idées d'articles et de livres. Elle avait même commencé à regarder les offres de postes en France, pour l'année suivante.

Mais comme dit le proverbe, chassez le naturel, il revient au galop. En l'occurrence, ce n'était pas son naturel qui revenait au galop, mais plutôt celui de ses détracteurs… Le rappel à la loi du comité avait fait effet, mais la loi ne portait que sur les discriminations : les insultes et privations donc. Or beaucoup de choses pouvaient se glisser dans les interstices de cette définition, et elle n'allait pas tarder à s'en apercevoir.

Par exemple, les collègues qui avaient été les plus virulents semblèrent tomber d'accord un jour quant au fait qu'elle n'avait pas besoin de béquille, qu'elle faisait son intéressante. Elle essuyait donc regards de travers et remarques condescendantes à chaque échange, notamment, bien sûr, avec Timothy.

— C'est nouveau, ça ! avait-il ricané. D'où ça sort ?

Aurait-elle dû répondre qu'elle l'avait trouvée dans la rue en venant ? Elle avait préféré garder son calme :

— Ma maladie chronique n'est pas nouvelle. J'avais déjà une béquille pendant ma première année de thèse.

— Si vous le dites…

Ses cheveux aussi avaient fait l'objet de remarques à mi-voix, toujours formulées juste assez fort pour qu'elle les entende en passant. Mais ça, elle pouvait gérer : elle avait passé son adolescence à recevoir ce genre de moqueries, notamment de la part de certains professeurs. Ça ne l'atteignait plus depuis longtemps. Elle avait donc serré les dents et fait en sorte de moins croiser ses collègues : de toute façon, avec Amy en congé maternité, elle n'avait plus vraiment de raison de s'éterniser en salle de repos. Chacun avait pris ses marques dans ce deuxième trimestre, et les jours avaient rallongé peu à peu. Charlotte essayait de se garder du temps afin d'assouvir sa récente soif de lecture, avec de la littérature coréenne, bien sûr, pour son prochain article, mais pas seulement. Elle s'était aperçue pendant les vacances qu'elle ne lisait plus assez pour le plaisir. Elle avait profité de son passage à Paris pour s'acheter quelques livres français, Lola Lafon, Maylis de Kerangal… Et s'était pris quelques titres de littérature jeunesse à l'immense boutique Blackwell's d'Oxford, qui s'étendait sur trois interminables étages.

— Comment tu te sens ?

— Comme une femme avant son quatrième accouchement… grommela Manon. Ça va sûrement être rapide, et je suis contente d'arriver au terme, même si je ne suis pas pressée de ne plus dormir…

— J'imagine ! Vous avez choisi le prénom ?

— Colin si c'est un garçon, et Daphné si c'est une fille.

— Toi, tu as passé tes dernières semaines sur Netflix, pouffa Charlotte. Mais ce sont de jolis prénoms.

— Tu sais, on n'a pas eu le temps d'en parler avant ton départ, mais… J'aimerais beaucoup que tu sois sa marraine. Je sais que tu es déjà celle de Lily, mais avec tout ce qui s'est débloqué pendant les vacances, je pense que ce serait une belle idée.

La gorge de Charlotte se noua, et elle resta silencieuse quelques instants, le temps d'être sûre de réussir à parler sans pleurer, puis elle répondit :

— Ce sera avec plaisir, Manon.

— Merci, ma belle. Et continue de prendre soin de toi, d'accord ?

— Promis.

La lune de miel avec les étudiants ne dura pas longtemps. Les rumeurs d'avant les vacances étaient toujours là, après tout : ce n'était pas parce qu'un avertissement avait été donné que les racontars faisaient moins rire les homophobes. Charlotte avait voulu reprendre à zéro au début du trimestre, histoire de réussir à laisser son angoisse de décembre derrière elle, mais elle était bien obligée de se rendre à l'évidence : aucune page blanche ne l'attendrait plus ici.

En classe, des ricanements s'élevaient dès qu'elle évoquait une femme : encore, s'ils avaient chuchoté bêtement quand ils étudiaient un texte explicite de Rimbaud ou Verlaine… Bon, ils n'auraient pas été beaucoup plus matures que des collégiens, mais à la limite, elle aurait compris. Là non, il suffisait juste qu'elle aborde un personnage féminin : pour peu qu'elle soit décrite par un auteur masculin, dans la droite tradition du *male gaze*[1], ça

1. Description des personnages féminins dans les arts par un auteur, réalisateur ou peintre masculin porteuse de biais sexistes. On en parle surtout pour le cinéma.

gloussait. Les cancanements cessaient quand elle regardait les étudiants dans les yeux… pour reprendre dès qu'elle revenait à son cours. Lâcheté avant tout.

Dans les couloirs, chacune de ses apparitions faisait rire sous cape, on la pointait du doigt, elle avait parfois l'impression d'entendre des surnoms grossiers, mais n'était jamais totalement sûre de ce qu'elle avait entendu. C'était presque pire, car elle ne pouvait pas se défendre ou intervenir. Elle subissait. En apparence, les choses allaient mieux. Son premier colloque de l'année approchait, et aucun courrier d'annulation n'était encore arrivé dans sa boîte aux lettres. On ne l'avait pas à nouveau sollicitée pour les cours du Pr Hopkins, qui avait finalement dû prendre sa retraite. Mais… L'angoisse était toujours là.

Quand l'agacement fut trop important, Charlotte se décida : sur le chemin de son rendez-vous kiné, elle écrivit au comité de lutte contre les discriminations pour évoquer les difficultés qu'elle rencontrait encore. La réponse arriva dans la journée :

> Je suis désolé d'apprendre cela, et encore plus navré de vous annoncer que nous ne pouvons rien faire. Ce n'est pas assez marqué et cela ne vous prive d'aucune opportunité… Malheureusement, la situation est entre vos mains à présent.

Entre ses mains ? Ou entre celles des homophobes ?

— Oh ! Professeure Ferez ! Bienvenue !

L'étudiante qui se tenait face à elle, cheveux en pétard et tasse à la main, s'empressa de lui offrir un siège et un café et de lui demander ce qu'ils pouvaient faire pour elle. Charlotte posa sa béquille contre le mur et chercha ses mots, ses yeux détaillant les drapeaux et affiches accrochés aux murs du local de cette association estudiantine. L'ensemble lui tira un grand sourire, et le poids sur sa poitrine s'allégea d'autant.

— J'avais besoin d'un peu de soutien, je crois, répondit-elle. Les choses se sont calmées. Depuis, eh bien… Depuis mon *outing*. Mais c'est encore loin d'être idéal.

— Oui, on a suivi de près tout ce qui vous arrivait. Le mail du comité a été un soulagement, on commençait à s'inquiéter pour vous… avoua l'étudiante avec une moue peinée. C'est fou que ça puisse arriver à une prof ! Sans parler de cet étudiant qui vous a insultée… Quel connard !

L'indignation de la jeune femme arracha un petit rire à Charlotte. Les deux autres étudiants présents, parmi lesquels se trouvait le président de l'association, se joignirent bientôt à elles, et ils purent échanger tous ensemble à propos de leurs galères du moment et des discriminations passées. Parler avec ces gens lui fit le plus grand bien. Avec eux, Charlotte put recommencer à envisager la lutte sereinement. Elle avait été très engagée, quand elle étudiait à Paris. Mais depuis son agression… Eh bien, militer était devenu plus difficile. Elle devait lutter avec son angoisse et ses souvenirs, et tout cela réveillait ses douleurs fibromyalgiques. Par moments, elle se disait que ça n'en valait pas la peine, qu'elle ferait mieux de se terrer dans son trou et d'attendre que ça se tasse. Puis elle se rappelait pour qui cela en valait la peine, qui avait besoin qu'elle continue de se battre : les étudiants, ceux de cette asso, ceux qui n'osaient pas en franchir la porte, ceux qui étaient en train de prendre conscience de leur différence. Elle ne pouvait pas permettre que la seule voix qu'ils entendent soit celle des homophobes. C'était une pensée intolérable. Elle avait vécu la légalisation du mariage pour tous, adolescente, elle se souvenait de la morsure des remarques homophobes étalées complaisamment dans les journaux. Les micros tendus à la Manif pour tous. Les remarques de ses grands-parents, devant la télé, alors qu'elle était là et qu'ils *savaient*. Non, rester silencieuse n'était plus une option.

CHAPITRE 34

Ji-Ho

Mi-janvier

— WAOUH, JE T'APPELLE AU MAUVAIS MOMENT, on dirait ! s'exclama Min-Jae. Qu'est-ce que tu fiches au milieu de nulle part ?

— Min-Jae, je te présente ma salle de sport, clama Ji-Ho, le souffle court, en tournant sur lui-même pour lui montrer le paysage.

De la neige à perte de vue, et en face, derrière la montagne, le soleil qui se levait. C'était une bonne année pour les stations. Et une bonne année pour revenir au village : il s'en donnait à cœur joie. Deux fois par semaine, il se levait tôt, malgré la fatigue et le travail qui l'attendait, et il chaussait ses bottes. En quelques minutes, il avait quitté le village et se retrouvait seul avec la nature majestueuse et ses pensées. Une à une, il les semait sur son chemin comme il aurait laissé son fardeau se disloquer après une longue journée.

— Tu n'as jamais été doué pour te faire passer pour un citadin, sourit Min-Jae. Là je te reconnais, toi et ton amour pour les coins perdus et les levers de soleil…

— Comment va Hwa-Young ?

— Plutôt bien. On commence à choisir les meubles pour la chambre du bébé. J'attaque la peinture le mois prochain !

— Fille ou garçon ?

— Aucune idée ! Mais la chambre sera vert sauge et beige, Hwa-Young insiste.

Ji-Ho pouffa. Charlotte et lui en arriveraient-ils à avoir un enfant ensemble un jour ? La pensée l'amusa plus qu'autre chose : ils n'en étaient clairement pas là… Pour l'instant, tout l'enjeu était de continuer à faire croître leur amour alors qu'ils vivaient dans des pays différents. Mais il était confiant : quand il pensait à elle, son cœur se gonflait d'amour et de joie.

— Mec… Je crois que c'est la première fois que je te vois avec un sourire pareil, s'amusa Min-Jae. Tu penses à Charlotte ?

— On ne peut rien te cacher.

— Je te connais trop bien. Allez, je vois que tu commences à geler sur place, je te laisse avec ta montagne !

Début février

Ce soir, c'était l'ouverture de l'école de danse de Chris. Le jeune homme s'était démené pour attirer des élèves, il avait collé des affiches partout, créé un flashmob devant les terrasses bondées des stations de ski avec Josh, qui était revenu quelques jours exprès. Pour lui donner un coup de main, Ji-Ho avait proposé de se charger du buffet de la soirée de lancement. Et il avait été le premier à s'inscrire officiellement à son cours pour adultes. Reprendre la danse lui ferait du bien. Il en avait discuté avec sa mère, et elle était d'accord pour assurer seule le début du service du jeudi soir avec Lilou.

Il était content de la vie qu'il était en train de se construire ici. La semaine dernière, il avait reçu sa nouvelle carte d'identité et son nouveau passeport français. Il avait eu un pincement au cœur en ouvrant l'enveloppe qui lui confirmait sa réintégration : ça impliquait de faire le deuil de sa vie en Corée du Sud, même s'il y retournerait de temps en temps. Au fond de lui, cela dit, il sentait qu'il avait fait le bon choix, le lieu obscur d'où naissait son angoisse semblait un peu plus lointain à présent. Il était heureux. Et il le serait encore plus quand Charlotte aurait réussi à revenir travailler en France. Elle lui parlait régulièrement de ses recherches de poste au téléphone. La voir s'impliquer dans leur relation était pour lui une joie nouvelle, et il en savourait chaque instant.

La soirée de lancement du studio de danse se passa bien. Beaucoup d'habitants du village étaient venus, et quelques touristes aussi. Le pouvoir de la K-pop… Ji-Ho trouvait judicieuse l'idée du stage de danse de quelques heures le samedi pour les touristes. En plus, Chris se débrouillait bien en anglais et en espagnol. Et puis… Il suffisait de le regarder danser pour être conquis : il savait ce qu'il faisait, et sa bonne humeur ferait de lui un excellent professeur. À la fin de la démonstration et du buffet, Chris avait déjà une dizaine d'inscrits à l'année et autant de candidats pour son premier stage, le samedi suivant. Le jeune homme rayonnait. À côté de Ji-Ho, Jean Ferez souriait d'un air tranquille :

— J'aimerais voir Charlotte aussi heureuse que son frère, lui glissa-t-il l'air de rien. J'espère qu'elle réussira à trouver son équilibre avec toi.

L'intéressé donna une tape sur l'épaule du père de Charlotte, ému, et quitta le studio d'un pas tranquille et songeur. Il ne demandait que ça, qu'elle trouve son équilibre avec lui… Ensemble, ils pourraient chanceler autant de fois que la vie le voudrait, il savait qu'ils seraient toujours capables de se rattraper. Ici, ailleurs, aujourd'hui ou dans vingt ans… Ça irait.

CHAPITRE 35

Charlotte

Février

ÇA RICANAIT, ÇA LA REGARDAIT DE TRAVERS, par en dessous… Le respect était loin. Parfois, elle se disait qu'elle aurait plus de facilité à se faire respecter par des ados. Les actions de l'association aidaient à dénoncer l'immaturité de certains comportements, à informer, mais pour elle, ça ne changeait pas grand-chose. À ce stade, il fallait purement et simplement entreprendre un travail de longue haleine d'éducation et de sensibilisation. Et elle n'en avait plus la force. Chaque matin, elle prenait un antidouleur au réveil en crispant une main sur son épaule gauche, là où la douleur pulsait de plus en plus souvent. Elle avait bien tenté d'aller voir un médecin, mais tout ce que ce dernier avait fait avait été de lui prescrire des antidépresseurs et de lui dire de penser de manière plus positive… Face à cette lente débâcle, Charlotte avait commencé à perdre du terrain. Elle dormait mal, cauchemardait, puisant le soutien qu'elle pouvait dans ses conversations avec les étudiants de l'association et dans les appels de Ji-Ho, qui persistait à la joindre, y compris lorsqu'elle cherchait des excuses pour se rouler en boule dans le silence de son propre marasme, et elle lui en savait gré. Il était redevenu un pilier dans sa vie. Même quand elle se renfermait, elle savait qu'il était là pour elle. Elle aurait aimé être davantage présente pour lui en retour.

Début mars

Cette semaine, Charlotte devait prendre la parole lors d'un colloque important de littérature comparée autour de la question des femmes autrices. Ce colloque aurait lieu à Londres et réunirait de nombreux chercheurs d'Oxford, de Cambridge, et du monde entier. Elle avait eu beaucoup de mal à assurer ses cours récemment à cause de sa santé, mais elle mit toutes ses chances de son côté pour être en forme le jour J, car c'était sa première intervention prévue après les annulations du trimestre précédent, et elle pourrait être cruciale pour la suite de sa carrière : plusieurs collègues françaises seraient là.

Elle prit donc le train avec deux jours d'avance pour assister aux conférences des autres intervenants, et s'efforça de poser des questions à tous ceux qui parlaient de littérature asiatique : ce qu'ils pensaient de la place accordée au *male gaze* dans l'œuvre de telle autrice, si la réception de ces œuvres féminines était fidèle ou non à l'évolution de la littérature dans tel ou tel pays, si cela en donnait une image tronquée ou si la place des autrices était au contraire tout autant en progrès dans leur propre pays, dans quelle mesure elles étaient encore cantonnées ou non à des sous-genres bien précis. On ne l'arrêtait plus. Après six mois à évoluer dans un *college* d'une autre spécialité que la sienne, elle se sentait revivre au milieu de ces cochercheurs. Armée de sa béquille et de son plus beau tailleur, elle sourit, se présenta, sociabilisa autant que possible et s'efforça de faire bonne figure. C'était le premier colloque auquel elle participait sans son directeur de thèse, qui coulait des jours heureux sur l'île de Jeju, retraité. Quand son tour fut venu, malgré sa nervosité, elle prit la parole avec une assurance qu'elle était loin de ressentir, et s'en sortit avec brio. Son sujet ? Le choix du point de vue masculin dans *Kim Jiyoung, née en 1982*, de Nam-Joo Cho.

— Charlotte ! Je n'en reviens pas de vous retrouver ici ! s'exclama une femme blonde d'une cinquantaine d'années en venant la saluer à la fin de la matinée.

— Professeure Cassagnes ? Je n'avais pas vu votre nom sur la liste !

— C'est parce qu'il n'y a été rajouté qu'en début de semaine, sourit l'universitaire. Mais je vous en prie, appelez-moi Carole. Je suis ravie de vous voir ici, votre intervention était vraiment passionnante, non pas que j'en aie douté : venant de vous, aucun doute n'est permis.

— Vous me flattez…

— Où en est la publication de votre thèse ?

— Elle paraît dans dix jours, je vois enfin le bout du tunnel du travail éditorial…

Les deux femmes discutèrent un long moment, et la Pre Cassagnes, qui avait été la directrice de mémoire de la jeune femme à Paris-Diderot, la présenta à d'autres collègues françaises avec qui elle était venue. La pause-déjeuner se passa très bien, l'après-midi de conférences également, jusqu'au moment où Charlotte repéra… le Pr Timothy Smith. Son souffle se bloqua dans sa poitrine et ses paumes se couvrirent de sueur : que faisait-il là ? Il n'était pas programmé… Il n'allait quand même pas s'incruster au premier colloque dont elle n'avait pas été chassée ! Sa collègue française s'aperçut de son trouble et posa une main fraîche sur son avant-bras.

— Charlotte ? Vous allez bien ? Respirez lentement… Ça va passer…

Après ce qui lui sembla une éternité, Charlotte retrouva son souffle et son aplomb. La Pre Cassagnes l'étudiait avec inquiétude, mais elle la rassura d'un sourire. Dans la salle, l'animateur de l'après-midi concluait la journée de conférences et tout le monde commençait à ranger ses affaires. Les chercheurs se rassemblaient par petits groupes pour discuter des dernières conférences ou du programme de la soirée, finissaient de réseauter, de projeter de nouveaux partenariats, l'ambiance était chaleureuse. Un groupe assez bruyant s'était toutefois formé autour de quelques hommes qui parlaient fort en se tapant dans le dos. Un mauvais pressentiment fit frissonner Charlotte, qui y aperçut Timothy Smith, en train de la désigner du menton. Son trouble n'avait pas échappé à la Pre Cassagnes ; celle-ci la prit par le bras et se dirigea vers le groupe en question avec deux autres collègues françaises. Charlotte se sentit paniquer, mais la poigne douce de son enseignante sur son bras l'aida à inspirer profondément et à chasser la peur. Elle resserra sa prise sur sa béquille et se redressa.

— Professeur Smith ! s'exclama la Pre Cassagnes. Il est rare de vous voir dans ce genre de colloques. Vous n'êtes pas dix-huitièmiste ?

— Je le suis. Mais surveiller ce que font les collègues sous ma juridiction ne fait pas de mal. En l'occurrence…

— En l'occurrence, vous avez eu confirmation de ce que vous saviez déjà, n'est-ce pas ? Le travail de la Dre Ferez est et a toujours été irréprochable, répliqua la Pre Cassagnes d'un ton féroce. Voyez-vous, j'étais dans son jury de thèse. Et la Dre Ferez a une très belle carrière devant elle, ça ne fait aucun doute.

Une poignée de personnes autour d'eux approuvèrent, et Timothy Smith s'éclipsa après avoir changé de couleur et marmonné dans sa barbe. Carole se tourna alors vers Charlotte, à présent livide, et lui dit :

— Je ne sais pas ce qui se passe dans votre département, mais sachez que j'ai toute confiance dans vos capacités : si vous souhaitez revenir en France, un nouveau poste de comparatiste va s'ouvrir à Clermont-Ferrand, spécialisé dans les littératures est-asiatiques. Vous seriez parfaite. Je ne reprends le train que demain soir, accepteriez-vous de dîner avec moi ? Nous pourrions ainsi discuter de tout cela plus à notre aise.

— Vous ne pouvez pas savoir comme votre bienveillance me touche, souffla Charlotte, encore sonnée par ce qui venait de se produire.

Mi-mars

Le téléphone sonnait. Charlotte envisagea un instant de se lever pour répondre, puis elle abandonna l'idée. Le téléphone cessa de sonner.

Le manège se répéta deux ou trois fois dans la journée. Après le dernier appel, la jeune femme essaya de se lever : elle poussa sur ses bras, s'étira le cou, rejeta ses cheveux en arrière… et retomba la tête la première sur son oreiller. Elle referma les yeux, passa une main sur son visage… et fondit en larmes. Elle n'y arrivait plus. Les ricanements, les regards mesquins, les remarques en apparence anodines faites pour blesser… Les remarques sur les bi, lâchées comme si de rien n'était, les clichés sur les lesbiennes… Tout ça, c'était trop pour elle. Elle avait essayé de lutter, de sensibiliser, de ne pas se laisser démonter. Mais c'était fini. Son corps lui disait « stop ». Son cœur était lourd. La seule idée de décrocher pour parler à Ji-Ho lui donnait envie de pleurer. Elle était en train de tout foutre en l'air, et elle n'avait même pas la force d'empêcher ça.

Quand la crise de larmes fut passée, la jeune femme se retourna sur le dos et regarda son plafond tacheté d'humidité alors qu'un grand calme se faisait en elle. Dehors, le bruit de la pluie la berça quelque temps. Plus tard, elle aurait du mal à identifier ce qui l'avait poussée à sauter le pas, mais d'une façon ou d'une autre, à ce moment-là, elle sut que c'était maintenant ou jamais. Elle s'assit au bord du lit, attrapa son téléphone, et elle le rappela. Ji-Ho. C'était la seule chose à faire. Il n'y en avait peut-être même jamais eu d'autre.

— *Yeobuseyo ?* fit une voix soulagée au bout du fil. Charlotte, ça va ?

— Je n'y arrive plus… souffla-t-elle. Il faut que tu viennes, Ji-Ho. J'ai besoin de toi…

Un profond silence accueillit sa déclaration, et la jeune femme se sentit à nouveau vaciller au bord de l'abîme des larmes. Puis sa voix chaude et douce jaillit à nouveau de son portable, et un profond soulagement l'envahit.

— OK. Envoie-moi ton adresse, j'arrive.

Elle, dépendre de quelqu'un, et surtout l'admettre… C'était une première. Mais sans doute pas une dernière : elle avait eu tort de vouloir tout surmonter seule. Elle ne parviendrait à rien en s'entêtant de la sorte.

CHAPITRE 36

Ji-Ho

— PAPA, J'AI UN TRAIN DANS UNE HEURE, tu peux m'emmener à la gare d'Aurillac ?

M. Park leva le nez de son journal et posa ses lunettes sur la table. Il considéra son fils avec curiosité, puis son regard se fit plus profond et il eut un sourire doux :

— C'est *ce* genre de moment, hein ?

Ji-Ho hocha la tête, grave. Il avait déjà son sac sur le dos et ses chaussures aux pieds. M. Park se leva et se prépara en sifflotant. Ils informèrent Mi-Joo du départ de Ji-Ho pour la gare et filèrent sans donner plus d'informations, la laissant perplexe.

Sur le chemin, Ji-Ho demanda à son père de s'arrêter au studio de danse, où Chris préparait son prochain cours, et y entra en coup de vent, quelques mèches folles s'échappant de son bun.

— Je vais à Oxford. Tu peux m'envoyer le numéro de votre tante Sophie ? Je n'arriverai pas à temps pour avoir le dernier Eurostar.

Chris resta sans voix – un véritable miracle. Puis il se fendit d'un grand sourire :

— Compte sur moi ! Et ne rate pas ton train !

Dehors, il pleuvait des cordes. Père et fils se remirent en route pour la gare d'Aurillac. Ji-Ho resta muet comme une carpe pendant tout le trajet, mais son père lui posa une main sur l'épaule avant qu'il ne descende :

— Je suis fier de toi, mon fils.

Le jeune homme hocha la tête en se mordant les lèvres, et il sortit sous l'averse pour attraper son train. Dans sa tête, ses pensées tournaient à cent à l'heure, mais dans son cœur, un calme immense régnait. Il n'avait jamais été aussi sûr de toute sa vie de faire le bon choix. Charlotte, pour la première fois depuis qu'il la connaissait, avait appelé à l'aide. Elle ne s'était pas emmurée dans le silence comme il avait d'abord cru qu'elle allait le faire quand elle avait cessé de décrocher. Non. Elle avait fait face. Son cœur débordait de fierté pour elle. Sa guerrière… Elle l'avait fait, elle avait affronté sa plus grande faiblesse. Bordel, qu'est-ce qu'il l'aimait !

Pendant le trajet, Ji-Ho appela Sophie, qui lui expliqua comment se rendre chez elle, et l'attendit avant d'aller se coucher. Quand elle lui ouvrit, en pyjama et une tisane à la main, Inès dormait déjà. Elle lui avait fait réchauffer à dîner, car il avait totalement oublié de manger, tout à ses réflexions et à ses inquiétudes, et lui avait déplié le canapé. Elle avait beau avoir les traits tirés, elle ne pouvait semblait-il pas s'empêcher de sourire. Quand elle le laissa pour aller se coucher, elle lui glissa :

— J'ai toujours su qu'elle avait de la chance de t'avoir. Ton départ ne pouvait pas être définitif…

Le lendemain, à l'aube, elle le laissa à la station de métro avec un froncement de sourcils :

— J'espère que ce qu'elle traverse n'est pas trop grave. Embrasse-la de ma part. Vous êtes les bienvenus au retour, si besoin.

Une fois à Londres, il dut encore prendre le métro pour changer de gare, puis prendre un train pour Oxford, avant de rejoindre à pied le *college* de la jeune femme et de se présenter au gardien pour qu'il le laisse entrer. Son anglais était un peu rouillé, mais il se débrouilla comme il put, et la gentillesse des Anglais fit le reste. Quand il toqua à sa porte, son cœur se mit à cogner comme un fou dans sa poitrine. Il l'entendit annoncer qu'elle arrivait, et après ce qui lui sembla une éternité, la porte s'ouvrit sur une jeune femme aux traits défaits, sa main crispée sur sa béquille comme si elle risquait de s'effondrer à tout instant. Il l'entoura aussitôt de ses bras.

— Je suis là, mon cœur.

— Tu es là… répondit-elle comme en écho.

— Raconte-moi tout.

Elle lui avait tout raconté, et maintenant il faisait les cent pas, cherchant comment réagir au mieux alors qu'il n'avait qu'une envie : frapper tous ces idiots. Les démolir. Mettre enfin à profit ce qu'il avait appris pendant son service militaire. Être pour une fois celui qui frapperait le premier. Mais un regard à Charlotte suffit à le convaincre de se calmer : ce n'était pas ce dont elle avait besoin. Au lieu de ça, il lui raconta comment tout le monde s'était mobilisé pour qu'il puisse la rejoindre le plus vite possible. Son père, Chris, Sophie… Et même des inconnus dans les rues d'Oxford. Cela lui tira un petit sourire. Première victoire. Puis Ji-Ho inspira profondément et vint se rasseoir auprès d'elle. Il passa un bras autour de ses épaules, et caressa ses doigts de sa main libre, réfléchissant longuement et puisant dans ses deux cultures pour essayer de trouver une réponse qui puisse réellement l'aider.

— Cha… Tu n'as pas à avoir honte de te mettre en retrait ou d'être blessée par leurs conneries : c'est normal. Je sais que tu es une battante et que pour toi c'est difficile de ne pas réussir quelque chose, surtout quand il s'agit de remettre des crétins à leur place. Pour ça, tu es une championne olympique, après tout. Mais parfois… Parfois, ça demande du temps, même avec toute la meilleure volonté du monde. Si tu veux que les mentalités changent, tu vas devoir continuer à te battre, à travailler avec cette association dont tu m'as parlé, t'armer de patience… Mais tu sais quoi ? Tu n'es pas obligée de le faire. C'est leur responsabilité de s'éduquer, pas la tienne. Tu n'as pas à prendre en charge la bêtise du monde pour avoir le droit d'exister. Aucune existence ne devrait avoir à se justifier elle-même. Ce qui compte, c'est que tu fasses ce dont tu as envie, et ce dont tu as besoin. Si maintenant tu as besoin de prendre du recul pour te préserver, c'est OK… C'est même plus qu'OK ! Ta santé et ton bien-être passent en premier.

Il l'avait sentie se détendre peu à peu contre lui. Quand il se tut, et alors qu'il se demandait s'il avait dit ce qu'il fallait, elle releva son visage vers lui et l'embrassa. C'était comme la caresse d'une plume de duvet. Ji-Ho inspira lentement pour se gorger de son parfum, puis il lui rendit son baiser avec douceur. Enfin, elle murmura :

— Je suis heureuse que tu sois venu.

— Je ne pouvais pas ne pas venir, sourit-il. Je veux que tu le saches : où que tu sois, si tu as besoin de moi, appelle-moi, je viendrai. Je suis incapable de faire autrement.

CHAPITRE 37

Ji-Ho

— OUI, ELLE A VU LE MÉDECIN HIER SOIR… expliqua Ji-Ho à voix basse au téléphone. Il a dit qu'elle avait absolument besoin de se reposer, sinon sa maladie pourrait devenir très invalidante. Elle est en burn-out. Elle n'arrive presque plus à marcher, tu te rends compte ? Tout ça à cause d'une bande de connards… Non, maman, c'est ce qu'ils sont, et je pèse mes mots. Elle dort pour l'instant. Oui, je te tiendrai au courant. À plus.

Assis sur le petit canapé bleu du logement de Charlotte, Ji-Ho reposa son téléphone sur l'accoudoir et passa une main lasse sur son visage. Les mots du médecin avaient tourné en boucle dans sa tête toute la nuit. Elle avait dormi comme une masse, effondrée entre ses bras, immobile, et lui, il avait ressassé. Une seule conclusion s'imposait à lui : elle ne pouvait pas rester là. Pas dans son état. Elle avait besoin de s'éloigner pour se ressourcer. Il allait faire ce qu'il fallait pour qu'elle puisse aller mieux. Lui offrir ce dont elle avait besoin.

Quand il l'entendit remuer dans les draps, il se leva pour aller lui préparer du thé et un petit-déjeuner sur un plateau, et la rejoignit dans la chambre. Charlotte leva vers lui ses yeux bleus ensommeillés, et dans l'émotion du sourire qu'elle lui offrit alors, il sut qu'il ne voudrait plus jamais vivre loin d'elle.

Charlotte

Avoir Ji-Ho ici, à Oxford, ressemblait à un rêve éveillé. Bien sûr, sa présence n'avait pas tout résolu : il n'avait pas suffi qu'il passe la porte pour que sa fatigue et ses douleurs s'envolent, et l'angoisse continuait de lui oppresser la poitrine. Mais elle se sentait déjà mieux : soulagée, plus confiante en l'avenir. Il avait raison, bien sûr. Rien ne l'obligeait à rester et à se battre… Toutefois, il avait su lire en elle : il savait qu'elle en avait envie. Partant de ce constat, ils avaient réfléchi à ce qu'il conviendrait de faire. D'abord le médecin, conseillé par l'association, qui l'avait mise en arrêt maladie pour deux semaines : pas de surveillances d'examens, et pas d'oraux de méthodologie. Ensuite, un emploi du temps allégé au troisième trimestre, et tant pis si ceux qui avaient été ravis de se décharger sur elle en début d'année se retrouvaient avec plus de cours. Et enfin… La possibilité de quitter Oxford pendant les vacances.

Avec tout ça, elle ne savait plus trop où elle en était, et un sentiment de liberté nouveau lui donnait presque le tournis, comme une bouffée d'embruns qui donne à la fois envie de courir vers la mer et de se mettre à l'abri. Elle n'avait qu'une chose à faire : se soigner. Faire sa rééducation, remédier à ses carences, se reposer. Ensuite, elle n'aurait plus qu'à remonter ses manches pour le dernier trimestre et espérer qu'une de ses candidatures dans une université française aboutisse. Elle repensa à l'idée de sa collègue concernant le poste de Clermont-Ferrand.

Ji-Ho s'avança vers elle d'un pas souple, la considérant avec attention, et un frisson d'excitation parcourut le dos de la jeune femme. Quand il fut tout près d'elle, il avança encore d'un pas et effleura l'angle de sa mâchoire du bout de ses doigts.

— Viens en Corée avec moi pendant tes vacances, souffla-t-il. Je prendrai soin de toi. Je t'aiderai à te soigner.

— Et comment comptes-tu réussir ça ? sourit-elle en penchant la tête pour savourer sa caresse, les yeux fermés.

— Je te cuisinerai de bons petits plats… Je te masserai… T'emmènerai chez le médecin…

— Mmh… Voilà qui semble prometteur. Mais tu sais, je ne pense pas avoir besoin d'un garde-malade.

Dans un rire comme une caresse, il frôla sa peau de ses lèvres et remonta le long de sa mâchoire, jusqu'à l'embrasser en prenant son visage dans ses mains. Son sang s'embrasa et, juste au moment où elle allait laisser échapper un gémissement, il s'arrêta et lui murmura :

— Que proposes-tu, dans ce cas ?

— Je pourrais impressionner ta famille avec ma maîtrise du coréen et t'acheter un peu de tranquillité… Cuisiner pour nous deux. Te kidnapper pour qu'on aille visiter des trucs. T'aider à te détendre.

— Une parfaite petite amie, en somme…

— Oh, mais je serai tellement plus que cela.

Charlotte se mordit la lèvre inférieure, souriant malgré elle face au feu dévorant dans les yeux de Ji-Ho. Son sang pulsait dans ses veines au rythme langoureux de son désir et, n'y tenant plus, elle l'embrassa à son tour, l'attirant à elle en agrippant ses cheveux. Ji-Ho la souleva dans ses bras, glissant ses grandes mains chaudes sous ses fesses. Alors elle n'eut plus qu'à refermer ses jambes autour de sa taille, et bientôt ils furent tous deux dans la chambre. Tout en explorant sa bouche de sa langue, il remonta une main dans son dos pour venir dégrafer son soutien-gorge et tirer légèrement sur ses cheveux. Charlotte n'arrivait déjà plus à penser de manière cohérente, et elle leva les bras pour l'aider à la déshabiller, après quoi il la contempla un bref instant, et s'installa tout contre elle. Appuyé sur ses coudes, il laissait à chacune des courbes de son torse le loisir d'être contemplée, et la jeune femme l'admira sans vergogne, faisant courir ses doigts sur sa peau, observant les frissons qu'elle provoquait. Il eut tôt fait de se redresser pour finir de les déshabiller et revenir la caresser, les mains fines de Charlotte effleurant son visage aux traits à la fois si neufs et si connus. Elle ne l'avait jamais vu en proie à une telle frénésie. Son cœur manqua un battement quand elle comprit que c'était son désir pour elle qui le mettait dans un tel état. Entre deux frissons, deux sursauts, des mots tendres leur venaient, aussi légers entre eux que de l'air, et tout aussi vitaux.

— Viens plus près, souffla-t-elle en l'attirant à elle pour l'embrasser.

— Patience…

Il sema une traînée de baisers le long de sa gorge, sur ses seins, puis sur son ventre. La lumière de cette fin d'après-midi filtrait, diaprée, à travers les voilages. Ses lèvres s'attardèrent sur son tatouage végétal, sur ses côtes, et suivirent sa cicatrice sous l'encre. Ses doigts effleurèrent la partie plate de son bassin et s'attardèrent sur une autre cicatrice, qu'il n'avait pas encore vue. Il l'embrassa elle aussi, avant de descendre plus bas, entre ses jambes. La jeune femme s'arqua sur le matelas et agrippa le drap, le suppliant dans au moins trois langues différentes. Lorsqu'il s'étendit à ses côtés, quelques minutes et une infinité de soupirs plus tard, Charlotte tremblait de tous ses membres, le regard brillant, et il ne se lassait pas d'admirer son corps, ses cheveux en désordre autour d'elle sur l'oreiller. Il s'assit finalement contre la tête de lit et installa la jeune femme entre ses jambes pour mieux l'enlacer, tout en embrassant sa nuque. Ses doigts s'attardaient sur ses cicatrices sans qu'il semble s'en apercevoir. La jeune femme couvrit ses mains des siennes.

— J'étais sortie avec des potes, commença-t-elle lentement, à mi-voix. Je suis rentrée en taxi avec une amie qui était ivre et je l'ai raccompagnée chez elle. Deux types m'ont vue l'aider à rentrer, et n'ont rien raté du moment où elle a tenté de me rouler une pelle. Ça a suffi pour qu'ils me suivent quand je suis ressortie…

La jeune femme gratta sa cicatrice à l'épaule, perdue dans ses souvenirs, puis elle croisa les bras sur sa poitrine et reprit :

— Ça a commencé par des appels, des sifflements. Ensuite il y a eu les insultes homophobes, et d'autres plus classiques… Et les coups. Je me suis débattue, ils ont cogné plus fort. Ils ont commencé à m'arracher mes fringues, j'ai hurlé, je me suis battue… Ils ont sorti un couteau. J'ai hurlé encore plus fort, je me suis coupée en essayant de les repousser. Puis une vieille dame a ouvert sa fenêtre et leur a crié que la police arrivait et qu'ils avaient intérêt à se barrer. Ils m'ont plantée trois fois avant de se tailler en nous insultant.

Elle resta silencieuse un instant, mais Ji-Ho pouvait sentir son pouls battre plus vite, et, pour l'apaiser, lui caressa la tête. Il l'embrassa sur la tempe, tentant d'émousser la lame du réel avec sa tendresse.

— La dame est descendue avec sa canne, elle m'a traînée dans le hall en attendant que les secours arrivent. Du sang partout. Les fringues en lambeaux. La griffure du bitume, aussi. Elle n'a pas sourcillé. Elle m'a couverte et a attendu en me tenant la main et en priant en créole. Les secours sont arrivés, ils m'ont chargée dans le camion et sont partis toutes sirènes hurlantes. On m'a endormie pendant le trajet. J'ai passé trois heures au bloc et quelques heures dans le coma. Quand je me suis réveillée, ma famille était là, et le premier truc que je me rappelle, c'est la gifle de ma mère.

À ces derniers mots, les mains de Ji-Ho tressaillirent. Il recommença à lui caresser les cheveux après un instant de pause, mais elle pouvait sentir les tics nerveux qui parcouraient ses muscles. Au creux de son étreinte, elle regardait dans le vide, ses bras toujours croisés. Puis elle se força à respirer calmement, paupières closes, pour chasser les images de cette nuit-là. Quand elle rouvrit les yeux, elle conclut :

— La fibromyalgie s'est développée dans les mois qui ont suivi. J'ai eu besoin d'une béquille pendant quelque temps, même après que ma hanche a guéri.

Elle observa l'objet en question, appuyé contre sa table de chevet. Quand Ji-Ho se fut calmé, il l'enserra dans ses bras puissants jusqu'à ce qu'elle ne sente plus que son odeur, plus que sa douceur, plus que sa présence, et qu'elle oublie tout le reste. Quand elle se sentit mieux, elle se contorsionna contre lui pour l'embrasser tendrement et il la laissa faire monter le désir entre eux à nouveau.

Quand il voulut recommencer à la caresser, la jeune femme l'arrêta d'un sourire mutin.

— C'est mon tour à présent… souffla-t-elle en glissant ses doigts vers son entrejambe.

Le souffle de Ji-Ho se bloqua dans sa gorge alors qu'elle l'entourait de ses doigts, ses yeux dans les siens. Elle voulait lui rendre tout le plaisir et toute la douceur qu'il lui avait donnés, et elle s'y employa avec lenteur et patience, descendant bientôt entre ses cuisses pour le caresser de sa langue, s'enivrant du passage de ses doigts dans ses cheveux, du rythme qu'il imprimait sur sa peau avec douceur.

— Cha… Je… Je ne vais pas pouvoir… grogna-t-il avant de la redresser pour l'embrasser à pleine bouche.

Après cela, les choses devinrent un peu confuses ; Ji-Ho attrapa son portefeuille dans son jean, au pied du lit, pour en tirer un préservatif. Il attira Charlotte sur lui, la laissa le lui enfiler, et la caressa un peu du pouce avant de se fondre en elle, toujours appuyé contre la tête de lit. La jeune femme gémit et prit quelques instants pour s'habituer à lui. Et puis ils commencèrent à bouger, et elle s'accrocha à ses épaules alors qu'il les emportait toujours plus loin dans les bras du plaisir. Au moment où la jouissance les enveloppa, Charlotte reprit le dessus quelques instants, imprimant son propre rythme à leur plaisir, réprimant ses cris en se mordant les lèvres, avant de le serrer contre elle, à bout de souffle. Ji-Ho dégagea son visage de ses cheveux et lui caressa le dos, pantelant lui aussi.

— Alors ? plaisanta-t-il après un moment. J'ai gagné ? Tu viens avec moi ?

— Pourquoi pas… s'amusa-t-elle contre sa joue. De toute façon, ça a toujours été toi qui me donnais envie de rester quelque part. De rester, de partir, ou de rentrer…

— Ça tombe bien, parce que je ne vais plus te lâcher, Cha.

Et ils s'embrassèrent en souriant dans la chambre où la nuit était tombée.

CHAPITRE 38

Ji-Ho

Début avril

Assise sur un banc, Charlotte offrait son visage pâle au soleil de la mi-journée. Profitant d'être à Clermont-Ferrand pour l'entretien d'embauche de la jeune femme à l'université (plus un comité qu'un entretien, à vrai dire), Ji-Ho était allé se réapprovisionner dans la boutique asiatique du coin. Ses parents s'étaient bien débrouillés au restaurant en son absence, mais c'était surtout grâce à Lilou, qui avait mis un pied en cuisine pour aider. Pour la saison touristique, Ji-Ho avait donc posté une annonce de serveur·se à temps plein : en septembre, Lilou commencerait un CAP cuisine en alternance au restaurant. Tout se déroulait comme prévu, et même mieux que prévu. Bientôt, Mi-Joo pourrait ne plus travailler qu'à mi-temps. Enfin, après des semaines de discussions, ses parents avaient accepté qu'il leur rachète formellement le restaurant : ils avaient signé un contrat chez le notaire pour un rachat progressif, avec loyer mensuel. Sur le papier, il était devenu chef d'entreprise.

Charlotte et lui avaient passé deux semaines à Oxford : ils s'étaient promenés, étaient allés au restaurant, avaient lu dans des parcs, il l'avait emmenée chez le kiné. Ji-Ho lui avait enfin parlé de ces nœuds d'angoisse persistants qui l'empêchaient de dormir, de sa famille, de l'avenir flottant. Elle l'avait encouragé à voir un psychologue pour explorer tout ça, et il se faisait peu à peu à cette idée. Cette parenthèse avait permis à Charlotte de reprendre des forces et de commencer à se projeter petit à petit dans ses cours du dernier trimestre – et à Ji-Ho de se sentir plus serein que jamais face au plan de son avenir qu'il était en train d'esquisser. Ensuite, ils étaient revenus en France pour dix jours, et bientôt ils s'envoleraient pour deux semaines en Corée du Sud, la première à Séoul et la seconde à Busan. Ji-Ho avait encore un peu de mal à y croire, mais au cours des dernières semaines, leur relation était devenue solide comme la pierre. C'était comme si leurs cœurs s'étaient ancrés l'un à l'autre : plus aucune marée, plus aucune tempête ne pourraient les séparer.

Charlotte

La jeune femme rouvrit les yeux quand l'ombre de Ji-Ho tomba sur son visage, et un sourire radieux étira ses lèvres.

— Alors ? demanda Ji-Ho.

— Je saurai dans une semaine si je suis prise. Mon passage à Oxford a eu l'air de les impressionner, mais rien n'est encore gagné. On verra.

Laisser couler et laisser venir était devenu plus simple, ces derniers jours. Elle n'était plus aussi paniquée à l'idée de devoir tenir encore un an à Oxford si elle ne trouvait rien pour septembre. C'était peut-être dû au repos, peut-être un peu aussi au fait que quelques étudiants l'avaient vue avec Ji-Ho : elle supposait que la savoir bi en couple hétéro en calmerait certains…

Ce n'était pas comme ça qu'elle aurait souhaité résoudre le problème, mais à ce stade, elle était preneuse de toute amélioration. Ce qui la rassurait, c'était aussi qu'elle avait pu présenter Ji-Ho à l'association étudiante LGBT+, et qu'ils l'avaient bien reçu : pas de biphobie, pas de procès en légitimité… Ça l'avait aidée à se sentir comprise. Ainsi épaulée, elle se sentait prête pour son cours d'histoire des représentations littéraires sur les minorités LGBT+ dans la littérature française. Proust, Genet, Yourcenar… Tous ces auteurs avaient déjà rejoint sa table de chevet. Elle se sentait chez elle entre leurs pages.

En attendant le départ pour Séoul et l'accomplissement de son rêve, elle profitait de son filleul, Colin, et aidait sa sœur avec ses quatre autres enfants. Chris passait beaucoup de temps au studio, vacances scolaires obligeaient, mais elle ne l'avait jamais vu aussi épanoui. Quand elle repensait à ces vacances de Noël, à tous ces instants sous la neige, un grand calme se faisait en elle : ce Noël-ci, elle n'avait pas seulement retrouvé son meilleur ami, elle s'était retrouvée elle-même. Pour la première fois depuis très longtemps, elle avait renoué avec le plaisir simple de vivre et de profiter de ses proches. Et elle n'avait pas l'intention de s'arrêter là.

ÉPILOGUE

DEVANT LA PORTE MONUMENTALE DU GYEONGBOKGUNG[1], un couple prenait la pose. Lui, très grand, portait ses cheveux longs en bun. Elle, bien plus petite, avait de longs cheveux ondulés couleur lilas, et s'appuyait sur une béquille pour marcher. Ils souriaient et faisaient le petit cœur coréen avec leurs doigts devant l'objectif, qu'un groupe d'adolescentes coréennes avait accepté de tenir pour eux en gloussant. Quand ils eurent récupéré leur appareil et découvert le cliché, Charlotte et Ji-Ho se sourirent, amusés. Une de plus à ajouter à leur album. Après tout, ils avaient dix ans de photos à deux à rattraper. Ils prirent alors la direction du monument d'un pas mesuré. Ji-Ho ne cessait de raconter des anecdotes à son amoureuse, et était ravi de pouvoir lui faire découvrir la ville.

— Tu n'es pas trop fatiguée ? lui demanda-t-il toutefois à plusieurs reprises au cours de la visite.

— *Kenchana, nae sarang*[2], sourit-elle en penchant sa tête sur le côté.

— Bon, je te ferai des *hotteok* quand on rentrera.

1. Ancien palais royal de la dynastie Joseon, à Séoul en Corée du Sud.
2. « Ça va, mon amour », en coréen.

Charlotte laissa échapper un rire joyeux et déposa un baiser sur la joue de son compagnon, qui en profita pour lui reprendre son sac à dos.

— On devrait y aller, on doit encore passer à la librairie pour ton nouveau corpus d'étude. Sinon, tu risques d'être embêtée pour ton séminaire de l'année prochaine.

— *Nê*[1] ! Surtout qu'après le fiasco de l'an dernier, j'ai intérêt à faire bonne impression à Clermont.

— Ils vont t'adorer.

La calme confiance de Ji-Ho lui tira un autre sourire, et elle s'empara de sa main pour prendre la direction de la sortie du palais. Ces vacances avec lui en Corée du Sud étaient merveilleuses : dix ans qu'ils auraient dû faire ce voyage ensemble. Pour la peine, elle comptait bien revenir ici avec lui une fois par an pendant les dix prochaines années, au moins…

1. « Oui », en coréen.

REMERCIEMENTS

Un petit goût d'hiver et de toi est le premier roman que j'ai réussi à terminer, et aussi le premier à être publié. J'ai encore un peu de mal à y croire, et pourtant, j'écris depuis si longtemps ! J'aimerais donc d'abord remercier mes parents et mon frère, qui ont accepté sans (trop) ronchonner que je boude les soirées films pour écrire, et que je veille (trop) tard pour donner vie à mes histoires. Maman, je te dédie cette nuit aux urgences juste avant le bac de français !

Cette histoire ne serait sans doute pas parvenue entre vos mains sans les lectures bienveillantes mais franches de mes amies : merci donc à Léa pour son enthousiasme sans faille et à Ines d'avoir trouvé Charlotte insupportable, et surtout, de me l'avoir dit ! Merci à Valérie pour son oreille attentive, malgré nos emplois du temps surbookés et nos fatigues respectives. Il me faut aussi remercier Anne-Lorraine, à qui revient l'honneur d'avoir trouvé le titre définitif : merci pour nos conversations sans fin !

Je n'aurais pas pu rêver d'une meilleure équipe de supporters que celle de mes collègues, qui n'ont eu de cesse de me demander quand mon roman sortirait, alors merci, ça y est, il est là !

Enfin, je remercie infiniment mon éditrice de choc, Capucine Delattre, pourfendeuse de points de suspension et experte en *punchlines*, ainsi que toute l'équipe de chez Eyrolles. Merci aussi à Na-young pour sa relecture sensible.

Et puis… Merci à vous, qui tenez ce livre entre vos mains ! J'espère qu'il vous plaira !

PEFC
10-31-3068
Certifié PEFC
Ce produit est issu de forêts gérées durablement et de sources contrôlées
www.pefc-france.org

Dépôt légal : octobre 2025
Imprimé en France par CPI (184503)

Cet ouvrage a été imprimé sur du papier Enso Classic 65 g.